隠元「擬寒山詩」訳注

◎鈴木 敏雄 訳

目次

凡例

一、隠元詩（偈）の番号は、「隠元和尚擬寒山百詠」をⅠ、「又擬寒山一百首」をⅡとし、それぞれ順次01～100とする。

一、原詩の寒山詩（および拾得詩）の番号は、項楚『寒山詩注』による（銭学烈『寒山拾得詩校評』の番号に同じ）。

一、原文を書き下す際に、漢字の字体を通用の別体に改めたものがある（炤→照・昭、咲→笑、皈→帰、玅→妙、閒→閑、など）。

はじめに

隠元「擬寒山詩」二百首は、原詩《もとうた》を特定しながら読むことにその味わいが在るように思える。

歴代の「擬寒山詩」は、寒山詩を原詩とするいわゆる「擬作詩（擬古詩）」であって、一般の徒詩とは異なる。模倣文学として読むことの出来る点にその味わいは在り、隠元の擬作も例外ではないのではないか。

原詩となる「寒山詩」三百首の特徴の一つは、中国の仏教哲学と一体化した山居詠に在る。歴代の禅僧たちも「擬寒山詩」と銘打って、寒山が山居生活を詠んだそのような詩に「擬」する詩（偈）を多く手がけているが（唐末の泰欽はじめ、宋の慈受懐深、無徳善昭、元叟行端、元の中峰明本、明の梅村居士張守約ら、および宋の王安石など、枚挙に遑がないが）、「擬」とは、模倣する、摸擬する、前作を象《かたど》ることであって、山居というテーマに即して言えば、どの擬作者も原詩である寒山詩が追求した寒山子自身の山居生活およびその際に至った境地を自らも手に入れようとし、それを自らの言語表現で象って見せている。隠元も、そのような歴代の多くの禅僧たち（擬作詩の作者たち）と同様、寒山子の山居の境地を自らのものとしようとし、自らの言語表現でそれを象って見せる。擬作詩を読む味わいは、その擬作する側（＊欲望の主体）が、原詩（＊欲望の媒体）の捉えた何らかの特色ある事柄（＊欲望の対象）に興味を抱き、それを自分のものとしようとする（＊欲望する）、その欲望の様を明らかに出来る点に在ると考える。それは延いては、擬作する側が原詩をどのように理解し、どのように我が物とし、更にはどのように相互に響き合おうと（投合し、符合しようと）しているのか、その苦心を知る所に行き着く。

　したがって擬作詩を読む際、原詩と比較して似ていないと思ってしまったり、両者の相違点だけを見て、擬作詩の作者側のオリジナリティーだけを評価してしまったりするような読み方をする場合があるが、それは擬作詩を読む味わいを半減させてしまっているようにも見える。擬作詩の読みは、原詩と比較するのであるなら、相違点ではなく、寧《むし》ろ模倣なら当たり前のことだが、共通点を見出だしたい。一見似ていないようでも、作者が「擬」と銘打って作っている以上、必ず似せてある。似ていないように見えるならば、その分、どこをどう似せようとしているのかを逆に見出だそうと読んでみる。擬作詩読解の味わいは、その際に滲み出て来るもののように思われるのである。

（＊この「擬作詩」読解の方法論としては、ここで「（欲望する）」という言い方をしたように、フランスの文学者ルネ・ジラール（一九二三 - 二〇〇五）『欲望の現象学』（邦訳：法政大学出版局、叢書ウニベルシタス29／中国語訳：羅芃『浪漫的謊言与小説的真実』三聯書店）の提示する所謂「欲望の三角形」理論に負うところが大きい。模倣文学を構造的に読むことのできる一つの方法論であろう。隠元「擬寒山詩」の場合に即して言えば、原詩である寒山詩は「欲望の媒体」、寒山詩の捉える山居の境地などは「欲望の対象」、隠元の擬作詩自体は「欲望の主体」となる。「主体」が「媒体」の欲望の様態を真似ることにより、「媒体」が入手し得ている「対象」を「主体」も「欲望する」（擬作者も入手する）という三角形の構造を採っていると解せる。）

　隠元「擬寒山詩」二百首の各首それぞれが、「寒山詩」三百首中のどの詠を原詩としているのか、先ずはその原詩を特定し、その原詩と照合し、共通点を見出だしてみる、詩人隠元は、読者にそのような読み方を要請しているのではないか。擬作詩と原詩との一致点（符合）が見出だせれば、その「擬寒山詠」の深いところも見えて来る。ただし、各首に於いて、原詩がどれであるのかは、仲々特定しにくい。一つの公案をめぐる寒山子と隠元禅師の禅問答を目の当たりにしているかのようにも思えて来る（正直な所、拙著に於いても、未だ多くの原詩を特定し得ないでいる）。であれば、ひとまず「擬寒山詩」の読みの方法論だけでも示すことが出来れば、詠み深める切っ掛けにはなるのではないか。

一つ二つ原詩と擬作詩との照合を試みてみると、以下のようになろうかと思う。例《たと》えば、隠元Ⅱ51詩がある（詳細は本文の訳注を参照されたい）。

山居離世縁　山居は世縁を離るれば
自得徹機先　自ら機先に徹するを得たり
就樹縛茅屋　樹に就《つ》いて茅屋を縛り
近溪聴没絃　溪に近づいて没絃を聴く
採薇充日用　薇を採つて日用に充《あ》て
烹雪過残年　雪を烹て残年を過ごす
不作人間咎　人間の咎を作《な》さず
了無業累牽　了《つひ》に業累の牽《ひ》く無し

この擬作詩は、すでによく知られるように、次の寒山詩078を原詩とする。

卜擇幽居地　卜《うらな》ひて択《えら》ぶ幽居の地
天台更莫言　天台は更に言ふこと莫し

猿啼谿霧冷　　猿啼きて谿霧冷ややかに
嶽色草門連　　嶽色は草門連なる
折葉覆松室　　葉を折りて松室を覆《おほ》ひ
開池引澗泉　　池を開きて澗泉を引く
已甘休萬事　　已に万事を休するに甘んずれば
采蕨度殘年　　蕨を采《と》りて残年を度《わた》らん

一見してそれと分かるように、「幽居」「殘年」のほか「谿（渓）」「采蕨（採薇）」といった語彙（あるいは漢字）の共通性が両者に認められ、しかも韻も同じである。隠元は寒山子のこの078詩を「脱化」していると評され、その「脱化」という言い方には、隠元のオリジナリティーを見出だそうとする読みが感じられなくもないが、そのオリジナリティーを論ずる以前に、そこには寒山詩（欲望の媒体）の捉《とら》え得た寒山子自身の山居生活（欲望の対象）を自分のものとしようとする（欲望している）隠元（欲望の主体）が居ることを読み取ってみる。（「欲望する」という言い方が禅に相応しくなければ、寒山との「契合《かいごう》」か。）

隠元は擬作することで、寒山の天台山を黄檗山で象《かたど》り（見立て）、寒山の松室（寒岩）を自らの隠退後の茅屋（松隠堂）で象り、寒山の澗泉を没絃琴に喩えられる泉で象っている。

そのように読むと、世縁を離れた隠元自らの山居は、たちまち寒山の幽居さながらとなる（寒山の境地が隠元のものとなる）。即ちそれは、全て「万事休す」の寒山の境地を隠元自身も「業累を牽《ひ》く無し」という代替語を用いて入手し得ていると言っても好いものとなろう。簡略に言えば、擬作詩はその様に出来ている。

　もしも両者を比較し、寒山は猿の声と霧の冷ややかさを詠んでいるが、隠元は雪を溶かして茶を点《た》てていて、両者は明らかに異なる、第一、寒山は栢茗を煎じても、茶を喫したりはしない、全く似ていない、隠元の方が風流なのではないか、と読むことになると、模倣文学の形体を採る隠元の意図そのものが汲めなくなってしまう。相異なるように詠んでいるかに見えるのは、同じ境地を、それぞれの場（環境、生活）に即して自らの言語表現で詠んでいるからに過ぎない。業累を離れた雪は、万事休すを描出するための語である猿や霧の代替語に過ぎない。（禅の表現であると見れば、要はその様な文字言語ではなく、更に心性そのものを覷《そ》破《は》するよう、隠元は読者に要請しているかにも見える。）

　もう一例、例えば、隠元Ⅰ05詩は、寒山詩の捉える「寒山道（路）」すなわち悟りへの道を模倣対象（欲望の対象）としている（詳細は本文の訳注を参照されたい）。

　寒山路険隘　　寒山の路は険隘

樹密不成行　樹密にして行くを成さず
高鑑無空隙　高きかた鑑て空隙無ければ
善登豈在忙　善く登るは豈に忙しきに在らんや
文章陳夢語　文章は夢語を陳ね
詩賦老枯腸　詩賦は老枯腸なり
吹入今時調　今時の調べを吹き入るれば
呵呵咲一場　呵々として笑ふこと一場なり

この詩は、第三句「高鑑」云々で、寒山への路はとても険しくて登りにくいとは言え、寒山子が山頂から隙無く見守り案内してくれているので、決して慌てることはないと言っている。ただし第五、六句に付け足されるように、その山の登り方を、自分勝手に文章や詩で描いてみようとしたりすると、善《うま》く登れないと注意がなされる。そこでこの詩は、寒山詩009（欲望の媒体）に擬していると分かる。

人問寒山道　人は寒山の道を問ふも
寒山路不通　寒山の路は通ぜず
夏天氷未釋　夏天も氷は未だ釈《と》けず

日出霧朦朧　日出づるも霧朦朧たり
似我何由届　我に似するも何に由りて届《いた》らん
與君心不同　君と心は同じからず
君心若似我　君の心若《も》し我に似《に》ば
還得到其中　還《ま》た其の中《うち》に到るを得ん

寒山子も、寒山に登る道は通じていないとは言いつつも、しかし寒山子自身と、姿形ではなく「心」が同じであれば、登ることは出来ると言う。極めて寒山子らしい言い方であるが、隠元（欲望の主体）もその意味をよく分かり、「今時調」すなわち自作の擬作詩という、寒山子の言う「心」に「似」る手法を採ることで、寒山子と「心」を同じく出来、一緒になって呵々と笑えると詠んでいる。そこには、隠元自らの「擬寒山詩」の意義をも詠み込んでいる。

それをもしも、寒・隠両者の表現語彙の差異を捉え、寒山子は「心」と「心」の附合が大切だと言い、隠元は今の自分なりの詩の「調」が要ると言っていて、契合の手法が違うとし、隠元独自の価値観やオリジナリティーを探ってみようとすると、擬作である以上、差して意味は見出だせないように思う。

以上のように、擬作詩と原詩の共通点を照合しながら読む読み方を適用してみると、例えばもう一首、隠元詩Ｉ43（詳細は本文の訳注を参照されたし）では、隠元は次のように詠む。

濁世鮮明眼　濁世は明眼鮮《すくな》く
度生念益堅　生を度するは念《おも》ひ益ます堅し
内藏淨寶月　内は浄《きよ》き宝月を蔵し
外現老風顛　外は老いたる風顛を現はす
智者不全識　智者は全くは識らず
凡夫盡罔然　凡夫は尽く罔然たり
偸光擬陳跡　光を偸みて陳跡に擬するも
太似管窺天　太《はなは》だ管もて天を窺ふに似たり

「濁世はものを見抜ける智慧者が殆ど居ないので、衆生救済の願いはますます強くなる。胸の内には万物を映し出す心の鏡を具《そな》え、外見は老いた瘋癲和尚でいる。智者もそれを完全に理解してくれるという訳ではないが、凡夫は全く理解がない。寒山の七光りを拝借してその遺稿を象《かたど》ってはみても（擬寒山詩）、管見さながらで埒《らち》が明かない」と言っていて、この詩は、「明眼」の人（「知音」）を詠む寒山詩305、

有人笑我詩　有る人我が詩を笑ふも
我詩合典雅　我が詩は典雅に合《かな》ふ
不煩鄭氏箋　鄭氏の箋を煩はさず（後漢の学者鄭玄《じょうげん》）
豈用毛公解　豈に毛公の解を用ゐんや（前漢の学者毛亨と毛萇）
不恨會人稀　会する人の稀れなるを恨まず
只爲知音寡　只だ知音は寡《すくな》しと為すのみ
若遣趁宮商　若《も》し宮商を趁《お》はしめば（「宮商」は、四声など韻律上の詩の規則）
余病莫能罷　余が病ひは能く罷《や》む莫《な》し（「病」は、八病などの詩病）
忽遇明眼人　忽ち明眼の人に遇はば
即自流天下　即ち自《おのづか》ら天下に流れん

に擬していると分かる。ここからは、隠元禅師が「擬寒山詩」に託したものが、最終的には自分の真の理解者である「明眼」の人を得たいとの切望であったことも見えてくる。あたかも寒山子が、自分の発言（寒山詩）の難解さゆえに「風顛」と笑われ、それでも「明眼人」を求め続けたように。

「風顛和尚」といえば、中国では南宋の済公のことを指すが（実在の済顛禅師李道済

（一一四八？－一二〇九）ではなく、清の郭小亭の小説『済公伝』中のその人）、寒山子も訳の分からないことを言ったりしたりする「風顛（瘋癲）、顛狂漢」と見られている。隠元が、衆生済度の理解されにくさを、先ずは禅文学の原初とも言えるかも知れない寒山詩のそのような瘋癲性（遊戯三昧）の理解に托そうとしていたことが、この「擬寒山詩」からは垣間見られる。

以下、隠元「擬寒山詩」全て、読み手が原詩と擬作詩とをどのように照合し、そこに托された意味（禅師の要請）を如何に読み取るかに、その味わい、深みは係って来るのではないか。

隠元（林隆琦。一五九二－一六七三）は、後の清の学者全祖望《ぜんそぼう》（一七〇五－一七五五）も「黄檗山の僧隆琦は、亦た異僧なり。中土を棄てて、日本に居《を》れり」と言っているように、渡日した明末清初の中国の禅僧である。閩《びん》の福州（今の福建）福清県万安郷の人で、六歳の時に父の林徳龍（在田と号す）が湖南湖北の間で消息を絶つという事があって以後、母とともに農耕や柴刈りで生計を立てるが、二十一歳の時に父を探す旅に出る。二十三歳にして浙江の普陀山に到り、観世音菩薩を拝したことで、潮音洞主座のもとに投じ、茶頭執事（役僧）となる。二十八歳の時に母が亡くなると、その恩に報いようと、翌、明の泰昌元年（一六二〇）、二十九歳にして福清県城の西十七キロに在る黄檗山万福寺（古黄檗）を訪ね、鑑源興寿に就いて剃髪することとなる。その後、遍く諸方面に参じ、嘉興（今の浙江）の興善寺に在っては『法華経』を学び、海塩（同じく浙江）峡石山の碧雲寺に在っては『楞厳経』を学んだという。明の天啓四年（一六二四）、海塩金粟山の圓悟禅師（一五六六‐一六四二、法号は密雲）に心印を授けられ、崇禎六年（一六三三）には、黄檗山西堂に任ぜられる。さらにその後、圓悟禅師の法を嗣ぐ金粟山の通容禅師（一五九三‐一六六一、法号は費隠）に参じ、獅子岩下に住《とど》まることとなる（逸話「獅子岩下に側石の舟のごとき有り、遊ぶ者平らかならざるを以て憾《うら》みと為す。隆琦咒を持して黙祝して曰く『此の石若《も》し平らかならば、禅道大いに行はれん』と。次《つ》いで石を蚤《か》けば、果して自ら平らかなり」を遺している）。崇禎十年（一六三七）、黄檗山の招請に応じてその法席を補い、殿宇を造営して、大いに祖風を振るい、古道を復興している（主として崇禎十四年までの間）。崇禎十七年（一六四四）には、衡山の福厳寺等に到り、明末には再び黄檗山に戻っている。

清の順治十一年（一六五四、日本の承応三年）、六十三歳にして日僧逸然の招請に応じ、廈門《アモイ》を出航して日本に赴く（国姓爺鄭成功《ていせいこう》所有の船を利用とのこと）。長崎の興福寺に住《とど》まり、そのままその住持となった後、継いで崇福・普門両寺の主首となる。順治十五年（一六五八、日本の万治元年）には幕府の将軍徳川家綱に謁見し、江戸湯島の麟祥院に仕《とど》まっている。順治十八年（一六六一、日本の寛文元年）、七十歳の時に、京都宇治の大和田に黄檗山万福寺（新黄檗）を創建、祖道を唱えて黄檗の禅風を宣揚し、併せて戒壇授禅門の大戒を設ける。七十三歳、万福寺松隠堂に隠退、七十四歳の夏（一六六五、日本の寛文五年）、「擬寒山」百詠を詠み、翌七十五歳の夏（一六六六、寛文六年）には、「又擬寒山」一百首を詠んで、合して上梓することとなる。

帰寂（一六七三、八十二歳）して後、日本の後水尾上皇より「大光普照国師」の諡号を賜っている。

著には『普照国師語録』、『普照国師法語』、『雲濤集』、『弘戒法儀』、『松堂集』、『太和集』など多数が有る。禅宗の第四十一代、南宗の第三十六代、南岳系の三十五世、臨済宗の三十一世、楊岐派の二十四世、密庵脈の十八世、日本の黄檗宗の始祖であり、嗣法の弟子には無得性寧、慧門性沛ら二十三人がいる、と今に伝わる。

〈主な参考文献〉

太田悌蔵『寒山詩』（岩波文庫、一九三四）
入矢義高『寒山』（岩波書店、中国詩人選集5、一九五八）
平久保章『隠元』（吉川弘文館、人物叢書96、一九六二）
中村元『佛教語大辞典』（東京書籍、一九八一）
鎌田茂雄『中国仏教史』第六巻（東京大学出版会、一九九九）
陳慧劍『寒山子研究』（東大圖書公司、臺北、一九八九）
項楚『寒山詩注』（中華書局、北京、二〇〇〇）
袁賓・康健『禅宗大詞典』（崇文書局、武漢、二〇一〇）
張石『寒山与日本文化』（上海交通大学出版社、二〇一一）
祁偉『佛教山居詩研究』（商務印書館、北京、二〇一四）
卞東波『寒山詩日本古注本叢刊』（鳳凰出版社、南京、二〇一七）

I

隠元和尚擬寒山百詠

（寛文五年夏、一六六五）

01

寒山徹骨寒　寒山は骨に徹りて寒く
黄檗連根苦　黄檗は根を連ねて苦《にが》し
寒盡自回春　寒さ尽《つ》くれば自ら春を回《かへ》し
苦中涼肺腑　苦み中《あ》たれば肺腑を涼しくす
先賢開後學　先賢は後学を開き
後進繼前武　後進は前武を継ぐ
今昔一同風　今昔は一《もっぱ》ら同風
利生非小補　生に利あるは小補に非ず

寒山という所は寒さが骨身に浸みるが、黄檗の地はそれと根続きで苦《にが》みを覚える。寒さは過ぎ去れば自然と春が巡って来る、苦い黄檗も服用すれば肺腑には清涼作用がある。寒山子という先賢は後進の学び手を輩出させ、その後進たちは先人の教えを受け嗣いでいる。昔から今に到るまで吹く風（禅風）は同じ、寒山の寒さのご利益は決して些少のものではない。

○黄檗　黄柏。常緑喬木で、外皮は白色、内皮は深黄、味は苦く薬になり、解毒解熱作用がある。寒山詩290に「寒山出此語、此語無人信。蜜甜足人嘗、黄蘗苦難近。順情生喜悦、逆意多瞋恨。但看木傀儡、弄了一場困」（寒山の言葉は甘くはない）とあり、『臨済録』に「苦如黄檗（黄蘗）」とある。隠元は寒山のこの詩を反対模倣し、黄檗宗は寒山の寒さを黄蘗の苦さとして受け嗣ぎ、それを利益としていると詠む。（隠元は黄檗山を寒山や寒岩に擬している。）○前武　前人の足跡。前人の典範の喩え。○同風　世俗の情識分別を超越した得道者同士は、悟心が同じであることをいう。「同風千里」といえば、千里を隔つといえども、禅人の悟心および機用はもとより一致していること。「同風事」といえば、禅法を領悟することをいう。情識による分別を超越した得道者同士は、悟心が同じであるので「同風」と言う。「風」は、宗風、禅風。○利生　利益衆生。衆生に利益あり、人々を救う。○小補　些少の助け、僅かな利益。

02

孤迥寒山道
躋攀不等間
奇峰高突兀
瀑布响潺湲

孤り迥《はる》かなり寒山の道
躋《のぼ》り攀《よ》づるは等閑ならず
奇峰高くして突兀
瀑布響きて潺湲《せんくゎん》たり

一陟三思退
十登九個還
若非眞鐵漢
爭透頂門關

一陟《いっちょく》三思しては退き
十登九個は還る
若《も》し真の鉄漢に非ずんば
争《いか》でか頂門の関を透らんや

寒山への道程《みちのり》は遥か彼方だと寒山子も言っているように、寒山は決して生半可に登ることはできない。険しい峰々がごつごつとし、寒山の瀑布《たき》が凄まじく響きわたる。一歩登っても再三戸惑《とまど》って後ずさりし、十人よじ登るうちの九人は諦《あきら》めて引き返す。真の修行者でないかぎり、どうやって肝心要の寒山の頂き（寒山の智慧、禅の智慧）にまでたどり着けよう。

○孤迴　孤立していること。　○寒山道　この詩は、寒山詩028「登陟寒山道、寒山路不窮。谿長石磊磊、澗闊草濛濛。苔滑非關雨、松鳴不假風。誰能超世累、共坐白雲中」に擬す。009にも「人問寒山道、寒山路不通。夏天氷未釋、日出霧朦朧。似我何由届、與君心不同。君心若似我、還得到其中」とある。　○三思　再三ものごとを考える。また、三静思をいう。
○鐵漢　もっぱら仏道修行に精励する意志の強い修行者。　○透…關　禅悟の関を通過すること。「透關眼」といえば、禅機の関を透過する眼光。法眼をいう。〇頂門關　「頂門」は、頭頂の前部を指す。「頂門」には、「頂門法眼」「頂門正眼」も付いている。「頂門眼」とは、頂門正眼、頂門眼正、頂門具眼、頂門上眼、頂門有眼のことで、仏教神話中の摩醯首羅《まかいしゅら》天の神（シヴァ神）の三つの眼のうち、額の上に在る堅実な眼をいう。神奇な視力を具えるが、禅語の「頂門正眼」はこれを典故とし、禅悟者が事理を観察する特有の智慧の眼光をいう。

03

同心友拾得　心を同じくするは拾得を友とし
來去無拘束　来去して拘束する無し
充腹飽殘羹　腹を充たせば残羹も飽き
養眞居洞壑　真を養へば洞壑に居《を》る
榮華不久留　栄華は久しくは留らざれば
貧賤常知足　貧賎にして常に足るを知る
省用世間財　世間の財を用ゐるを省き
免投驢馬腹　驢馬の腹に投ずるを免る

心を同じくする友は拾得、お互いの行き来は縛られず自由である。ともに腹さえ一杯になれば羹《あつもの》が残っていてももう十分であり、真理を求めているので起居は洞窟内で事足りる。栄華の生活というのは長くは続かないもの、貧賤でも十分に生活できると分かっている。世間の一般的な豊かさを求めなければ、畜生道に生まれ変わる心配も無い。

○拾得　この詩は、寒山詩040「慣居幽隠處、乍向國清衆。時訪豐干道、仍來看拾公。獨迴上寒巌、無人話合同。尋究無源水、源窮水不窮」の境地に似る（結句は、禅の境地を詠む。寒山詩の中で「拾得」が出てくる詩はこの一首のみ）。拾得詩16には「從來是拾得、不是偶然稱。別無親眷屬、寒山是我兄。兩人心相似、誰能徇俗情。若問年多少、黄河幾度清」とある。

○驢馬腹　驢胎馬腹。畜生道に生まれること。

04

正欲擬寒山　　正に寒山に擬せんと欲すれば
玉毫露一斑　　玉毫露《あら》はるること一斑
天無少間息　　天は少《しばら》くの間も息む無し
人豈可偸閒　　人豈に閑を偸まんや

古聖混塵世　古聖は塵世に混ぢり
後昆力仰攀　後昆は仰攀に力《つと》む
墨池聊濺處　墨池聊か濺《すす》ぐ処
秀氣滿林間　秀気林間に満つ

いま寒山詩に擬作しようとしたところ、眉間の一ヶ所に仏の白毫相が現れた。天は少しも休むことがないのだから、人がどうして力を発揮せずにいられよう。昔の寒山子も和光同塵であったのだ、後継者も追い着けるよう努めねばならない。洗墨池で少しばかり筆を洗うことをしているここ松隠堂は、人の具《そな》える天地自然の気力（作詩の意欲）が林間に満ち溢れているのである。

○玉毫　佛の眉間の白毫を指す。仏教ではそれには巨大な神力があると教える。　○古聖　釈迦、達磨、黄檗希運らをいい、ここは寒山子。寒山詩に「自古多少聖、叮嚀教自信」とある。　○混塵世　和光混俗、和光同塵。　○後昆　後嗣者。また、後生。この詩は、寒山詩066「黙黙永無言、後生何所述。隠居在林藪、智日何由出。枯槁非堅衞、風霜成夭疾。土牛耕石田、未有得稲日」の境地に似る。　◯仰攀　上に向かってよじ登る。「高攀」に同じく、上の人と交際する。　◯墨池　廬山三学堂にあった洗墨池。陶淵明、周續之、陸修静がここで語り合ったという（一般には、浙江省永嘉県の書聖王羲之の墨池をいう）。　◯聊　謙辞。

05

寒山路険隘　　寒山の路は険隘
樹密不成行　　樹密にして行くを成さず
高鑑無空隙　　高きかた鑑て空隙無ければ
善登豈在忙　　善く登るは豈に忙しきに在らんや
文章陳夢語　　文章は夢語を陳ね
詩賦老枯腸　　詩賦は老枯腸なり
吹入今時調　　今時の調べを吹き入るれば
呵呵咲一場　　呵々として笑ふこと一場なり

寒山への路は狭く険しく、木々が密生していて登ることが難しい。とは言え（寒山が）頂上から間断なく路程を教えてくれているのであるから、うまく登ろうとするならどうして急《せ》く必要があろう。うまい登り方は文章に書き表そうとすると夢の中の話で終わり、詩歌で創作しようにも詩想すら湧いて来ないもの。そこで今風の私なりの調べを吹き込んで寒山の教えを真似て詠んでみた所、（寒山と会えて）からからと一笑することが出来たのである。

○寒山路　この詩は、寒山詩009「人問寒山道、寒山路不通。夏天氷未釋、日出霧朦朧。似我何由届、與君心不同。君心若似我、還得到其中」に擬す（寒山子は、心さえ似れば自分に似ると詠んでいる。それは擬作についても同じだと言っていることになる）。○成行「行」は陽韻であり、並び、つら（行列）の意であるが、俗語と見れば「行くを成す」の意。○高鑑　敬語で、事物に対する他人の明察をいう。ご高察。ここは、寒山が登ってくる者を高覧していること。『南史』顧歓伝に「周顒難張融曰『驅馳佛道、無免二末。未知高鑒、縁何識本』」とある（「二末」は一に「二乖《にけ》」に作る。「乖」は、矛盾）。○豈在忙　急げない、急《せ》いてはできない。○夢語　夢の中での話。○枯腸　空腹。枯渇した構想に喩える。○吹…調　無孔笛など管楽器を吹奏する。劉克荘詩「別吹新曲調」。○呵呵咲一場　Ⅱ22詩にも「磕著寒山子、呵呵咲一場」とある（「磕著《かいぢゃく》」は、ぴたりと合うこと）。

06

雲散長空月　雲は散ず長空の月
花開不夜天　花は開く不夜の天
老人惟遠慮　老人は惟だ遠く慮るのみにして
浪子不歸田　浪子は田に帰らず
堂上風光少　堂上は風光少く
庭前栢影連　庭前は柏影連なる
未施如意福　未だ如意の福を施さず
爭得壽綿延　争《いか》でか寿の綿延たるを得んや

月が満天を照らして雲は消え、真昼のように明るい空のもと花が開いている。老齢の私はただ遠く心を馳せるばかり、放浪を続ける若者は郷《さと》の田畑にまだ戻って来ない。室内は風情も少なく、庭さきは得《え》も言われぬ柏の木の影が長く延びるばかり。未だ思い通りの功徳を施せずにいるのだ、このままでどうして我が長寿を許されようか。

○月・花　「月・花」は寒山詩の常套語。例えば198には「秋到任他林落葉、春來從你樹開花。

三界横眠閑無事、明月清風是我家」とある。○長空　限りなく広い天空。○不夜天　一晩中月明かりの夜。そこは無塵の地である。○浪子　正業に務めず、放蕩で遊びに耽る者。或いは風流で活発、豪放不羈であること。「浪子回頭金不換」といえば、正道を歩まない人が非行を改め、正道に回《かえ》った後は、その極めて貴ぶべきをいう。ここは修業者。○帰田「田」は仏教では、仏の種を植える心田、心の帰省地。この詩は、寒山詩068「山客心悄悄、常嗟歳序遷。辛勤采芝朮、披斥詎成仙。庭廓雲初巻、林明月正圓。不歸何所爲、桂樹相留連」、133「之子何惶惶、卜居須自審。南方瘴癘多、北地風霜甚。荒陬不可居、毒川難可飲。魂兮歸去來、食我家園葚」に擬す。○風光　風情。また、栄誉、面目、体面、体裁。「本地風光、本來面目」といえば、「本地風光」は、人に自ずと具わる本心、本性に喩える。また衆生が本来具有する仏性をいう。「本來面目」も同様で、禅家の強調する人の本心、本性をいう（六祖慧能の公案による）。○庭前栢影　「庭前柏樹子」は、唐の趙州従諗《じゅうしん》禅師の有名な公案。達磨禅の真髄（「祖師西來意」）は言葉では示せない意。○施…福　福徳を施す。ここは修行中の若者に禅の真髄を示せること。

07

百歳長宵夢　百歳は長宵の夢

幾能醒一場　幾《いく》ばくか能《よ》く醒むること一場ならん

四生仝性命　四生は性命を同じくすれば

何忍更殘傷　何ぞ更に残傷するに忍びんや

布徳及鱗羽　徳を布《し》きて鱗羽に及ぼし

興慈至善良　慈を興こして善良《ぜんらう》に至る

力行廣濟道　力《つと》めて広済の道を行へば

物我樂無疆　物も我も楽しみて疆《さか》ひ無し

人生百年は長い長い夜の夢、一度くらい目覚めることは有るのだろうか。胎生であれ卵生であれ夢中の命という点では皆同じ、どうしてこれ以上生類を傷つけられよう。魚や鳥にも徳を及ぼし、慈愛を施して善良の人となるのである。広く生類を救う在り方に務めれば、鳥も魚も自分もみな楽しみは尽きない。

○宵　寒山詩090に「悪趣甚茫茫、冥冥無日光。人間八百歳、未抵半宵長。此等諸癡子、論情

甚可傷。勸君求出離、認取法中王」（「惡趣」は、三悪趣、三悪道。輪廻）とある。◯幾能「幾ばくか能く～」、どれほど～できることか。◯四生　卵生、胎生、湿生、化生。「六道四生」は、輪廻世界の衆生をいう。隠元は放生を急務としているので、この詩偈では、生類を殺傷しない、放生、広済の思想に焦点化している。◯善良　如何なるものをも好く解かること。◯疆　「境」に同じ。

08

薫風來殿角
個個盡歡樂
毛孔忽生香
千年大夢覺
清涼界上行
魔佛掌中握
霹靂震雷聲
須彌驚倒卓

薫風殿角に来たれば
個々歓楽を尽くす
毛孔《まうく》忽ち香を生ずれば
千年の大夢覚む
清涼界上に行はるれば
魔仏掌中に握らる
霹靂として雷声を震《ふる》へば
須弥驚きて倒卓す

迷いや悟りに影響を及ぼす薫習の風が仏殿に吹くと、僧侶はそれぞれ楽しみに耽りはじめる。体中の毛穴から薫習の清涼な香が匂い立てば、人生は長い夢なのだと分かって来る。薫習の清涼感が法界に行き渡れば、魔軍も仏も掌中に入る。にわかに稲妻が奔《はし》って雷鳴が轟《とどろ》くと（心が表に現れ）、須弥山（仏教界）もひっくり返るような有り得ないことが分かるのである。

○薫風　薫習《くんじゅう》の風。香が染みつくように、迷いや悟りが他に影響を及ぼすこと。『五燈會元』の問答に諸仏出身の処を問い、「薫風自南來、殿閣生微涼」とある。○香　この詩は、寒山詩083「白拂梅檀柄、馨香竟日聞。柔和如巻霧、搖曳似行雲。禮奉宜當暑、高提復去塵。時時方丈内、將用指迷人」の境地に似る（「梅檀香」は、暑い時に身に塗ると、涼しく感ずる。「梅檀香風」は、香木の梅檀の香を含んだ風。「梅檀林」は、禅僧の修行の場）。○千年大夢覺　「大夢」は、人生（『莊子』斉物論篇に見える）。「夢覺」は、「夢醒」に同じ。Ⅰ68詩に「千生大夢醒」と見える（「覺」は、それが夢だったと始めて分かること）。○清涼　絶対の境地。釈迦は梅檀の茸（「梅檀樹耳」）を食し、その毒に病み、「清涼」（絶対の境地、ニルバーナ）に入ったという。○界　三界、法界、沙界。○魔佛　魔物と仏。○霹靂…雷聲　「霹靂風雷」といえば、心、心境が表面化すること。「雷電霹靂」は、雷神が雷斧で霹靂を発すること。また、元《げん》の正因禅師は雷声を聞いて悟り、霹靂と号したという。〇須彌…倒　「須彌山」は、スメール山、須彌檀、仏教世界。「須彌倒」といえば、「西江飲盡」や「北斗柄折」、「黄河乾」と同様、有り得ないことが起こること。「倒卓」は、逆さになる、逆立ちする（「卓」は、立つ意）。『五燈會元』（楚圓禅師）に「手鑠黄河乾、脚踢須彌倒。浮生夢幻身、人命夕難保」とあり、また（大覚禅師）「握拳則五嶽倒卓、展手則五指參差」とある。

09

萬丈寒岩境　万丈なり寒岩の境
悠然出世間　悠然として世間を出づ
俊英多意氣　俊英なるは意気多く
耆徳獨安閒　耆徳《きとく》なるは独り安閑たり
稚鳥鳴新葉　稚鳥は新葉に鳴き
歸雲投晩山　帰雲は晩山に投ず
團圞微咲會　団欒《だんらん》たり微笑の会
未易許君攀　未だ君の攀《よ》づるを許し易からず

高くそびえる寒岩の辺りは、世俗からかけ離れて悠然としている。才知溢れる若い僧は意気盛んであり、徳の高い老僧は独りもの静かである。巣立とうとする鳥は新緑の中で鳴き、夕暮れの雲は山の岫《くき》に帰っていく。この団欒として微笑む霊山会《りょうぜんえ》は、修行者がこの寒岩に登ることを容易には許さない。

○寒巖　寒山詩278には「寒巖深更好、無人行此道。白雲高岫閑、青嶂孤猿嘯。我更何所親、暢志自宜老。形容寒暑遷、心珠甚可保」と詠まれる。霊鷲山および黄檗山を寒山、寒岩に擬《なぞら》えている。○微笑會　霊山会《りょうぜんえ》のこと。釈迦が霊鷲山《りょうじゅせん》の衆会で華《はな》を拈って見せ、弟子の迦葉《かしょう》だけが理解して破顔微笑したことで、仏法継承の起源とされる。○攀　心が対象に向かう意（「攀縁」という時の執着の意は無いように思われる）。この詩は、寒山詩218「我聞天台山、山中有琪樹。永言欲攀之、莫曉石橋路。縁此生悲歎、索居將已暮。今日觀鏡中、颯颯鬢垂素」、297「欲向東巖去、于今無量年。昨來攀葛上、半路困風煙。徑窄衣難進、苔粘履不前。住茲丹桂下、且枕白雲眠」の境地に似る。

10

吾有一寶劍　吾に一宝剣有り
可擬不可見　擬《はか》るべくして見る可からず
放去寂寥寥　放ち去れば寂として寥々
拈來光燄燄　拈り来たれば光焔々たり
護身億萬秋　身を護りて億万秋
今朝畧顯現　今朝略《ほ》ぼ顕現す
魔軍若到來　魔軍もし到来せば
斬作千萬片　斬つて作《な》すこと千万片なり

私は一ふりの宝剣を持っているが、使うことはできても目には見えない。放っておけば静まりかえっているが、一旦抜けばその輝きは煌々たるものだ。人の身を守ること億万年といわれるが、その宝剣が今朝《けさ》がた少しばかり見えたのである。仏道修行を妨げる魔物たちがもしも押し寄せて来ても、この宝剣で斬りつければずたずたにできる。

○不可見　拾得詩15に「見時不可見、覓時何處覓」とある。この詩は、寒山詩161「可貴天然物、獨一無伴侶。覓他不可見、出入無門戸。促之在方寸、延之一切處。你若不信受、相逢不相遇」に擬す（「天然物」は、仏性）。◯寶劒　仏の智慧の剣。また、禅の機鋒の喩え。寒山詩156に「寒山有躶蟲、身白而頭黑。手把兩卷書、一道將一德。住不安釜竈、行不齎衣裓。常持智慧劍、擬破煩惱賊」、拾得詩43に「左手握驪珠、右手執慧劍。先破無明賊、神珠吐光燄」とある。

11

寒山不可擬　　寒山は擬すべからず
擬則隔千尋　　擬すれば則ち千尋を隔てん
若昧先賢旨　　若《も》し先賢の旨に昧《くら》からば
活埋古聖心　　古聖の心を活き埋めにせん
八紘空眼界　　八紘は眼界を空《くう》とすれば
一筆寫胸襟　　一筆もて胸襟を写す
併作巖中響　　併せて岩中の響きを作《な》せば
聲光應古今　　声光古今に応ぜん

寒山は真似られない、真似ようとすると遥か彼方に遠ざかってしまう。もしも先賢寒山の示された教えに近づけないのならば、昔の聖人の教えを活きたまま葬ってしまうことになる。この世の視界内のものは実体が無いからであるが、一筆で吾が胸の内は写し出せる。それを寒岩の中で響いた響きと一緒にすれば、互いの声や輝きは今と昔とで相響き合うにちがいない。

○古聖心　「古聖」は、釈迦、達磨、黄檗希運ら。ここは、寒山。寒山詩217に「自古多少聖、叮嚀教自信。人根性不等、高下有利鈍。眞佛不肯認、置功枉受困。不知清淨心、便是法王印」とある（「眞佛」や「法王」は、寒山当時の禅家の愛用語）。この詩は、寒山詩009「人問寒山道、寒山路不通。夏天氷未釋、日出霧朦朧。似我何由届、與君心不同。君心若似我、還得到其中」の境地に似る。隠元はここでは、寒山に「擬す」のではなく「心（胸襟）」を「響」かせるとする。○眼界　眼《まなこ》に見る所。○聲光　音容と光彩。顕現する声や輝き。また、世間での評判、或いは詩文の風采をもいう。

12

道情不可測　道情は測るべからず
妄念亦難量　妄念も亦た量り難し
探海海無際　海を探るも海に際無く
窮天天更長　天を窮むるも天は更に長《とこし》へなり
外尋眞鹵莽　外に尋ぬるは真に鹵莽
内省是賢良　内に省るこそ是れ賢良なり
古者既如此　古へは既に此くのごとし
今何徒自忙　今何ぞ徒らに自らを忙しくすや

道に対する修行者の思いは測り知れないし、世俗の妄念も同じく量り難い。海を探ろうにも海は際限の無いものであり、天を究明しようにもその天も際限が無い。外に向かって道を求めるのは真《まこと》に粗忽であり、心中に求めてこそ賢者といえる。昔から既にそうと決まっているのだ、現在の我々がどうしてあたら自らを齷齪《あくせく》とさせる必要があろうか。

○内・外　外界と内界（心）。この詩は、寒山詩291「我見人轉經、依他言語會。口轉心不轉、心口相違背。心眞無委曲、不作諸纏蓋。但且自省躬、莫覓他替代。可中作得主、是知無内外」の境地に似る（「轉經」は、経を読むこと。「可中」は「如果」、もし。）○鹵莽　「莽鹵」に同じく、軽率、粗忽の意。寒山詩163に「男兒大丈夫、作事莫莽鹵。勁挺鐵石心、直取菩提路。邪路不用行、行之枉辛苦。不要求佛果、識取心王主」とある（「心王」は、当時の禅家の愛用語）。

13

烏兎走雲霓　　烏兎雲霓に走り
忙忙東復西　　忙々として東し復た西す
兩輪相互照　　両輪相互に照らし
萬物豁然齊　　万物豁然として斉ふ
雲散千林曉　　雲散じて千林暁け
春歸百鳥啼　　春帰りて百鳥啼く
道高超象外　　道高ければ象外を超え
魔類絶攀躋　　魔類も攀《よ》ぢり躋《のぼ》るを絶たん

太陽と月が虹の橋を渡り、忙しく東から出ては西へと沈む。太陽と月とが互いに照らし合うことにより、万物は広く一斉に整う。雲が去れば林という林は明るくなり、春が戻って来れば多くの鳥たちもさえずり始める。もとめる道が高みに到達すれば現象世界を超越でき、魔物が迫り来ることを決して許しはしない。

○道　寒山詩276に見られる「高道人」は、高僧をいい、その場合の「道人」は、僧徒の意。寒山詩118には「吁嗟濁濫處、羅刹共賢人。謂是等流類、焉知道不親。狐假師子勢、詐妄却稱珍。鈆礦入鑪冶、方知金不眞」とあり、賢者は羅刹（地獄を衛る悪鬼）とは「道」を異にする、と詠む。　○萬物　この詩は、寒山詩017「四時無止息、年去又年來。萬物有代謝、九天無朽權。東明又西暗、花落復花開。唯有黄泉客、冥冥去不廻」に擬す（反対模倣）。　○象外　世外、塵世の外。寒山詩に「自美幽居樂、長爲象外人」とある。

14　有個單傳客　　個《ひと》りの単伝の客有り
迢迢渡遠津　　迢々として遠津を渡る
滿頭堆白雪　　滿頭に白雪を堆《つ》み

一棒指當人　一棒もて当人を指さす
胸秘光明藏　胸は光明の蔵を秘め
舌翻太古春　舌は太古の春を翻す
儼然靈鷲會　儼然たり霊鷲の会
不負老能仁　老能仁に負《そむ》かず

ただ一つの仏の教えをのみ純粋に継承する旅人がおり、遠い旅への渡し場（海港）を渡った（私はそうして日本に来た）。すっかり白髪頭の老人ではあるが、徳山棒をふるって衆生に説法はして来ている。胸中には仏の智慧の宝庫がおさまり、言葉は昔ながらの仏土の春を呼び覚ます。霊山会《りょうぜんえ》でなされた仏法の継承は厳かで冒しがたく、お釈迦様の教えに背を向けるようなことは一切無い。

○單傳　仏の教えをただ一つ純粋に継承し、二三に亘《わた》らず伝えること。　○一棒　棒喝、一棒一喝、徳山棒と臨済喝、棒撃と吆喝《ようかつ》。禅家、特に臨済宗が学ぶ者を接化接引するのに用いる（隠元もと臨済宗楊岐派に属し、一棒西来したと言われる）。　○指當人　「直指當人」

は、文字言語によらず直接本人の心に覚知を示すこと。「當人事」といえば、本人の大事、すなわち禅旨を悟り、生死を超脱することをいう。　○光明藏　光明の宝庫。また、真如の光を輝かす智慧が収められている自己の本心。この詩は、寒山詩307「寒山寒、氷鎖石。藏山青、現雪白。日出照、一時釋。従茲暖、養老客」に擬す（雪の下に蔵れている山の青さは、日が照ることにより人を養ふものとなる、と詠む）。「雪・白」「蔵」「老」「客」などの語彙が共通する。　○翻…春　回春、春になる、春が廻ってくる。　○靈鷲會　霊山会《りょうぜんえ》。釈迦が霊鷲山《りょうじゅせん》の衆会で華を拈って見せ、弟子の迦葉《かしょう》だけが理解して破顔微笑したことで、仏法継承の起源とされる。（Ⅰ75詩参照）。　○能仁　釈尊仏陀の別名。

15

拂拂南來風　　払々たり南来の風
青青楊柳色　　青々たり楊柳の色
閒談絶點塵　　閑談すれば点塵を絶ち
略試出標格　　略試すれば標格を出づ
滿腹是經綸　　腹に満たすは是れ経綸
所行鬼途轍　　行ふ所は鬼の途轍なり

嗟嗟大博士　　あゝ大博士
返作狼煙客　　返つて狼煙の客と作る

南からそよそよと薫風が吹くと、楊柳が青々と色づき始める（薫習）。暇つぶしの談話でも世俗のちょっとした汚れを取り除き、あらましの議論でも俗世の分別や知見を超越してしまう。その腹に満ちているのは世を統治する事であり、やっている事は餓鬼の屁理屈だ。何とも立派な御説をお持ちの先生様よ、逆に妖気を漂わせてぶらついている者になっておるぞ。

○拂拂　風の音。　○南來風　Ⅰ54詩にも「柳浪起薫風、南來好消息」とある。薫習《くんじゅう》の風は、香が染みつくように、迷いや悟りが他に影響を及ぼす喩え。　○楊柳　修行者が日を避け、休息するニヤグローダの樹（尼拘、尼拘律陀。バニヤン樹。インド無花果《いちじく》、榕樹と訳す）。「楊柳観音」がいる。　○點塵　「點」も、しみ、けがれ。　○略試　簡単に、あらまし、要約して、試しに言ってみること。「略試論之」の略。　○標格　品格、風格。規範、規格、標識、標示の格式のこと。　○經綸　もと絲を治め整える意から、天下を治め整える。　○鬼　世俗の意想知解。俗情妄念、虚妄不実を意味する。　○途轍　事を行う時の筋道や方向、道理。　◯大博士　この詩は、寒山詩038「余曾昔覩聰明士、博達英靈無比倫。一選嘉名喧宇宙、五言詩句越諸人。爲官治化超先輩、直爲無能繼後塵。忽然富貴貪財色、瓦解氷消不可陳」に擬す。　◯狼煙　狼の糞を燃やしてたてる烽火《のろし》。戦火、戦争の喩え。また、妖気の喩え。　◯煙客　仙人をはじめ、道士、隠士をいう。

16

隻手破天荒　　隻手の破天荒
大開正法塲　　大いに正法の場を開く
聞風倶偃艸　　風を聞きて倶に艸《くさ》を偃《ふ》すれば
返炤忽生光　　返照忽ち光を生ず
法護舒明鑑　　法もて護りて明鑑を舒《の》ぶれば
魔羣輙退藏　　魔群輙《すなは》ち退蔵す
一時露赤膽　　一時赤胆を露せば
千古爲金湯　　千古金湯と為らん

前代未聞の二祖慧可は片腕を落として決意を示し、正しい禅修行の場を大々的に開いてくれた。禅の呼び掛けが耳に入って靡《なび》くどの草々も、自らの心を見抜く智慧の眼光が身につくようになったのである。その仏法を護って省察を養って行けば、群れなす魔物もそそくさと退散しようぞ。一旦真心（仏性）が現れれば、永遠に堅固な心の城壁・外堀となろう。

○隻手　二祖慧可は、達磨に入門する際、片腕を切ってその決意を示した（「斷臂安心」の故事による）。○破天荒　前代未聞、初めての出現、第一人者。○法　この詩は、寒山詩160「我今稽首禮、無上法中王。慈悲大喜捨、名稱滿十方。衆生作依怙、智慧身金剛。頂禮無所著、我師大法王」の境地に似る（なお「法王」は、寒山当時の禅家の愛用語）。「正法眼」といえば、禅者が事物を観察し、真理を認識する智慧の眼光。○聞風　呼びかけや風評が耳にはいる。「風」は、動性、動かす力。宗風、禅風。「風過樹」といえば、言辞文句、概念意義に執着しないことの喩え。「風心」は、成仏できるための種を播くこと。○偃艸　風が吹いて草が靡く。道徳による教化が効果を発揮する喩え。○返炤　返照回光。外に向かって物を見ようとする眼光を止め、内なる自らの身心を見つめること。自己の智慧の光を廻らせ、自己自身を省み（返照し）、真実の（本来の）自己を発見することをいう。○明鑑　好く映る鏡。また、明らかな戒め。或いは、鏡とする、手本にすること。○金湯　金城湯池。金属で出来た城郭と、水のわき出す護城河。堅固な城壁の意。

17 浪著書千巻　浪《みだ》りに書を著はすこと千巻なるも
難描半點眞　半点の真をも描き難し
返觀無住處　無住の処を返観し
徹見本來人　本来の人を徹見せん
自得尋常樂　自づから得たり尋常の楽しみ
何須更問津　何ぞ更に津を問ふを須《もち》ゐんや
一聲清磬動　一声清磬動けば
敲出滿林春　満林の春を敲き出ださん

むやみに千巻もの書物を書いたとしても、これっぽちの真理をも描けまい。書いた文字には拠り所が無いことさえ分かれば、逆に本来の自分の持つ仏性が見えて来る。おのずと平素の楽しみは得られる、どうしてわざわざ外に道を求める必要があろう。勤行の磬《けい》の一声で、仏土の春は訪れる。

○眞　この詩は、寒山詩168「世有多事人、廣學諸知見。不識本眞性、與道轉懸遠。若能明實相、豈用陳虛願。一念了自心、開佛之知見」に擬す（「人、眞、本、道、見」が共通する）。

○返観　「返観内視、返観内照」は、「返視内視、返視内照」も同じで、自ら反省すること、仏性に照らして自己を検証すること。○無住　ものの在り方は空理であって、止まることができない。したがって拠り所が無い意。また、執着がないこと。○本來人　自心の本性、本来の面目（本来仏性を具有し、かつ円満充足している人心）を分かっている人。「本来心」（本心）といえば、本源の心、悟りの心、すなわち人々が本来具有している仏性のこと。

○春　覚苑（仏土）の春。ここは、尋常の楽しみを得られること。

18

嗟嗟黄口兒　　あゝ黄口の児
唯見巣中好　　唯だ巣中の好きを見るのみ
學語未成章　　語を学んで未だ章を成さざるに
喃喃闢佛老　　喃々として仏老を闢《ひら》く
尺鷃咲鵾鵬　　尺鷃は鵾鵬を笑ひ
朝昏徒懊悩　　朝昏徒《いたづ》らに懊悩す

那知天地外　　那《なん》ぞ知らんや天地の外に
更有無窮道　　更に無窮の道有るを

何とも嘴の黄色い雛っ子たちは、ただ巣の中の好さしか見えていない。言葉を覚えただけで未だまともな文章も作れないのに、むにゃむにゃとお釈迦様の教えを語りはじめる。これっぽちの鶉の雛が鳳凰を笑った所で、朝な夕な無駄な悩みが起こるだけ。どうして自分の巣の外のことに気づかないのか、窮まり無い真理の世界が更に有るというのに。

○黄口兒　黄口は、雛鳥の嘴。黄口兒は、幼児。また、知識の乏しい若者。この詩は、寒山詩230「三五癡後生、作事不眞實。未讀十卷書、強把雌黄筆。將他儒行篇、喚作賊盜律。脱體似蟫蟲、齩破他書帙」に擬す（「雌黄」は、文字は黄色の紙に書くが、それを訂正するために用いた黄色の顔料）。未熟で訂正が必要である（訂正に頼っている）ことをいう。○佛老　「釈迦老子」といえば、釈迦老すなわち釈迦のこと。因みに隠元は、Ⅰ39詩で孔子と「佛老」とを併せて「三聖師」と言っている。その場合は、釈迦と老子。

19

林間閒夢醒　林間に閑夢醒むれば
無事可思量　事の思量すべき無し
種竹招鸞鳳　竹を種ゑて鸞鳳を招き
誅茅結艸堂　茅を誅《か》りて艸堂を結ぶ
氷輪清老眼　氷輪は老眼を清くし
甘露潤枯腸　甘露は枯腸を潤す
奕葉彌今古　奕葉今古に弥《わた》り
枝花播遠香　枝花は遠香を播く

林に囲まれたここ松隠堂で無用な夢から目醒めてみると、これと言った心配事は特段何も無い。竹を植えて大鳥（智慧ある賢者）を呼び集め、茅を刈って草庵を結んだのだ。月明りは老いた眼をすっきりとさせ、甘い泉の水（仏の教え）は渇いた心を潤してくれる。代々古今に亘って、この草庵に咲く花は遠くまで香りを放つことになるであろう。

○夢　この詩は、寒山詩044「獨臥重巖下、蒸雲晝不消。室中雖暡靉、心裏絶喧囂。夢去遊金

闕、魂歸度石橋。拋除鬧我者、歷歷樹間瓢」の境地に似る。 ○無事　寒山詩に「可觀無事客、憩歇在巖阿」とある（「無事人」は、寒山当時の禅家の愛用語）。 ○思量　寒山詩191に「有身與無身、是我復非我。如此審思量、遷延倚巖坐。足間青草生、頂上紅塵墮。已見俗中人、靈牀施酒果」、245に「昔日極貧苦、夜夜數他寶。今日審思量、自家須營造。掘得一寶藏、純是水精珠。大有碧眼胡、密擬買將去。余即報渠言、此珠無價數」とある。 ○招鸞鳳　招賢。「鸞鳳」は、賢俊の士を喩える。 ○茅　寒山詩に「霜露入茅簷、月華明瓮牖」と見える。 ○甘露　神の甘い酒。仏の教えを喩える。 ○奕葉　奕世、奕代、世々、代々。

20

吾非擬寒山　　吾は寒山に擬するに非ず
自擬主人翁　　自らを主人翁に擬するなり
雖則不相似　　則ち相似ずと雖も
寒山在其中　　寒山は其の中《うち》に在り
一毫頭透脱　　一毫も頭は透脱《ちょうとつ》し
萬類躰通同　　万類も躰《からだ》は通同す
物不昧人眼　　物は人の眼を昧《くら》くせず

唯人眼自蒙　　唯だ人 眼をば自ら蒙《おほ》ふのみ

私は寒山詩に真似ているのではない、自分の心を象《かたど》っているのである。たとえ似ていなくても、寒山は私の心の中にいる。頭髪のわずか一本でも私の頭は分かっているし、万物全てに私の体は通じている。物が人の眼を遮っているから物が見えないのではなく、人が自らの心の眼を覆ってしまっているだけなのである。

○主人翁　主人公。禅家は自分の心は仏であり、自我こそ主人であるとし、自分の心こそ「主人公」であるという。この詩は、寒山詩240「世有一般人、不惡又不善。不識主人公、随客處處轉。因循過時光、渾是癡肉臠。雖有一靈臺、如同客作漢」の境地に似る（反対模倣）。

○一毫　一本の髪の毛、小さいもの、纔かなものの譬え。○透脱　詳細に疑義を解くこと。迷いから解脱する、超脱する。○萬類　万物。

21　佛乃聖中聖　　仏は乃ち聖中の聖

萬靈之祖考　　万霊の祖考たり

龍天八部衆　　龍天八部の衆
仙鬼五通道　　仙鬼五通の道あり
一切盡歸依　　一切尽く帰依し
人間倶讃可　　人間倶に讃可す
魔外自無知　　魔外は自ら知る無く
云他不及我　　他は我に及ばずと云ふ

仏は聖人の中の聖人であり、生きとし生けるものの始祖である。天上界の龍神八部衆や、五つの神通力を得た神仙達がその仏法を護っている。彼らの一切尽《ことごと》くが全て仏に帰依し、世間もみな讃《たた》え認めている。天魔や外道はそれと分からずに言う、「奴は俺に及ばない」と。

○祖考　始祖、祖先。　○龍天八部　龍神八部。仏法を守護する神々。この詩は、寒山詩159「我見世間人、……擇佛焼好香、揀僧歸供養。羅漢門前乞、趁却閑和尚。不悟無爲人、從來無相状。封疏請名僧、䞋錢兩三樣。雲光好法師、安角在頭上。汝無平等心、聖賢倶不降。凡聖皆混然、勸君休取相。我法妙難思、天龍盡迴向」に擬す（「迴向」は、自身の修めた功徳

を衆生に移し与え、共に仏道に向かうこと。平等心も無く、形で仏を撰《えら》んだりすると、菩薩も羅漢もいずれも降臨してくれない、と寒山は言う。）○仙鬼五通　五つの超人的な力、五種の神通力を得た聖者。五通仙、五通である神仙鬼神。五神通。○魔外　天魔と外道《げどう》。

22

黄檗無多子　　黄檗は多子《たす》無く
聞賢必賞音　　賢なりと聞けば必ず音を賞《め》づ
聊書先聖跡　　聊か先聖の跡を書し
以副本來心　　以て本来の心に副《そ》ふ
天下欽言行　　天下に言行を欽《つつし》み
林間閲古今　　林間に古今を閲《み》る
年來甘隠遁　　年来隠遁に甘んじ
不與世浮沈　　世とは浮沈せず

元来黄檗の仏法は極めて簡単であるので、賢者がいると聞けば必ず知音となろうとする。少しばかりだが先の聖人（寒山ら）の足跡を書き留め、我が心の仏性と合わせてみるのである。世の中に在っては言行を大切にし、書斎では昔から今までの歴史をも調べる。年来そのような隠棲を大事にし、世の中と一緒に浮き沈みすることはしないのである。

○無多子　どれ程も無い、幾ばくも無い、きわめて少ない意。『臨済録』の公案に「元來黄檗佛法無多子」とある（「黄檗の仏法は端的だ」は入矢氏訳、「たあいない」は朝比奈氏訳）。仏法は外に向かって求めても何も無い（『碧巌録』32則参照）。　○賞音　知音。また、鑑賞する、良さを識る。寒山詩に「不恨會人稀、只爲知音寡」とある。　○本來心　本心、本原の心、覚悟の心、すなわち人々が本来具有している仏性のこと。人心は本来仏性を具え、かつ円満充足している。この詩は、寒山詩280「本志慕道倫、道倫常獲親。時逢杜源客、毎接話禪賓。談玄月明夜、探理日臨晨。萬機倶泯迹、方識本來人」に擬す。

23

錫寄重岩上　錫もて重なれる岩の上に寄り
胸開一義天　胸に一義天を開く
日常自守拙　日常自ら拙きを守り
暗地獨推賢　暗地として独り賢なるをのみ推《お》す

不作繁華夢　　繁華の夢を作《な》さず
惟談解脱禪　　惟だ解脱の禅をのみ談ず
心無閒艸木　　心に閑艸木無く
滿眼是青蓮　　眼に満つるは是れ青蓮なり

錫杖を手にして畳《たた》なわる岩の上に住み、絶対唯一の空理を胸の内で展開する。平素より世渡りの拙い自分を好しとし、密かに賢者（であること）だけを求める。栄華の夢は見ず、ただ悟りを得るための禅についてのみ語る。心に無用の草木は無く、見渡す限りが浄土の青々とした蓮華のみである。

○開…天　天性を展開する。　○一義　聖諦第一義。仏教や禅宗の至極玄妙なる真理、最高の真理をいう（「義天」といえば、義天菩薩。心を真実の空理に安住させ、一切のものが空である道理を理解している菩薩）。　○推賢　寒山詩に「他賢君即受、不賢君莫與。君賢他見容、不賢他亦拒」とある（因みに、寒山は「拙」を詠まない）。　○閒艸木　無駄無用の草木。　○蓮　この詩は、寒山詩267「盤陁石上坐、谿澗冷凄凄。靜翫偏嘉麗、虚巖蒙霧迷。

怡然憩歇處、日斜樹影低。我自觀心地、蓮花出淤泥」に擬す。また、268「隱士遁人間、多向山中眠。青蘿踈麓麓、碧澗響聯聯。騰騰且安樂、悠悠自清閑。免有染世事、心靜如白蓮」の境地にも似る。

24

物物倶貪生　物々倶に生を貪り
人人盡怕死　人々尽く死を怕《おそ》る
何事害他命　何事ぞ他の命を害し
以肥我腹子　以て我が腹子を肥やすや
愚蠢好饕餮　愚蠢は饕餮《たうてつ》を好み
聖賢返恕己　聖賢は返つて己れを恕《はか》る
最憫互相殘　最も憫《あは》れむ互いに相残《そこ》なふを
何時能抵止　何れの時にか能く抵止せんや

この世のもの全てが生命に貪欲であり、どの人も全て死を恐れている。なのにどうして生類の命を害し、我が腹を太らせたりするのか。愚か者は飲食を貪る悪者を好むが、聖人賢者は寧ろ自分に同情する。最も憐れむべきは互いに喰らい合う（傷つけ合う）こと、いつになったら止められるのか。

○他命　この詩は、寒山詩095「嘖嘖買魚肉、擔歸餧妻子。何須殺他命、將來活汝己。此非天堂縁、純是地獄滓。徐六語破堆、始知没道理」に擬す（韻も同じ）。その他、寒山詩には「不知他命苦、只取自家甜」、「我見凡愚人、多畜資財穀。飲酒食生命、謂言我富足」（「愚蠢」はこの詩を踏まえる）などと見える。○腹子　肚子《はら》、腹。また、腹の中の我が子の意もある。○饕餮　財や食に貪欲な、伝説上の獣。飲食を貪る者。また、凶悪なる者を喩える。○恕己　心中で（自分自身を）はかること。『文選』に「内恕己以量人」（内に己を恕りて以て人を量る）とある。○抵止　「抵」は、おしのける、こばむ、さからう。

25

壽生廣物命　　生を寿《ことほ》げば物命を広げ
樹福布津梁　　福を樹《た》つれば津梁に布《し》く
徳振乾坤大　　徳振へば乾坤は大に
心明日月長　　心明らかなれば日月は長し

擴充臨濟脈　　臨済の脈を拡充し
直接少林芳　　直ちに少林の芳に接す
正道通今古　　正道今古に通じ
眞風四海揚　　真風四海に揚がらん

長生きを願えばものの命は長らえ、功徳を施せば衆生済度の橋渡しとなる。徳が行き渡れば世界も広がり、心が明朗であれば時間にも余裕が出来る。臨済禅師の正脈を拡充し、直ちに達磨大師の教えに近づくのだ。正しい教えは昔から今に通ずるもの、臨済（黄檗）の宗風は四海に吹き渡るのである。

○壽生　「壽」は、草木にも命があるとすること。　○福　功徳。価値ある行為。　○布津梁　「流布津梁」同じ。「津梁」は、橋や渡し場。橋渡し、到達手段。また、彼岸をもいう。接引、導き。衆生を済度することの喩え。　○正道　この詩は、寒山詩074「不行眞正道、隨邪號行婆。口慙神佛少、心懷嫉妬多。背後噇魚肉、人前念佛陁。如此修身處、難應避奈河」の境地に似る（反対模倣。「行婆」は、仏を信じて修行する在家の老婦。寒山の「正道」は、これ一例のみ)。　○眞風　ここは達磨および黄檗希運やその会下の臨済義玄の宗風、禅風。

26

光陰忙似箭　　光陰は忙しきこと箭《や》に似たり
世上幾人閒　　世上幾人か閑《のど》かなる
聽法心無定　　法を聴くも心は定まる無く
探花戀未還　　花を探れば恋ひて未だ還らず
浮雲掩白日　　浮雲は白日を掩《おほ》ひ
綠水映青山　　緑水は青山を映す
無限丈夫子　　無限の丈夫子
活埋天地間　　天地の間に活埋す

光陰は忙《せわ》しきこと矢の如し、世の中の一体どれほどの人がのんびり出来るというのか。仏法を聞いても心は浮ついたまま、花を採りに行けばいつまで経っても返ってこない。そうしているうちに漂う雲が日を覆い、春も終わって川にはもう夏山の緑が映っている。切りの無い元気者よ、世間（煩悩坑）に活き埋めのままで終わってしまうぞよ。

○箭　この詩は、寒山詩253「我見黄河水、凡經幾度清。水流如急箭、人世若浮萍。癡屬根本業、無明煩惱阬。輪迴幾許劫、只爲造迷盲」に擬す（「阬」は「坑」に同じ。仏教では煩悩が人を陥らせるとするのでいう。活埋坑）。○定　三昧、三摩地の意訳語。心が一境に集注し、乱れないこと。○無限　年月の数で量ることの出来ない時間。「限」は、適量、適度。『長阿含經』に「佛告比丘、有四事長久、無量無限、不可以日月歳數而稱計也。……」とある。○丈夫　正道を直進して退転しない者、五欲七情に動かされない勇気ある者。「丈夫漢」は、参禅者。Ⅱ60詩に「無求大丈夫」とある。○活埋　志が本物でない場合、僧堂の前の穴に突き落とすこと。「活埋坑《かつまいきょう》」は、修行の志が本物でない場合、突き落とされる穴。

27

我無驚人句　　我に人を驚かすの句無し
一向只平常　　一向《ひたす》ら只だ平常なるのみ
信手拈來用　　手に信《まか》せて拈り来たりて用ゐ
當機不着忙　　機に当たつては忙しきに着かず
淡中遍有味　　淡中に遍《あまね》く味有り

妙處却難量　妙処は却つて量り難し
未得箇中旨　未だ箇《こ》の中《うち》の旨を得ざれば
徒勞較短長　徒らに短長を較《くら》ぶるを労せん

私の詩には人をはっとさせるような奇抜な句は無い、ひたすら尋常な句だけだ。手の動くままに拈り出したものであり、拈り出す時（の直感的な働き）は無理はしていない。淡泊さの中に全体に味が染み出るように作り、味わいのある箇所は逆にそれとは分からない。この意味（禅）がお分かりでないと、評価なさっても徒労に終わってしまいます。

○當機　当機覿面、禅機に臨む、禅機と向き合う。「禅機」は、師家が修行者を教え導くための手段としての喝や棒などによる直感的、瞬間的なはたらきをいう。○不着忙　「不著」は、執着しない。「着忙」は、慌てふためく、あわを食う。○妙處　この詩は、寒山詩141「下愚讀我詩、不解却嗤誚。中庸讀我詩、思量云甚要。上賢讀我詩、把著滿面笑。楊脩見幼婦、一覽便知妙」に擬す（「幼婦」は「少女」、すなわち「妙」）。○箇中旨　「箇中意」といえば、禅法の主旨、本来の面目をいい、寒山当時の禅家の愛用語。

28

老倒掣風顛　老倒にして風顛を掣《ひ》き
邇來愈悄然　迩来愈《いよ》いよ悄然たり
春肥燕子國　春には燕子の国に肥え
秋老菊花天　秋には菊花の天に老ゆ
喜得清閒樂　喜び得たり清閑の楽しみ
免教福業牽　福業をして牽《ひ》かしむるを免る
以斯微妙景　斯《こ》の微妙なる景を以て
唯我占機先　唯だ我のみ機先を占めん

年老いて瘋癲和尚と化し、以来ますますもの静かである。春は燕を迎えて季節を満喫し、秋は菊の花咲く空の下で老いて行く。閑静という楽しみを手に入れたことを喜び、禅家としては福報をわざわざ呼び寄せずに済んでいる。このような言うに言われぬ見事な景観の中で、私だけが機先を制し禅機を超越できている。

○老倒　「潦倒」も同じく、老人、おいぼれ。　○掣風顛　阿呆や馬鹿の真似をする。掣風掣顛、瘋瘋癲癲、言語や行動が常態に合わないこと。寒山詩221に「時人見寒山、各謂是風顛。貌不起人目、身唯布裘纏。我語他不會、他語我不言。爲報往來者、可來向寒山」とあり、237にも「寒山出此語、復似顛狂漢。有事對面説、所以足人怨。心眞出語直、直心無背面。臨死度奈河、誰是嘍囉漢。冥冥泉臺路、被業相拘絆」とある。　○悄然　そのまま物静かなさま、静寂なさま。　○燕子國　神話中の燕《つばめ》の国、烏衣國。海難で流れ着いた国で妻を娶ったが、やがて帰国した所、毎春つがいの燕が家を訪れるようになったという故事に基づく。男女出会いの地とも。　○菊花天　重陽の節句、秋の気候をいう。　○清閒　この詩は、寒山詩268「隱士遁人間、多向山中眠。青蘿踈麓麓、碧澗響聯聯。騰騰且安樂、悠悠自清閑。免有染世事、心靜如白蓮」に境地が似る。　○福業　福報を牽《ひ》きよせる善良なる行為、および言葉、考えなどを指すが、禅家はこの種の因果応報理論に賛成せず、本性を悟ってはじめて生死を超脱できるとする。　○微妙景　「微妙《みみょう》」は、人間の常識では捉え得ない、奥深い、言うに言われぬ見事さ、不思議さ。　○機先　禅機の起こる前。禅機を超越する。「占…先」は、優先的な位地に居ること。「禅機」は、師家が修行者を教え導くための手段としての喝や棒などによる直感的、瞬間的なはたらきをいう。

29

眼底幾春冬　眼底幾春冬ぞ
少年易老容　少年老容なり易し
無増閒碧落　増す無し閑碧落
不減舊青峰　減ぜず旧青峰
大道離名相　大道は名相を離れ
善行絶朕蹤　善行は朕蹤を絶つ
夜來忘管帶　夜来管帯するを忘れ
逗漏數聲鐘　逗漏す数声の鐘

今やここに来て何年になるのだろうか、まさに少年老い易しだ。静かな空は広さを増したりはしないし、昔からの山の緑も減ったりはしないのにだ（人だけが老いる）。偉大なる道というものは名や形とは没交渉であり、巧みな行いというものも兆しや形跡を遺《のこ》さない（変化無し）。禅のそんな奥義を引き受けていること（管理）を昨夜来忘れてしまい、幾つかの鐘の音にその奥義を漏らしてしまったわい。

○眼底　目下、今現在。また、眼中、眼前。「透關眼底」といえば、禅機を見抜く眼、法眼。○幾春冬　この詩は、寒山詩212「自従到此天台境、經今早度幾冬春。山水不移人自老、見却多少後生人」に擬す（結句は、後に続く人ばかりが目に入る意。「卻」は、動詞の後に付き、動作の完成を表す）。○少年　寒山詩032「少年何所愁、愁見鬢毛白。白更何所愁、愁見日逼迫。移向東岱居、配守北邙宅。何忍出此言、此言傷老客」もこの詩と境地が似る。○碧落　天空、晴天（道教用語）。「碧落界」といえば、紺碧の海面をいう。○青峰　緑の山の峰。○名相　事物の名称と形。○善行　時々の機に応じて上手に衆生救済の利他を行うこと（善い行い）。○朕蹤　「朕跡、朕兆」も同じく、ものの兆し（「朕」は機ざし、目兆。「跡（迹）」は、あとかた）。○管帯　管理、管轄する。「管」は、うけがう意。「帯」は、我が身に持つこと。その意を了解し、体得して、寸刻も忘れないこと。「管取」（保証する、引き受ける、肯定する）も同じ。Ⅱ58詩にも「先賢忘管帯、逗漏一腔中」という言い方が見られる（「忘」は、意識していない状態）。「管帯一路」といえば、仏法の真実義を体得した境地をいう。○逗漏　漏逗、漏れ出る。常に禅法の玄旨が露呈することをいう。禅旨は言説に出来ないけれども、高手の宗師が真剣に人に示すと、自ずと心地《しんじ》を直指できる。この

「禅旨を漏らす」という言い方は、漏れては行けないものが漏れ出てしまうことから、詼諧の意味を帯びる。

30

君是誰家子　君は是れ誰が家の子ぞ
竛竮最可憐　竛竮《れいへい》として最も憐むべし
功名無插脚　功名は脚を挿す無く
文献未成篇　文献は未だ篇を成さず
指路歸郷處　路の帰郷の処を指さすも
迷頭不見天　迷頭して天を見ず
風光賣弄盡　風光も売弄《まいろう》し尽くせば
可値半文銭　半文銭に値《あ》たるべし

君は一体何処《どこ》の誰なのか、孤独で憐れに見える。名を揚げることに踏み込めず、優れた詩文集も出来上がらない。帰郷の路を案内しようにも、道に迷って故郷の空も見えていない。ご自分の面目（本地風光）をこの場限りで売りに出してしまい、一文《いちもん》の半分くらいの銀子を手に入れてらっしゃる。

○誰家子　この詩は、寒山詩046「誰家長不死、死事舊來均。始憶八尺漢、俄成一聚塵。黄泉無曉日、青草有時春。行到傷心處、松風愁殺人」の語を借りるか（結句の「傷心處」は、松風の吹く墓地。擬作詩の「歸鄉處」と原詩の「傷心處」に表れているように、迷いの成れの果てを詠む点では、両者似るか）。○竛竮　孤独なさま。行くに穏やかでないさま。○插脚　足を突っ込む、踏み込む。○指路　道案内する。また、前の人の跡を追う。○迷頭不見天　迷頭認影。愚痴なる者が自己の真性を失い、迷って仮相を真と認めてしまうこと（『五燈會元』等に多出する語）。この詩は、寒山詩067「山中何太冷、自古非今年。沓嶂恆凝雪、幽林毎吐煙。草生芒種後、葉落立秋前。此有沈迷客、窺窺不見天」にも似る。○風光　風情。また、栄誉、面目、体面、体裁。（Ⅰ06詩参照。）○賣弄　呉音は「める」。小利を得て得意になること。また、大げさに効能を述べ立てて売ろうとすること。恰好を付ける、お為ごかしする、その場凌《しの》ぎをする、扮飾する、おもちゃ同然にする、等々。「少賣弄」とも。（『五燈會元』等に多く見られる語。）○半文錢　一文《いちもん》の半分。物は買えないが、無くてはならない金額をいう。「一文半文」といえば、極めて少ない銭。

31

迷人不自惺　迷へる人は自らは惺《さと》らず
遺累百千生　遺累百千生ず
久作貪瞋客　久しく貪瞋の客と作り
長爲虚誕氓　長く虚誕の氓《たみ》と為る
鬼心假佛面　鬼心もて仏面に仮り
獸行張儒名　獸行して儒名を張る
掩耳偸鈴漢　耳を掩ひて鈴を盗むの漢は
到頭無一成　到頭一たびも成る無し

迷える俗人は自から覚醒すること無く、百千もの煩悩にまみれている。いつまでも愚かな欲（貪、瞋、癡）に囚われ、ずっとでたらめな人であり続ける。魔物の心を持ちながら仏の面をし、獣さながらの行いをしながら儒者を気取る。耳を塞いで鈴を偸むように自らを欺くそのような輩は、とうとう終《しま》いまで何事も成し得ない。

○迷人　自己の本源、真性、自らの仏性を見失っている人。寒山詩に「時時方丈内、将用指迷人」と見える。○遺累　棄てるべき所を引きずり続ける世俗の煩い。○貪瞋　三毒（貪瞋癡）のうちの二つ、貪りといかり。○獣行　この詩は、寒山詩243「……下士鈍暗癡、頑皮最難裂。直得血淋頭、始知自摧滅。看取開眼賊、鬧市集人決。死屍棄如塵、此時向誰説。男児大丈夫、一刀兩段截。人面禽獣心、造作何時歇」の境地に似る（「造作」は、悪業。寒山は「痴」を、隠元は「貪、瞋」を詠む点で類似する。寒・隠両者ともに、三毒におかされている俗人は「獣心」「獣行」であるとする）。○掩耳偸鈴　「掩鼻偸香」（鼻を掩《おほ》ひて香を偸む）に同じく、虚妄で自らを欺くことの喩え。あるいは、悪さを隠したつもりでも世には知れ渡っていることの喩え。

32

娟娟碧漢月　　娟々たり碧漢の月
湛湛澄潭水　　湛々たり澄潭の水
水月隔淵天　　水と月とは淵と天とを隔つるも
函容兩不已　　函容して両《ふた》つながら已《や》まず
至眞非所窮　　至真は窮むる所に非ず

圓徹烏能比　円徹は烏《いづく》んぞ能く比べんや
大道廓靈明　大道は廓《ひろ》くして霊明
可探不可擬　探るべくして擬《はか》るべからず

清らかで美しい銀河の月、深く澄み切った淵の水。水と月とでは淵と空との隔たりはあるけれども、ともに相容れてやまない。絶対の真理というものは際限が無いものであり、普《あまね》く行きわたって他とは比べものにならない。偉大なる道というものは不思議なくらいはっきりとしているが、様子を窺うことは出来ても同じように象ることは出来ないのである。

○碧漢　青空と銀河。この詩は、寒山詩051「吾心似秋月、碧潭清皎潔。無物堪比倫、教我如何説」（五絶）に擬す（隠元のこの詩は、擬作詩として極めて特徴的な一首）。○函容　「函」も、いれる。○圓徹　「圓通」といえば、絶対の真理は全てのものに普く行きわたっている意。ここは、水とその水に映る月のように相容《い》れること。円通無碍。○靈明　『五燈會元』には「一切衆生、無不具有覺性、靈明空寂、與佛無殊」と見える。○探　向こうに在る様子の知れないものをさぐる、窺いさぐる意（cf.「捜」は、有るけれども見えないものをさぐる意)。　○擬　Ⅰ10詩に「吾有一寶劍、可擬不可見」とある。

33

不貪花柳色　花柳の色を貪らざれば
兩眼獨圓明　両眼独り円明《ゑんみやう》なり
不上險崕路　険崕の路に上らざれば
脚跟一坦平　脚跟《きやくこん》一《もっぱ》ら坦平なり
心空無物累　心空なれば物の累《わづら》ふ無く
道樂有餘清　道楽しければ餘清有り
世事付流水　世事は流水に付し
閒看枯復榮　枯れ復た栄ゆるを閑看せん

華美に目を奪われることが無ければ、両目とも眩《くら》まず完璧に見渡せる。険しい断崖の路を行かなければ、足場はひたすら平坦である。心が空っぽであれば物に煩わされることも無く、在り方が楽であれば何時でもすっきりとしていられる。世俗の事は流れる水に流し、世の盛衰するのを静かに見守るのである。

○花柳　繁華な遊楽の地。　○圓明　円満明朗、見事なほど完全で明瞭。　○世事　この詩は、寒山詩268「隱士遁人間、多向山中眠。青蘿疎麓麓、碧澗響聯聯。騰騰且安樂、悠悠自清閑。免有染世事、心靜如白蓮」の境地に似る。

34

大道絶中邊　大道は中か辺かを絶ち
臨機契妙玄　機に臨みて妙玄なるに契《かな》ふ
有時鞭脳後　有るいは時に脳後を鞭うち
倏爾拶鋒先　倏爾として鋒先に拶《せま》る
逆順無增減　逆順に増減する無し
行藏豈變遷　行蔵豈に変遷せんや
吾家眞種艸　吾が家の真の種艸は
徹底潔如蓮　徹底して潔きこと蓮のごとし

大道（師家）というものはど真ん中か両極端かの弁別を止め、学にとらわれず臨機応変自在無碍である。時には背後から不意に鞭撻し、突然前面に飛び出たりもする。順序通りは順序通り逆は逆のまま手を加えないからである、進むべきものを退けたり退くべきものを進めるような変更をどうして加えたりしよう。だから我が家の正真正銘の若木は（大道によって修行した法孫は）、蓮のように徹底して汚れがないのである。

○中邊　「中邊分別」といえば、中正であると両極端であるとの弁別。○妙玄　真の法嗣《はっす》は出家の学に没入しないこと。この詩は、寒山詩247「我見出家人、不入出家學。欲知眞出家、心浄無縄索。澄澄孤玄妙、如如無倚託。三界任縦横、四生不可泊。無爲無事人、逍遙實快樂」の境地に似る。寒山詩と擬作、両者ともに真の法嗣《はっす》は出家の学に没入しない（「妙玄」である）ことを詠む（「無事人」は、寒山当時の禅家の愛用語）。○脳後　後頭部、うしろ。或いは記憶外、不意をいう。「脳後挿筆」といえば、うまい不意打ちのように、上手に訟《うった》えること。「脳後抜箭」といえば、師家が修行者の心を開き導くこと（俗な知見を殲滅し、禅旨を領悟させる）。○種艸（種草）法孫のこと。宗旨を継ぐべき人。○徹底　『五燈會元』に言う所の「透頂徹底」が「透頂透底」に同じだとすれば、一切の事柄を透脱《ちょうとつ》する意。全てのものに執われることのない、絶対の境地を体得すること。『五燈會元』に「寒山子、聾性似寒潭、徹底清、是何境界」とある。○如蓮　この詩は、寒山詩268「隱士遁人間、多

向山中眠。青蘿踈麓麓、碧澗響聯聯。騰騰且安樂、悠悠自清閑。免有染世事、心靜如白蓮」の境地にも似る。

35

世味濃如酒　世味は濃きこと酒のごとく
林泉清似茶　林泉は清きこと茶に似たり
嗜茶醒心眼　茶を嗜むは心眼を醒まし
耽酒破身家　酒に耽るは身家を破る
智者擇賢語　智者は賢を択《えら》びて語り
愚人溺見邪　愚人は見に溺れて邪なるなり
到頭隨業去　到頭業に随つて去《ゆ》けば
莫怨佛陀爺　仏陀爺《ぶっだがや》を怨む莫かれ

俗世の味わいは酒のように濃く、山水の味わいは茶のように清々しい。茶を嗜めば心の眼を醒まし、酒に溺れれば身を滅ぼす。智者は賢者を選んで話し相手とするが、愚者は世俗の知見に溺れて邪念が生ずる。終《しま》いまでその罪業のままに生きて行くのであれば、仏陀を怨むでないぞ。

○愚人　この詩は、寒山詩233「我見凡愚人、多畜資財穀。飲酒食生命、謂言我富足。莫知地獄深、唯求上天福。罪業如毘富、豈得免災毒。……」の境地に似る（「毘富」は、印度の王舎城の最高峰毘富羅山。なお、寒山は「茶」を詠まない）。○溺見邪　「見」は、世俗の知見、見解、知識。禅はこれを超越する。○到頭　とうとう、終いに。○怨　寒山詩192に「昨見河邊樹、摧殘不可論。二三餘幹在、千萬斧刀痕。霜凋萎疎葉、波衝枯朽根。生處當如此、何用怨乾坤」（……生処当に此《かく》のごとし、何を用つてか乾坤を怨む）とある。○佛陀爺　佛陁耶。

36

淨眼看塵世　　浄眼もて塵世を看れば
幾能保萬全　　幾ばくか能く万全を保たん
迷頭眞可惜　　迷頭は真に惜しむべく
逐物更堪憐　　物を逐ふは更に憐れむに堪《た》えんや
勸子早回首　　子《し》に勧む早《つと》に首を回し

知非痛策鞭　非を知りて策鞭を痛むを
人身一失後　人身《にんじん》一たび失ひし後は
求出待驢年　出づるを求むるは驢《ろ》年を待つならん

正法眼（真理を見抜く智慧の眼）で世俗を見抜けば、どれほど万全を保てることか。迷える人は真《まこと》に残念、金品を追いかける人はそれ以上に可哀想でならぬ。そんな人には早く考えを改めるように勧めたい、これまでの過《あやま》ちを分かり鞭撻を受けるのだと。人としての存在を一たび失ってしまえば、苦悩から脱出する時は永遠に無いのだと。

○浄眼　事物を観察し、真理を認識する禅者の智慧の眼光。浄法眼、正法眼、正法眼藏。
○迷頭　「迷頭認影」といえば、愚者が自己の真性を見失い、迷って仮相を真と認めてしまうこと。（『五燈會元』等に多出する語。）○知非　回首知非。後漢の楊震が五十歳にして四十九年の非を知ったことから、以前の誤りを反省すること（「天知る地知る……」の故事に基づく）。この詩は寒山詩ではなく、拾得詩14「我勸出家輩、須知教法深。專心求出離、輒莫染貪淫。大有俗中士、知非不愛金。故知君子志、任運聽浮沈。」に擬す（「任運」は『臨済録』にある語で、凡そ事はその自然に順い、平常心を具《そな》えるようにすれば、禅家は悟心を養護でき、また道法の日常運用を体現できるとする）。○痛策鞭　激しく鞭撻する。痛鞭、痛鞭撻。○求出　原詩に拾得が言う「求出離」のこと。「求出含生《ぐしゅつがんじょう》」といえば、喜んで苦悩の世界を出ようと求める一切の有情（含情、世俗の人）をいう。○人身　人としての存在。○驢年　十二支の中に驢《ロバ》年が無いことから、存在しない時間、無限に永遠の時間をいう。

37

有個眞貧士　　個《ひと》りの真なる貧士有り
寒巖爲故宅　　寒岩を故宅と為す
閒吟宇宙清　　閑吟すれば宇宙清く
一掃風月白　　一掃すれば風月白し
古者不須論　　古へは論ずるを須《もち》ゐず
今時豈易得　　今時豈に得易《えやす》からんや
河頭賣水人　　河頭に水を売るの人は
咲殺老黄檗　　老黄檗なりと笑殺す

ここに一人の貧士がいて、旧居は寒岩だという（それは私である）。心静かに宇宙の清らかさを詩に詠み、風月の澄み渡った輝きを更にすっきりさせようとしている。それは昔から話題にする必要さえ無かった事である、今になってどうして簡単に話題に出来よう。川岸で水を売っているような人は、昔ながらの黄檗めと笑い飛ばすことだろう。

○貧士　この詩は、寒山詩099「蹭蹬諸貧士、飢寒成至極。閑居好作詩、札札用心力。賤他言孰采、勸君休歎息。題安餬䴵上、乞狗也不喫」に擬す（反対模倣）。○河頭賣水　売っても売れないこと。「向河頭來賣水」「似擔水河頭賣」ともいう。川のほとりで水を売っても近くに川が流れているので水は売れない、という故事に基づく。原詩の結句「狗《いぬ》に乞《こ》ふもまた喫せず」（犬も食わない）に同じ。

38　學道莫辭難　道を学ぶは難を辞する莫かれ
如登萬仞巒　万仞の巒《みね》に登るがごとし
脚跟生鐵鑄　脚跟《きゃくこん》は生鉄の鋳もの
眼眶赤金丸　眼眶《がんきゃう》は赤金の丸《たま》なり

歩歩起雲浪　歩々雲浪起こり
朝朝踞寶壇　朝々宝壇踞《うづくま》る
八風吹不動　八風吹くも動かざれば
一片玉心肝　一片の玉心肝なり

道を学ぶ時は困難を嫌がってはいけない、高く聳える岩山に登るようなものだ。足は炉から出たばかりの強い鋳鉄であり、頂上を見据える目は赤銅の仏の眼球なのだ。一歩登るごとに雲の浪が湧き起こり（雲遊行脚）、日々峰上の戒壇で立ち止まる。苦楽をあおる八法の風が吹いても動じなければ、そこにはもう一個の美しい心（仏性）がある。

○萬仞巒　寒山詩206に「余家本住在天台、雲路煙深絶客來。千仞巖巒深可遯、萬重谿澗石樓臺。……」と見える。○學道　この詩は、寒山詩096「有人把椿樹、喚作白栴檀。學道多沙數、幾箇得泥丸。棄金却擔草、謾他亦自謾。似聚砂一處、成團也大難」に擬す（韻も同じ。「泥丸」は、道教は得仙、仏教は涅槃を意味する）。○生鐵　まだ冶錬を経ていない鉄鉱石。鋳鉄になる。剛強の人に喩える。（『五燈會元』に頻出する語。）○赤金　銅。また、黄金。

（仏像を鋳造する時に用いる。）　○朝朝　日々、毎日毎日。寒山の愛用語。　○踞　坐る。身を寄せ、居続ける。「踞牀」、「踞座」。　○寶壇　山中にある洞天の戒壇か（未詳。例えば、葛仙翁（諱《いみな》は玄、字は孝先）で知られる岳陽幕阜山の峰の洞天には「列仙宝壇」がある）。
○八風吹不動　「八風」は「八法」ともいい、人の心を風のようにあおり立てる「利、衰、毀、誉、称、譏、苦、楽」の八つをいう。寒山詩303にも「寒山無漏巖、其巖甚濟要。八風吹不動、萬古人傳妙。……」と見える。

39

天地爲吾廬　　天地をば吾が廬と為し
始終無變易　　始終変易する無し
十方沒壁落　　十方に壁落没《な》ければ
門戸何須立　　門戸何ぞ立つるを須《もち》ゐん
佛老空身心　　仏と老は身心を空にし
孔丘毋固必　　孔丘は固必毋《な》し
大哉三聖師　　大なるかな三聖師
萬古爲標式　　万古標式と為る

天地をもって吾が住まいとする、その思いはずっと変わらない。上下八方に囲いが無いのである、どうしてわざわざ門を設けたりしよう。釈尊も老子も身心を空にし、孔子も執着というものが無かった。三聖人は天地のように広大であったからこそ、古来からの規範となっているのである。

○天地　この詩は、寒山詩164「粤自居寒山、曾經幾萬載。任運遯林泉、棲遲観自在。寒巖人不到、白雲常靉靆。細草作臥褥、青天爲被蓋。快活枕石頭、天地任變改」に擬す。169にも「寒山有一宅、宅中無闌隔。六門左右通、堂中見天碧。房房虚索索、東壁打西壁。其中一物無、免被人來借。……」とある。○壁落　壁や垣根。『石門文字禪』泐潭準禪帥行狀に「十方無壁落、四面亦無門」とあり、『景德傳燈録』にも「普願禪師一日問黄蘗『黄金爲世界、白銀爲壁落。此是什麼人居處。』黄蘗云『是聖人居處。』」等と見える。○門　仏性は門を立てず、出入り自在。寒山詩161に「可貴天然物、獨一無伴侶。覓他不可見、出入無門戸。促之在方寸、延之一切處。你若不信受、相逢不相遇」とある。○佛老　仏陀と老子（結二句に、孔子と併せて「三聖師」と言っている）。因みに「釈迦老子」といえば、釈迦老すなわち釈尊のこと（老子との併称ではない）。○固必　頑固執着。「固無く必無し」は、孔子が魯から楚に行く際、「行くを留まる」よう慰留（阻碍）されたが、拘らず楚に行った故事に基づく。のち、聖人や君子、中庸の道は「無固無必」という。「固必」は、禅語にもなっている。

40 春去鳥啼忙　春去りて鳥啼くこと忙しく
聞聲也斷腸　声を聞きてまた断腸す
人情淡若水　人情は淡きこと水のごとく
道性潔如霜　道性は潔きこと霜のごとし
身世空花影　身世は空花の影
乾坤夢幻場　乾坤は夢幻の場なり
個中能作主　個《こ》の中《うち》に能く主と作らば
在處樂無疆　在処の楽しみに疆《さか》ひ無し

春が去って夏鳥が忙《せわ》しく啼き始め、その啼き声を聞くと更に過ぎゆく季節に断腸の思いだ。世情は水のようにあっさりであるが、悟りを得られる本性は霜のように透き通って清らかである。過ぎゆく我が身や我が人生は幻影そのもの、世の中は夢の中の出来事である。その中で自分を清らかにして主体に据《す》えることが出来れば、到るところ楽しみは尽きない。

○身世　人の一生涯に於ける地位や名声、経歴および境遇や世界をいう。○空花　空中の花は、病んだ眼にうつる幻影でしかない。空華影落、非存在をいう。○在處　処々、到る処。白居易の詩に「常聞俗間語、有錢在處樂」とある。○夢幻　この詩は、寒山詩206「余家本住在天台、雲路煙深絶客來。千仞巖巒深可遯、萬重谿澗石樓臺。樺巾木屐沿流歩、布裘藜杖繞山迴。自覺浮生幻化事、逍遙快樂實善哉」に擬す。また106では「層層山水秀、煙霞鎖翠微。嵐拂紗巾濕、露霑蓑草衣。足躡遊方履、手執古藤枝。更觀塵世外、夢境復何爲」とも言う。○主　本人、本性、仏性をいう。○無疆　無限、無窮。「疆」は「境」に同じく、さかい。「無疆之休」といえば、無限の美、窮まり無き幸福。

41　白面好郎君　　白面の好郎君
内含黒漆漆　　内に黒く漆々たるを含む
潜心鼓是非　　潜心是非を鼓すれば

返炤有何益　返照何の益か有らん
昧己昧無知　己れに昧《くら》ければ無知に昧く
瞞人瞞不識　人を瞞《だま》せば不識を瞞す
業縁貫滿時　業縁貫き満つる時
未免墮阿鼻　未だ阿鼻に堕つるを免れず

経験の浅い書生たちは、内面は黒漆のように真っ黒だ。内心で是非を言いくるめてしまうのであるから、自らの内心を省みた所でどうして役立とう。自分を分からなければ無知であることも分からず、他人を騙したつもりで実は自分の智慧の無さを誤魔化しているのだ。悪業の満つる時が来れば、阿鼻地獄に堕ちる事は免れまい。

○白面　読書しか知らず、経歴や見識の浅い書生。白面郎君、白面書生。元の釋念常『仏祖歴代通載』に「吾恐白面書生輩、不知諸老先生之心」と見える。　○黒・漆　この詩は寒山詩ではなく、拾得詩05「得此分段身、可笑好形質。面貌似銀盤、心中黒如漆。烹豬又宰羊、誇道甜如蜜。死後受波吒、更莫稱寃屈」に擬す（韻も同じ）。Ⅱ94詩に「清白丈夫子、那堪汨世波。打翻黒漆桶、徹底自風騒。……」とある。◯鼓是非　「鼓」は「鼓簧（簧鼓）、鼓弄」、すなわち巧みな弁舌で聞こえの好いことを言うこと。◯返炤　返照回光。外に向かって物を見ようとする眼光を止め、内なる自らの身心を見つめること。◯不識　道理を分かったり苦を避けたりする智慧が無いこと。◯業縁　行為に至る間接の条件。業が縁となってはたらくこと。◯貫滿　悪習が満杯となる。

42

假仁徳之賊　　仁を仮るは徳の賊
僭道佛之魔　　道を僭《おご》るは仏の魔なり
弊久勢難挽　　弊久しければ勢ひ挽きもどし難し
時哉奈若何　　時なるかな若《なんぢ》を奈何せんや
欲超眞士女　　真の士女《じにょ》を超えんと欲すれば
須仗好英豪　　須く好き英豪に仗《よ》るべし
突出金剛眼　　突《には》かに金剛眼を出《い》だせば
風回一刹那　　風のごと回ること一刹那ならん

見せかけの仁愛は徳に対する盗人《ぬすっと》行為であり、仏道を自慢するのは仏に対抗する魔物の所作である。いつまでもその様な悪徳行為をしていると真っ当に戻れなくなる、いざという時にどうするつもりなのか。仏の教えを信頼する立派な人として抜きん出たいのなら、わざとらしい事をしない達人となる必要がある。きらっと仏の智慧の眼光が現れさえすれば、風のように一瞬で吹き変わるであろう。

○弊　己が身を破ること。寒山詩286に「世間一等流、誠堪與人笑。出家弊己身、誑俗將爲道。雖著離塵衣、衣中多養蚤。不如歸去來、識取心王好」とある（「心王」は、寒山当時の禅家の愛用語）。○挽　引き戻す。○士女　立派な人。「真士女」は、釈迦の教えを信頼する真の仏弟子。（「士」は、寒山詩に多出。）○仗　物事をたのみとする、末枯《すが》る。○英豪　武芸胆略が人より優れている人。漢の嚴遵『道徳指歸論』に「是以俊雄英豪達道之人、不敢作福、不敢起威、故法立而不用、賞設而不施」との定義が見られる。○金剛眼　金剛眼睛。禅悟者の智慧の眼、法眼。この詩は、寒山詩139「人以身爲本、本以心爲柄。本在心莫邪、心邪喪本命。未能免此殃、何言懶照鏡。不念金剛經、却令菩薩病」の境地に似る（達磨は「金剛般若経」をすすめ、二祖慧可はそれを継いだ。「金剛経」を誦すれば、見性を得られるという。「菩薩病」は、我に執着すること。拾得詩19に「獼猴尚教得、人何不憤發。前車既落阬、後車須改轍。若也不知此、恐君悪合殺。比來是夜叉、變即成菩薩」とある）。◯風回　「回風」といえば、つむじ風であるが、「風回電激」と対に作れば、風のように旋回し、稲光のように迅速であること。

43

濁世鮮明眼　濁世は明眼鮮《すくな》く
度生念益堅　生を度するは念ひ益ます堅し
内藏淨寶月　内は浄き宝月を蔵し
外現老風顛　外は老いたる風顛を現はす
智者不全識　智者は全くは識らず
凡夫盡罔然　凡夫は尽く罔然たり
偸光擬陳跡　光を偸みて陳跡に擬するも
太似管窺天　太《はなは》だ管もて天を窺ふに似たり

濁世はものを見抜ける智慧者が殆ど居ないので、衆生救済の願いはますます強くなる。胸の内には物事を映し出す心の鏡を具《そな》え、外見は老いた瘋癲和尚でいる。それを智者も完全に理解してくれるという訳ではないが、凡夫は全く理解がない。寒山の七光りを拝借してその遺稿を象ってはみても（擬寒山詩）、管見さながらで埒《らち》が明かない。

○明眼　明眼人。目利き、法眼明亮な禅者。この詩は、寒山詩305「有人笑我詩、我詩合典雅。不煩鄭氏箋、豈用毛公解。不恨會人稀、只爲知音寡。若遣趁宮商、余病莫能罷。忽遇明眼人、即自流天下。」に擬す。両者ともに、明眼の人でない限り自分の詩は理解できないことを詠む。　○度生　生けるものどもを救うこと。衆生を済度する。「度」は、一定の儀式を通して人を出家させ、僧となすこと。　○寶月　「月」は、禅家は清浄なる本心あるいは微妙なる禅旨に喩える。　○不識　ものの道理を分かる智慧が無いこと。　○偸光　壁に穴を開けて隣の光を頂戴し、読書する。刻苦攻読する意。鑿壁偸光。　○陳跡　旧跡、遺跡。『莊子』に「夫六經、先王之陳跡也」とある。

44　無貪即布施　　貪る無ければ即ち布施なり
無嗔是慈悲　　嗔《いか》る無ければ是れ慈悲なり

貪嗔既已斷　貪ると嗔ると既《すで》已に断てば
慧業叵思議　慧業《ゑごふ》は思議し叵《かた》からん
更須亟返照　更に須く亟《すみや》かに父母の
父母未生時　未だ生まれざる時を返照すべし
覷破本來面　本来面を覷破《そは》すれば
分明不自欺　分明にして自らを欺かざらん

貪ることが無ければそれはもう布施をしたことになり、瞋《いか》ることが無ければそれはもう慈悲である。貪ることも瞋ることも無くなれば、因果応報に関する知識は要らなくなる（分かり切ってしまう）。それよりも早く我が身と心とを見つめないと行けないのは、主体客体未分以前の自分自身の本性についてである。我が本性（仏性）を見抜けば、すっきりとして自分自身を欺くことが無くなる。

○嗔（瞋）　三毒（貪、癡、瞋）の一つ。この詩は、寒山詩088「瞋是心中火、能焼功徳林。欲行菩薩道、忍辱護眞心」に擬す（五絶。「忍辱《にんにく》」は、堪え忍ぶ。「眞心」は、仏性）。○

慧業　「業」の一つで、智慧に裏付けられた行為。福報を引き寄せられる善行や言語、意志である所の「福業」と対になる。ただし禅家は、このような因果応報の考え方を（両方とも）避ける。宋の晁迥『法藏碎金録』は「持金剛經者、若有人了知住無所住心、得無所得法者、此名慧業。若有人日積課誦之功、希求豐報之利者、此名福業。二者相去絶遠、如霄壤矣」、「畏苦愛樂、當修福業。出世入道、當修慧業。修慧業者、固不可得。修福業不失其正者、亦鮮矣」と定義する。　○叵　「…かたし」と訓じ、「…べからず」の意（「叵《は》」は、「可」を反転した文字。不可の意）。「難思議」が思議しにくい意であるのに対し、「叵思議」は思議できない意。　○返照　「返照回光」。外に向かって求める目を止め、自らの身心を観ること。　○父母未生時　仏教語で、「本来の面目」のこと。主客未分以前の本性。禅の悟りの境地。　○覰破　「覰」は、深く見る、窺い見る、窺い見て見抜く（「破」は、動詞の後に付き、極度をあらわす）。「覰捕」といえば、専心探究し、努力して悟道の機を捕まえること。　○本來面　六祖慧能より出る禅語で、「父母未生時面目」「父母未生時鼻孔」のこと。「本来の面目」、人の本心、浄らかな本性をいう。

45　昨夜瞻星斗　　昨夜星斗を瞻《み》れば

邪氣干文翰　　邪気文翰を干《をか》す
聊展小神通　　聊か小神通を展《の》べ
比試看一看　　比べ試みて看ては一たび看る
抜剣跳黄河　　剣を抜きて黄河を跳び
鋒芒射碧漢　　鋒芒もて碧漢を射る
驚翻舜若多　　舜若多《しゅんにゃった》を驚翻し
流出渾身汗　　渾身の汗を流出せしむ

昨夜文才文運を司る夜空の文星の辺りを仰ぎ見ていた所、邪気が文章の輝きに干渉していた。そこでちょっとした神通力を披露し、腕試しをしてみることにした。宝剣を抜いて黄河を跳び越え、鋒先で銀河を突いてみる（虚空を射た）。空性の神さま舜若多をはっとさせると、虚空を病んでいる体内から大量の汗を流されたのである。

○星斗　斗星と牛星の間に在り、文才、文運を司る星。文曲星（曲は典の訛）。文星、斗牛文星、文昌星、名文星とも。この詩は、寒山詩248「昨到雲霞觀、忽見仙尊士。星冠月帔横、盡云居山水。余問神仙術、云道若爲比。謂言靈無上、妙藥必神祕。守死待鶴來、皆道乘魚去。余乃返窮之、推尋勿道理。但看箭射空、須臾還墜地。饒你得仙人、恰似守屍鬼。心月自精明、萬像何能比。欲知仙丹術、身内元神是。莫學黄巾公、握愚自守擬」に擬す。◯文翰　文章（星斗文、星斗文章、星斗文字、斗牛文章）。なお「星文」といえば、星の光、輝き。また、三国の呉が滅び西晋が興る際、斗星牛星の間に紫気が現れ、文人の張華らがその斗牛に配せられる地を掘ってみた所、宝剣を得たという故事もある。◯比試　武術など、彼此れ高低を比べる（腕比べ、試合をする）。何らかの動作を試みにやってみること。◯跳黄河　「跳河」は、河を跳び越える。また、河に身を投ずる。なお、「跳進黄河也洗不清」といえば、罪無くして濡れ衣を着せられ、汚名を雪ぐすべが無いこと。◯鋒芒　刀のきっさき、ほこ先。また、鋭い気迫。「宝剣」は、禅の機鋒の喩え。◯射碧漢　「碧漢」は、銀河、天空。「射漢」は、もともと弓矢で銀河を射ることで、空間を射ても何の効果も無いこと（原詩の「但看箭射空」に擬す）。◯舜若多　空性の意。また虚空を司る神。『楞嚴經』巻三に「舜若多性可銷亡、爍迦囉心無動轉」とある（「舜若多」は虚空性、「爍迦囉」は堅固心をいう。虚空は消えるが、我々の志願は退転しない）。◯渾身汗　漢方では「服後覺渾身汗出、爲效」、「渾身汗出者、大効」等といい、薬効があること。「汗流浹背」といえば、恐れや恥ずかしさが極度であるさま。

46

咲看五濁世　笑ひて看る五濁《ごじょく》の世の
難得好賢郎　好賢郎を得難きを
八九争門戸　八九は門戸を争ひ
二三立境疆　二三は境疆を立つ
此時不返炤　此の時返照せずんば
何日得歸郷　何《いづ》れの日か郷に帰るを得んや
撲落碍膺物　碍膺《げおう》したる物を撲落すれば
玲瓏洞十方　玲瓏として洞《とほ》ること十方ならん

煩悩濁など五つの汚れを避けられない世に、賢い者がいないことは笑える。十中八九は家の敷地を争い、二三は境界まで設けて人が入れないようにしている。そんな時に自らの身心を省みずして、いつ我が心の故郷に帰り着くというのか。五濁のような心の障碍となる物をはたき落とせば、からりとして上下八方風通しが好くなろうというもの。

○五濁　悪世における五種の汚れ。煩悩濁、衆生濁など避けがたい五つの汚れ。この詩は、寒山詩234「勸你三界子、莫作勿道理。理短被他欺、理長不奈你。世間濁濫人、恰似黍粘子。不見無事人、獨脱無能比。早須返本源、三界任縁起。清淨入如流、莫飲無明水」に擬す（「無事人」は、寒山当時の禅家の愛用語）。○返炤　返照回光。外に向かって物を見ようとする眼光を止め、内なる自らの身心を見つめること。○郷　環境。（原詩にいう「本源」に擬す。）○碍膺　障碍となるものごとを、真正面から引き受け抱え込む（名詞ではなく、動詞）。

47

圓明是佛見　　円明《ゑんみやう》は是れ仏の見にして
返覺即佛知　　返覚は即ち仏の知なり
既悟佛知見　　既に仏の知と見とを悟れば
便是瞿曇兒　　便ち是れ瞿曇兒《くどんに》なり
撲鼻馨香候　　鼻を撲《う》つ馨香の候
蓮花出水時　　蓮花水を出づるの時
點塵倶不染　　点塵倶に染まらざれば

果結復何疑　果結復た何をか疑はんや

円満明朗（完璧）であることは仏の見識であり、禅への道に戻ることに気づけるのは仏の知恵である。すでにその仏の知見を悟っているのであれば、それはもうゴータマ氏（仏陀）だ。鼻を撞《つ》くほどの好い香りの季節が訪れ、汚れを去る蓮の花の咲く時となる。微塵の汚れも全てに染まらなければ、果報を得られることは何ら疑い無いだろう。

○圓明　円満明朗、完全に明朗であること。みごとで完全なこと。○返覺　Ⅱ87詩に「返覺通玄徑、無貪安樂城」とある。「返徑覺徑、返路覺路」の「覺路」は、悟りへの道、菩提の道。○佛知見　この詩は、寒山詩168「世有多事人、廣學諸知見。不識本眞性、與道轉懸遠。若能明實相、豈用陳虚願。一念了自心、開佛之知見」に擬す。「仏の知見」とは、智慧の法眼を以て事物の真相を観照することで獲得する感悟・体験をいう。なお「衆生の知見」は、「顚倒の知見」とも言い、禅の悟りの障碍となる（禅語録の中で一般に使用される「知見」は、その「衆生の知見」をいう。「見知」も同じ）。○瞿曇兒　「瞿曇」は、ゴータマ（釈迦の姓氏）の音訳。「如来」と同義。仏陀、または仏教をいう。○蓮花出水　仏正覚の世界を現す（『碧巌録』21則）。〇點塵　「點（点）」も、しみ、けがれ。

48

僧傳佛慧命　僧は伝ふ仏の慧命《ゑみやう》の
氣宇不尋常　気宇の尋常ならざるを
覷破大千夢　大千の夢を覷破《そは》し
便登正覺場　便ち正覚の場に登らしむ
胷流百寶藏　胸には流る百宝蔵
口吐鉢曇香　口は吐く鉢曇《はどん》の香
聞見離情謂　聞見情謂を離るれば
人天共讃揚　人と天と共に讃揚す

僧侶は仏教の命である釈迦の智慧の、その度量の尋常でないさまを世に伝える。仏教世界を見抜き、正しい真の悟りの場に衆生を連れ出す。胸中には多くの仏性が臓腑から流れ出ており、口舌には紅蓮華の香（仏の言葉）が漂う。その見聞は俗世の知識や分別からかけ離れている、だからこそ人も天神もともに僧侶の説く教えを称讃するのである。

○僧　この詩は、寒山詩173「自聞梁朝日、四依諸賢士。寶志萬迴師、四仙傅大士。顯揚一代教、作時如來使。造建僧伽藍、信心歸佛理。雖乃得如斯、有爲多患累。與道殊懸遠、拆西補東爾。不達無爲功、損多益少利。有聲而無形、至今何處去」に擬す（反対模倣）。寶、揚、僧、佛が共通する。「仏の慧命を伝ふ」は、原詩の「如来の使ひ」に擬す）。○慧命　仏教の法脈をいう。智慧は仏教の生命。○氣宇　気概、心意気。度量、風度、気品ある風格。○覷破　「覷」は、深く見る、窺い見る、窺い見て見抜く（「破」は、動詞の後に付き、極度をあらわす）。（Ⅰ44詩参照。）○大千夢　「大千世界」は、仏教の宇宙観、仏教世界。須彌山を中心とし、鉄囲山を外郭とする、日月に照らされる空間。小世界とも。○正覺　真に正しい覚悟。○寶藏　宝の蔵。本来の自己、仏性に喩えられる。○鉢曇　「鉢曇摩《はつどんま》（padma、鉢特摩）」、「鉢頭摩華《はどまけ》（はつづまけ）」は、紅蓮花。○情謂　「情」は、情識。「謂」は、言謂。世俗の分別や言い訳をいう。我々の分別、知的な働きのこと。○人天《にんてん》　人々。また、人と天界の有情の神々（人と天人。人趣と天趣。六道中の二道。仏家は、有情の衆生はすべて生死輪廻の過程の中に在り、人趣と天趣は衆生輪廻の二つの逝《ゆ》き場であるとする）。Ⅱ37詩に「莫尤人與天」とある。また、Ⅱ01詩にも「人天共賞音」とある。なお、禪家は常に、法堂で法を聴く大衆を称して「人天」と言う。

49

道證妙難窮
人情胡可測
山居日無爲
趣靜心自克
不見利和名
那聞聲與色
杯茶洗熱腸
覿露誠明德

道證は妙にして窮め難し
人情胡《なん》ぞ測るべけんや
山居は日び為す無く
趣き静かにして心は自らに克つ
利と名とを見ず
那《なん》ぞ声と色とを聞かんや
杯茶もて熱腸を洗へば
誠の明徳を覿露《てきろ》せん

悟ったことの実証は奥深くて見極めにくく、世俗の思慮分別では到底推測も出来ない。山居は毎日なす事も無く、趣きは静かであって心は自分に打ち勝っている。名利が目に入らないのである、心を惑わす色や声がどうして目や耳に入ってこようか。一杯のお茶で焦慮の気持ちを洗い流せば、正真正銘の徳が姿を現してくれる（悟道の證《あか》しと言えませぬか）。

○道證　「證」は、さとること、さとり。無上の真理を身を以て実現すること。また、仏教であることを証明する拠り所。 ◯人情　世間に於ける迷いの心。執着心。世間的な思慮分別。世情。 ◯山居　この詩は、寒山詩197「老病残年百有餘、面黄頭白好山居。布裘擁質随縁過、豈羨人間巧様模。心神用盡爲名利、百種貪婪進己軀。浮生幻化如燈燼、塚内埋身是有無」に擬す（「山居」や「名利」が共通語彙）。 ◯熱腸　親切心。「熱」は、気をもむ、悶えいらだつ。「熱悩」といえば、焦慮するほど悩み煩わしく思うこと。

50

佛不孤人願　仏は人の願ひに孤《そむ》かざれば
人須奉聖言　人は須く聖言を奉ずべし
戒爲萬善本　戒めは万善の本《もと》と為し
得本自還源　本を得れば自ら源に還らん
定立空諸相　定《ぢやう》立てば諸相を空にし
相空入慧門　相《さう》空なれば慧門《ゑもん》に入る
三全通大道　三つ全ければ大道に通じ
兩足獨稱尊　両足のみ独り尊しと称せん

お釈迦様は人の願いを見捨てたりはしないので、人は釈尊の言葉を信ずるべきである。釈迦の戒めは全ての善行の大本《おおもと》であるから、大本さえ手に入れば自然と心の根源にたち返ることができる。根源に乱れが無くなれば全ての世情のすがたを消すことができ、心から世情が消えれば仏の智慧の領域に入ることができる。釈迦の戒めと根源と空相の三つを全うできれば道が開け、お釈迦様を人間の中でただ一人尊い方《かた》だ（唯我独尊）と称えられるようになる。

○孤　頼み少なく、見捨てがちであること。　○源　この詩は、寒山詩234「勸你三界子、莫作勿道理。理短被他欺、理長不奈你。世間濁濫人、恰似鼠粘子。不見無事人、獨脱無能比。早須返本源、三界任縁起。清淨入如流、莫飲無明水」（三界は、有情の衆生の生死輪廻の過程の中での三種の境界、即ち欲界、色界、無色界のこと。なお「無事人」は、寒山当時の禅家の愛用語）、215「可畏三界輪、念念未曾息。纔始似出頭、又却遭沈溺。假使非非想、蓋縁多福力。争似識眞源、一得即永得」の境地に似る（「本源」の大切さを詠む）。　○定　三昧の訳。心を専ら一境に集注させて乱れないこと。　○空相　万事万物はすべて虚幻にして実に非ず、それを仏家は「空相」と称する。　○慧門　仏の智慧の領域をいう。　○三全　ここは「仏、戒、定」、あるいは「戒、定、空」を言うか。　○兩足　「兩足尊」は、仏の称号。

両足（智と悲）で歩く人間の中で最も尊い人の意。

51　師爲洪匠範　　師は洪匠の範と為し
範出法無差　　範出づれば法に差《たが》ふ無し
鎔會萬物體　　万物の体を鎔会し
鑄成一大家　　一大家を鋳成す
本來無二致　　本来に二致無く
分別隔天涯　　分別は天涯を隔てん
拽轉鐵巴鼻　　鉄巴鼻を拽転し
共登百寶華　　共に百宝華に登さん

師家とは鋳物師の鋳型のようなもの、型さえ出来ていれば仏法は間違いない。全ての物を溶かして鋳型に入れ、修行者の一大家を形成する。本来仏性は二つとは無いし、分別を加えたりすれば両極端になってしまう。鉄で鋳た牛の鼻輪を力強く引き回すように、皆一緒に蓮華の上に載せるのである。

○洪匠範　「洪」は大きい、「匠」は鎔匠すなわち鋳物師、「範」は「鎔範」すなわち鋳型。　○鎔會　鋳型に入れる。この詩は、一首全体を「鎔鑄」の縁語で詠んでいる。　○鑄　この詩は、寒山詩189「一瓶鑄金成、一瓶埏泥出。二瓶任君看、那箇瓶牢實。欲知瓶有二、須知業非一。將此驗生因、修行在今日」に擬す（「二」という語を巧みに使い、鉄のように堅い弟子を育てることを詠む）。　○本來　「本來無一物」は、六祖慧能の偈より出る句で、万法はもとより無であり、一切皆空であるとの思想を体現すること。「本来事」は、禅家の本分の大事をいう。禅の悟りを獲得し、生死を超脱すること。「本來具足」といえば、人心は本来仏性を具有し、かつ円満充足していることをいう。　○二致　不一致。「二致同源」といえば、例えば、白と黒は相対のものでしかなく、本来一つである、との意（『冲虚至德眞經』（『列子』）に見える語。隠元は『列子』天瑞篇を愛読している。『列子』周穆王篇にも見える）。　○分別　自我と外物に対し、および種々の外物間に対して、区別を加え対立させる世俗の人の意識活動をいう。これは仏教の「万法一如」の思想に合わないので、仏家は「分別」を妄見妄識と看做す。　○拽轉　「拽」は「曳」に同じく、力を入れて引っ張る。「拽着尾巴」といえば、尾を曳《ひ》く意。　○巴鼻　禅法を悟るときの着手のところ、悟入のところ。禅機、機鋒をいう。もと、牛の鼻に通す縄（「巴」は、「把」の意）。捉え所、つかみ所の意。

「無巴鼻」（無巴壁）、「沒巴鼻」といえば、禅法は不立文字であり、意解情想を超越し、幽玄固密であって、着手把握の仕どころが無い、つかみ所がないこと。由来や根拠、論拠が分からないこと。また、禅法そのものをいう。「達磨鼻孔」といえば、禅宗祖師の道法、機鋒をいう。なお「鼻孔《びく》」といえば、人々の中心に自ずから有る大切なもの、平常自然の本来の面目、すなわち本性、仏性に喩える。本分の意。従って「無鼻孔」は、禅法を悟っていないこと。○寶華　蓮華。「散華」といえば、シキミや蓮弁をいう。「華厳」は、花飾り。

52

衲僧崇明眼　　衲僧《なふそう》は明眼なるを崇ぶ
豈可事無知　　豈に無知に事《つか》ふべけんや
明眼醒塵夢　　明眼は塵夢を醒まさせ
無知墮汚泥　　無知は汚泥に堕つ
由來齷齪漢　　由来齷齪の漢は
教壞好男兒　　好男児たるを教壊《けうゑ》す
今日微光霽　　今日微光霽《は》るれば
何妨提一提　　何ぞ提《ひっさ》げては一たび提ぐるを妨げんや

禅僧は物事をよく見抜ける法眼を具えるものを崇高のものだと見る、どうして無知など相手にしよう。法眼が明瞭であれば俗世の夢から目覚めるが、無知であると汚泥の中に陥る。もともと齷齪《（あたふた）》している者は、好男子であることをダメにすると決まっている。今かすかな晴れ間が有るのだ、禅の宗旨を見抜こうとすることを妨げるものがどこにあろう。

○衲僧　禅僧。衲は、禅僧が着る法服。○明眼　法眼が明瞭であること。○齷齪　器量が狭小であること。○教壞　ダメにする。また、悪さを教えること。○好男兒　この詩は、寒山詩243「上人心猛利、一聞便知妙。中流心清淨、審思云甚要。下士鈍暗癡、頑皮最難裂。直得血淋頭、始知自摧滅。看取開眼賊、鬧市集人決。死屍棄如塵、此時向誰說。男兒大丈夫、一刀兩段截。人面禽獸心、造作何時歇」に擬す。○微光　『法苑珠林』に「爾時天魔將十八萬天魔衆、皆來惱佛。佛以眉間微光照、皆墮落」とある。○提《だい》　禅法の宗旨、公案、機縁を提起し、探究すること。

53　夢到華胥國　　夢に到る華胥の国
醒來咲一場　　醒め来たれば笑ふこと一場なり

覓時詎可得
用處獨全彰
性達融今古
胸開淨雪霜
徘徊慧日下
何處不風光

覓《もと》むる時は詎《なん》ぞ得べけん
用ゐらるる処のみ独り全く彰らかなり
性達すれば今古に融《とほ》り
胸開けば浄きこと雪霜なり
徘徊たり慧日《ゑにち》の下
何れの処か風光あらざらんや

昼寝をして華胥氏《かしょし》の国を訪れた夢を見、目覚めて一頻《ひとしき》り笑いがこみ上げてきた。心の平安は探し求めている時はどうして手に入らないのだろう、それが役立っている国では紛れもなく完璧に存在しているのに。仏法（法性）をとことん悟っていれば何時いかなる時でも融通無碍であり（平安）、胸襟が開いていれば雪や霜のように汚れも無いのである。遍く天下を照らす日の下では、本来の風情（心の平安）が満ち溢れていない所など何処にも無いのだから。

○夢　この詩は、寒山詩044「獨臥重巖下、蒸雲晝不消。室中雖暡靉、心裏絶喧囂。夢去遊金闕、魂歸度石橋。抛除鬧我者、歷歷樹間瓢」に擬す（両者ともに昼寝の夢の中には安静が無いことを詠んでいる)。　○華胥國　華胥氏の国、昼寝のこと。ここも『列子』の「夢遊華胥氏之國」の故事に基づく(隠元が『列子』天瑞篇を愛読していたことは、よく知られる。ここは、黄帝篇)。華胥は伏羲氏の母で、その国は平和安楽の境地に在る。国に師長無く、民に嗜欲無く、自然なるのみ、という。　○用處　用い所、用い方。役に立つ場。　○慧日　日が遍く天下を照らす意。仏法とその教化に喩える。　○風光　風情。また、栄誉、面目、体面、体裁。(Ⅰ06詩参照。)

54

柳浪起薫風　　柳浪薫風を起こし
南來好消息　　南のかた好消息を来たす
老無脚頭力　　老いて脚頭の力無ければ
唯有聞知識　　唯だ聞知の識有るのみ
何處碧蓮開　　何《いづ》れの処か碧蓮開き
倏然香撲鼻　　倏然として香の鼻を撲《う》つや
返聞聞性空　　返つて聞けば性の空なるを聞き
天大事已畢　　天の大事已に畢《を》はれり

楊柳の枝が浪のように揺れて薫習《くんじゅう》の風が吹き、南の方から蓮華の開花の報せが届く。老いて脚力が無いので嗅ぎに出かけられず、花便りだけが耳に入り薫習とするのみである。どこの蓮華が花開き、悠然と薫って人の鼻を撞《つ》いて来るのだろうか。私は嗅げなかったことで却って（音を観《み》るがごとく）空を嗅ぎ、禅法を領悟するという大事が完成されることとなった。

○柳浪　楊柳浪。柳の枝が風に従って翻り、浪のように起伏すること。　○薫風　Ⅰ15詩に「拂拂南來風、青青楊柳色」とある。「薫風」は、薫習の風。香が染みつくように、迷いや悟りが他に影響を及ぼすこと。　○脚頭　歩み、行動。　○聞知識　聞薫習。この詩は、寒山詩030「白雲高嵯峨、淥水蕩潭波。此處聞漁父、時時鼓棹歌。聲聲不可聽、令我愁思多。誰謂雀無角、其如穿屋何」に擬す（両者ともに聞こえないものを却って聞くということをしている）。「聞知」は、伝聞伝授によって認識すること。　○碧蓮　緑色の荷。「碧蓮臺」といえば、仏像の台座、また阿弥陀仏の坐する蓮華の台座、蓮華台。　○返聞聞性空　白性寂然であるが故にかえって聞く所無きを聞くこと。見聞せずに観音すること。「反聞聞性」に同じ（「返」は一《いっ》に「反」に作る）。　○天大事已畢　「大事了畢」に同じく、禅法を領悟し、生死を超脱するという大事を完成すること（この語を用って禅師は常に学ぶ人の省悟に対する印証とする）。

55

偶提實相印　偶《たま》たま提《ひっさ》ぐ実相の印
印破此山靈　此の山の霊を印破す
可闢單傳旨　闢《ひら》くべし単伝の旨
堪爲列祖庭　列祖の庭と為すに堪えたり
燈聯無盡藏　燈は聯《つら》なりて無尽蔵
道得永安寧　道は得られて永く安寧なり
更喜萬松老　更に喜ぶ万松の老いて
長年一色青　長年一色の青なるを

たまたま私は唯だ一つの教えを引っ提げてここ（日本）に来、ここの山の神を認めることとなった（開山）。これのみただ一つと言われる教えを開くことができ、禅の各祖門を伝えるのに十分である。祖師からの伝灯（光明）は尽きること無く伝わり、祖師の道もしっかりとして安定している。喜ばしいことに松隠堂の万本の松の木々も、年を歴《へ》ていながらずっと青々としてる。

○實相印　単伝（仏祖の、多岐に亘らないただ一つの伝え）である実相の理をいう。　○印破　印住する。印を紙の上に押したまま置いておけば、印形はあらわれない意（禅者の活作略の譬え）。『五燈會元』に「祖師心印状、似鐵牛之機。去即印住、住即印破」とある（「印破」は、堅牢不動の意。昔、禹王が治水のため、大鉄牛を鋳て黄河の守りとした伝説による）。「印」は、正印、仏心印、単伝の正印をいう。　○山靈　山の神。天地の気や山川の霊が鍾《あつ》まると、聖賢や人傑が生まれる（原詩の「侠客」に擬す）。　○單傳旨　単伝の正印。仏祖から仏祖にのみ伝わる、多岐に亘らないただ一つの伝え（不立文字、直指人心による）。

○列祖庭　「列祖」は、歴代祖師をいう。また「祖庭」といえば、祖師の門庭、禅門。

○燈聯無盡藏　仏の光明は無尽であること。この詩は、寒山詩054「可憐好丈夫、身體極稜稜。春秋未三十、才藝百般能。金羈逐俠客、玉饌集良朋。唯有一般惡、不傳無盡燈」に擬す（反対模倣）。　○萬松　古黄檗の伽藍には萬松庵があり、今黄檗は萬松院がある。

56

擇居傍勝跡　居を択ぶは勝跡に傍《そ》ひ
處友得名賢　友に処《を》るは名賢を得《う》
密返三思旨　密かに三思の旨を返し
淨脩百福田　浄らかに百福田を脩む
時行深般若　時に深般若を行ひ
日覲大金仙　日び大金仙に覲《まみ》ゆ
果熟香飄遠　果熟すれば香の飄《ただよ》ふこと遠く
道超帝象先　道は帝象の先を超えん

住まいは景勝地の側《そば》と決め、友なら名だたる賢者と一緒に居る。心中では教えの三段階の思慮ができているかどうかを自省し、心に汚れが無いよう善を積み道を修める。しかるべき時には悟りを得る深い真実の智慧を廻《めぐ》らせ、毎日仏と顔を合わせる。果実は熟すれば遠くまで香りを漂わせるもの、仏道も帝釈天の先を超えて行くであろう。

○三思　三静思。審慮思《しんりょし》し、決定思し、動発勝思《どうほつしょうし》する（身、口を正しく働かせる心的作用、意志が努力すること）。寒山詩105の「三端」の反対模倣か。○福田　積善修道の喩え。田に植えて果実を得るように、積善修道して福報を得る。ただし禅家は、「福田」の説は因果応報理論に根ざしていて、ただの仏教の方便の門法に過ぎず、決して明心悟性の根本的な法ではないとする。○般若　悟りを得る真実の智慧。真実を見る智慧の眼。存在の全てを捕捉するに到る。拾得詩に「般若酒泠泠、飲多人易醒」とある。○金仙　仏のこと。○帝象　「帝」は、神々の王、インドラ神、帝釈天（もともと六欲天などの神々の王であり、のち仏教の守護神となっている。『臨済録』には「阿修羅、與天帝釋戰、戰敗」とあり、阿修羅は帝釈天と戦って敗れている）。また、仏教を象教ともいう。○超　この詩は、寒山詩105「世有聰明士、勤苦探幽文。三端自孤立、六藝越諸君。神氣卓然異、精彩超衆羣。不識箇中意、逐境亂紛紛」の反対模倣の境地に似る（「三端」は、筆端、鋒端、舌端をいい、避けるべきもの意。「箇中意」は、禅法の意旨、本来の面目をいい、寒山当時の禅家の愛用語）。

57

兀坐西來翁　　兀坐《ごつざ》す西来の翁
廓然無所得　　廓然として得る所無し
談空空所沈　　空を談じては空に沈められ

説有有爲塞　有を説きては有は塞ぐを為す
踢脱兩頭關　踢脱《ちゃくだつ》す両頭の関
指歸一路客　指帰す一路の客
停機默竚思　機を停めて黙して竚（佇）み思へば
覿面千山隔　千山の隔つるに覿面せん

西の中国から来てじっと一人正坐したままの私は、心虚しく得るものが無い。空《くう》について語ろうとすると空だからと黙らされ、分かっているものについて説こうとすると分かっているからと止められる。有無（有と空）という対立概念の関門を抜け出し、絶対一すじの道を行く者となろう。禅の働きを用いることを止めて黙って坐っているだけだと、千山に囲まれたまま山々と向き合っているだけということになってしまう。

○兀坐　動かずじっと坐る。「西来の翁」とは達磨ではなく、ここは東の日本に来た隠元自身と見る。　○西來　ふつうは祖師達磨のこと。「西來意」といえば、「祖師西來意」の省略で、禅宗の初祖菩提達磨が西方（印度）から東土（中国）に来て伝授した禅法の意旨をいう。

「西來密意」といえば、禅宗の祖師達磨大師が伝来させた道法、禅法のこと。密意（言語の知解を超越した禅宗の道法）。○廓然　大きく開け、拡がる様。寒山詩に「廓然神自清、含虚洞玄妙」とある。○有　知有、分かっていること。禅法を領悟し、道を悟ること。○踢脱　除籍する（一般には、妓女が良人に従うことをいう）。○兩頭闕　有無、迷悟、是非、得失などの相対的、対立的な見解に滞ること。○指帰　赴き帰する所の意で、考え、意味内容をいう。俗には、権威、オーソリティーに帰結すること。○停機默竚思　佇思停機。「機」すなわち心の働きを止めてしまうこと。「停機」は、思い煩い。「竚思（佇思）」は、立ち止まってあれこれ思い煩うこと。○覿面　一切の言語知解を超越し、禅機に臨み、機に応じて本来の面目を見ること。○千山隔　千山に遮られる。この詩は、拾得詩10「有偈有千萬、卒急述應難。若要相知者、但入天台山。巖中深處坐、說理及談玄。共我不相見、對面似千山」に擬す。なお、固有名詞の「千山」といえば、五大禅林の最も有名な名勝古跡「千華山」（積翠山、千朶蓮華山）をいう。

58　幽谷遯佳士　　幽谷遁佳の士
沒絃竟日彈　　没絃竟日弾く

警世能蔵世　世を警《いまし》むれば能く世を蔵し
謾人只自謾　人を謾《あざむ》けば只だ自らを謾くのみ
投機有拾得　機に投ずるに拾得有り
饒舌是豊干　饒舌は是れ豊干
一歸不再返　一たび帰して再びは返らず
千古見賢難　千古賢なるを見ること難し

ひっそりとした谷に隠棲する私は、一日中歌詞も絃も無い琴を弾いている（黙って泉の音だけを聞いている）。世に意見すれば世の中を把握できるが、人を欺けば結局は自分を欺くことでしかなくなる。禅機とぴったり合わせられる者には拾得がおり、意見できる饒舌と言えば豊干《ぶかん》禅師がいた。ある時ともに何処かに行ってしまって二度と戻らず、以来ずっと賢者とは会えなくなってしまっている。

○没絃　無弦琴。不立文字の禅宗の妙法（文字言語が無いことに同じ）。無生無滅の琴。（『碧巌録』37則に「白雲爲蓋、流泉作琴」とあり、隠元も泉水を「没絃琴」ということがある。）

○藏世　「藏」は、収め蓄える、蓄え隠す、秘かに収めおく等の意。八仙のひとり呂同賓の詩に「一粒粟中藏世界、半升鐺内煮山川」（同「一粒粟中藏世界、二升鉎内煮乾坤」）。「鐺、鉎」は、なべ）とある。また、功徳を含む意。　○投機　禅機と投合し、禅法と符合すること（契悟《かいご》。「禅機」は、師家が修行者を教え導くための手段としての喝や棒などによる直感的、瞬間的なはたらき）。「契合心田」といえば、本心と相合うこと。　○拾得・豊干　この詩は、寒山詩040「慣居幽隠處、乍向國清衆。時訪豊干道、仍來看拾公。獨廻上寒巖、無人話合同。尋究無源水、源窮水不窮」に擬す（「無源水」に「沒絃（琴）」で擬している）。

59

杖藜直指東　　杖藜もて東を直指すれば
突出一輪紅　　突《には》かに出づ一輪の紅
陽谷風光振　　陽谷は風光振ひ
寒巖瑞氣融　　寒岩は瑞氣融《とほ》る
古今人有盡　　古今人に尽くる有り
生死事無窮　　生死事は窮まる無し
試問諸賢者　　試みに問ふ諸賢者よ

如何一貫通　如何ぞ一貫通すや

あかざの老人杖で東の方を指すと、日輪が出ている。その日輪の住むという谷は不変の輝きで満ち溢れているが、寒岩も同様にめでたい気が一貫して通《かよ》い続けている。それなのに昔から今に到るまで逝去しない人間は居らず、人というものの生死は止むことがない（人は一貫していない）。ちょっと聞いてみたいのだが賢者（寒山）たちよ、どうやったらそのように一貫して変わり無く居られるのか。

○杖藜　「藜杖」は、あかざの茎で作った老人用の杖。寒山詩に「樺巾木屐沿流歩、布裘藜杖繞山迴」とある。○直指　言語や文字など中間のものを介さず、直接に本心これ仏なりと指し示すこと。ここは「一輪紅」すなわち太陽を長存の仏性に喩える。○陽谷　日の出づるところ。日が出、日が浴するという伝説上の谷。○風光　風情。また、栄誉、面目、体面、体裁。（Ⅰ06詩参照。）○生死　この詩は、寒山詩282「自古諸哲人、不見有長存。生而還復死、盡變作灰塵。積骨如毘富、別涙成海津。唯有空名在、豈免生死輪」に擬す。○一貫通　ここは、生死を超越して変わらないこと。「貫通」は、連接し、溝通していること。

60

人道孝爲本　人道は孝をば本と為せば
忠臣出孝門　忠臣は孝門に出づ
脩身弘正道　身を修めて正道を弘《ひろ》め
説法度親冤　法を説きて親と冤《あだ》を度す
親徳萬靈重　親の徳は万霊重んじ
孝名四海尊　孝の名は四海尊ぶ
力行斯大旨　力《つと》めて斯《こ》の大旨を行へば
報徳又知恩　徳に報い又た恩を知らん

人として行うべき道は孝行が本となり、忠臣といわれる人（忠義者）は孝行者の家から出ている。我が身を修めて正しい道を広め、仏法を説いて近親者も疎遠の者も平等に済度するのである。親の子に対する徳はどの神々も重んじ、子の親に対する孝行は天下が尊ぶ。これら大切な事を行なおうと努力すれば、親の徳に応《こた》え更に親の恩というものも分かって来る。

○孝　『孝經』巻一に「子曰、夫孝、徳之本也」とある。寒山は『孝經』を見ている。寒山詩に「孝經末後章、委曲陳情畢」とあり、親の死に哀悼の情を尽くし切ることを陳べている（孝子に関しては寒山詩集に三例あり）。　◯説法度　説法度人。「度」は、得度する、一定の儀式を通過して出家とすること。　◯親冤《しんをん》　Ⅱ25詩に「普度等親冤」とある。「冤親」とも。仏教で「冤親平等」、「冤親一揆」（同一の道理、様子）といえば、親しい者とそうでない者とを平等に扱うこと。反対は「冤親無等」。この詩は、寒山詩159「我見世間人、堂堂好儀相。不報父母恩、方寸底模様。欠負他人銭、蹄穿始惆悵。箇箇惜妻兒、爺孃不供養。兄弟似冤家、心中常悵怏。憶昔少年時、求神願成長。今爲不孝子、世間多此様。……」に擬す（反対模倣）。　◯大旨　大切な内容。

61

三界寄浮旅　　三界は浮旅に寄《よ》すれば
百年頃刻間　　百年は頃刻の間なり
何期現瑞兆　　何ぞ瑞兆を現はすを期し
令我夢寒山　　我をして寒山を夢みしむる
捉筆龍蛇動　　筆に捉ふるは龍蛇の動き
追思佛祖顔　　思ひを追ふは仏祖の顔《かほばせ》

言言超聖諦　　言々は聖諦を超ゆれば
不是等閒閒　　是れ等閑々ならず

我々の過ごす人生ははかない旅そのもの、人生百年とは言え僅かのことである。それをどうして瑞祥が現れることを期待し、私に寒山を夢見させるのだろう。筆が捉えるのは寒山詩の龍蛇飛動の勢いであるが、追い求めたく思っているのは仏祖の顔容《かんばせ》なのである。威儀の正しい寒山の表現は至極奥深い禅（仏）の真理に於いて抜きん出、決してお座なりに出来ないのである。

○浮旅　この詩は、寒山詩256「可歎浮生人、悠悠何日了。朝朝無閑時、年年不覺老。摠爲求衣食、令心生煩惱。擾擾百千年、去來三惡道」に擬す（反対模倣）。○龍蛇動　龍蛇飛動。書法筆勢が力強く活き活きしていること。○言言　威儀を正した言語表現。○聖諦　聖諦第一義。仏教や禅宗の至極玄妙なる真理、最高の真理をいう。

62

生死急如絃　生死は急《せ》くこと絃のごとくなれば
亟開般若田　亟《すみや》かに般若の田を開く
當機能覰破　機に当たれば能く覰破《そは》し
聞善必争先　善を聞けば必ず先を争ふ
閒處無虛度　閑かなる処は虚しくは度《わた》る無く
忙時亦悄然　忙しき時も亦た悄然たり
兩輪催白髮　両輪白髪を催すも
萬古一青天　万古一青天なり

人の生涯は琴の弦を爪弾くように忙《せわ》しいので、手遅れにならないうちに悟りの実る智慧の田んぼを心中に開墾するのである。禅の導きに出会えば物事を見抜くことができ、これこそ善行だと聞けば先を争って善を行う。のんびりの時間も無駄にせず、忙しい時こそ心落ち着かせる。日月が老いをもたらすが、気持ちは毎日ずっと青空である。

○般若　悟りを得る真実の智慧。真実を見、存在の全てを把捉するに到る智慧の眼。この詩は、拾得詩44「般若酒泠泠、飲多人易醒。余住天台山、凡愚那見形。常遊深谷洞、終不逐時情。無思亦無慮、無辱也無榮」に擬す（「般若の田を開く」と「般若の酒を飲んだ時」とは同じで、愚に惑わされず、世情に執らわれず、常に思慮を乱されることはない、という寒山拾得の心に隠元は擬している）。◯當機　當機覿面。禅機に臨む、禅機と向き合う。「禅機」は、師家が修行者を教え導くための手段としての喝や棒などによる直感的、瞬間的なはたらきをいう。◯覰破　「覰」は、深く見る、窺い見る、窺い見て見抜く（「破」は、動詞の後に付き、極度をあらわす）。（Ⅰ44詩参照。）◯虚度　虚度時日、時を過ごすこと。◯悄然　依然としてそのままであり、静寂なさま。

63

論交志在賢　　交りを論じては志すは賢に在り
何必尚新鮮　　何ぞ必ずしも新鮮なるを尚《たっと》ばんや
勝友空諸相　　勝友は諸相を空にし
名師淨福田　　名師は福田を浄くす
有爲皆夢幻　　有為は皆夢幻
無事即神仙　　無事こそ即ち神仙なり

宿業忽星散　宿業忽ち星のごと散れば
長眠不夜天　不夜の天に長眠せん

交わりを結ぶのであれば賢者を選びたい、どうして必ず目新しい人である必要があろう。優れた友は万物すべて空（夢幻）であると分からせてくれるし、優れた禅師は積善の福報を汚れ無きものにしてくれる。有為はすべて夢幻であり、何も無いこと（無為、空）こそ仏理である。これまでの因縁が星のように散ってしまえば、永遠に明るい月空のもとで安眠が叶おう。

○賢　この詩は、寒山詩173「自聞梁朝日、四依諸賢士。寶志萬迴師、四仙傅大士。顯揚一代教、作時如來使。造建僧伽藍、信心歸佛理。雖乃得如斯、有爲多患累。與道殊懸遠、拆西補東爾。不達無爲功、損多益少利。有聲而無形、至今何處去」に擬す。○相　「空相」といえば、万事万物すべて虚幻であって実ではないこと。○福田　積善修道の喩え。（Ⅰ56詩参照。）○宿業　過去世につくった善悪の業（行為）。前世の業縁。○不夜天　一晩中月明かりの夜。そこは無塵の地である。○長眠　ここは、安眠。あるいは、惰眠。『法苑珠林』

に「飽食長眠、何異豚犬。破齋夜食、鬼道無殊」とある。

64

子規催逆旅　子規は逆旅《げきりょ》を催し
血涙染青山　血涙は青山を染む
堂上春光老　堂上は春光老い
庭前氣象閒　庭前は気象閑かなり
皈鴉遶落日　帰鴉は落日を遶り
回驥轉郷關　回驥は郷関に転ず
路半浪遊客　路半《なか》ばにして浪遊するの客
如何不早還　如何ぞ早《つと》には還らざる

子規《ほととぎす》は異郷（日本）の仮りの宿に居る我が時間を啼《な》いてせき立て、その吐く血は初夏の山を染める。お堂では春も終わり、庭先の趣きは長閑《のどか》である。ねぐらに帰る鴉は夕陽の中を回り、旅先に在る千里馬は故郷の方を向く。路半ばの漫遊の旅人であるのに、どうして私は早々と帰郷する気にならないのだろうか。

○子規　杜宇、杜鵑、ほととぎす。蜀王の杜宇の魂の化身。春の末から夏初にかけて常に昼夜啼き、その声は哀切、啼き尽くして血を吐いたところで止むという。○春光老　春が終わって行くこと（初夏の訪れに繋がる）。「春光」は、春の風光。歐陽修の「子規」詞に「江南三月春光老、月落禽啼天未曉」とある等、用例多し。○氣象　ありさま、おもむき。○回驥　「驥」は、千里馬。曹植の賦に「回驥首而永游、赴修途以尋遠」と見える。○轉‥關　進退の計を転換制禦すること。転換することにより開合の機軸を制禦すること。○郷關　故郷。仏教では、仏祖の境地。『五燈會元』に「萬里望郷關」と見える。○客　この詩は、寒山詩068「山客心悄悄、常嗟歳序遷。辛勤采芝朮、披斥詎成仙。庭廓雲初卷、林明月正圓。不歸何所爲、桂樹相留連」に擬す。

65

遠客寓扶桑　遠客扶桑に寓《かりずま》ひし
朝昏近日傍　朝昏日の傍らに近し
雖然未正炤　未だ正しくは照らずと雖然《いへど》も
不與人爭光　人と光を争はず
萬物原同體　万物は原《もと》より同体

單傳豈有方　単伝豈に方有らんや
大哉造化主　大なるかな造化の主
不宰功能長　功能《くのう》の長ずるを宰《つかさど》らず

遠来の客である私は扶桑（日本）に仮り住まいし、一日じゅう日の本《ひのもと》に身を寄せている。まだ好い具合には日の光が当たらなくても、人と光を奪い合うようなことは無い。万物は本より皆同一体である、唯一純粋な伝教の光がどうして四方八方偏りがあろう。創造主は至極寛大であって、自らの能力の発揮の輝きを独り占めしたりはしないのである。

○炤（照）　智慧でものを見る、真に理解する意。この詩は、寒山詩204「我家本住在寒山、石巖棲息離煩縁。泯時萬象無痕跡、舒處周流徧大千。光影騰輝照心地、無有一法當現前。方知摩尼一顆珠、解用無方處處圓」に擬す（「泯」は、ほろぶ、つきる、なくなる。「法」は、現象）。　○雖然　俗語、「雖」に同じ。　○同體　一つのものの中に他のものが存在すること。諸々の事象が相互に背反しないこと。必ずしもアイデンティティーではないこと。共通性があり、同一体である。　○單傳　仏の教えをただ一つ純粋に継承し、二三に亘らず伝えること。　○有方　四方、各方角が有ること。　○不宰功　我が無いこと（『老子』の「爲而不恃、長而不宰、功成而不居」に基づく語）。「宰功」といえば、宰官（「官」は、功能の意）、支配者、命令者であること。隠元の遺偈にも「西來即栗振雄風、幻出檗山不宰功。今日身心倶放下、頓超法界一眞空」とある（「即栗」は、「楖栗」に同じく、禅僧の杖）。○功能　効果を生ずる能力、働き、作用。功用《くゆう》。

66

論禪眞妙訣　禅の真の妙訣を論ずれば
直截當機歇　直截《ちょくせつ》にして当機歇《や》む
一歇萬慮空　一たび歇《や》めば万慮空にして
千差倶合轍　千差倶に轍に合す
蓮開香有餘　蓮は開きて香に餘り有り
旛動心無別　旛《はた》は動きて心に別無し
堪咲老太虛　笑ふに堪へんや老太虚《たいこ》の
至今又未撤　今に至りて又た未だ撤《はら》はざること

禅の真の奥義について論じさえすれば、しゃきっとして禅機との符合は完成する。一旦完成すると全ての思慮は空となり、あらゆる対立はすべて万法一如となる。蓮の花（釈迦の教化、法門）が開いて有り余るほどの香が漂い、菩薩の威徳が旗めいて世俗の情や分別は消えることになる。笑ってしまうのは昔ながらの太空思想が、今になっても更にまだ捨てられないでいることである。

○當機　禅機と向き合うこと、あるいは修行者の根機をいう。「當機覿面」といえば、禅家が禅機に臨んだ際、自らの心中の大事（本分）と出会うこと。「禅機」は、師家が修行者を教え導くための手段としての、言語を用いない、喝や棒などによる直感的、瞬間的なはたらきをいう。○歇　世俗の情や分別を追い遣り、禅旨を領悟し、参禅の大事（本文）を完成すること。○千差　千差万別《ばんべつ》（漢音）。種々差別の対立。○合轍　事を行う時に、その筋道や方向、道理に適うこと。万法一如。○旛　仏・菩薩の威徳をあらわす荘厳具(pataka)。○老太虚　「太虚」は、無碍の天空、閡《とざ》す無き太空、宇宙。この詩は、豊干《ぶかん》詩「余自來天台、凡經幾萬迴。一身如雲水、悠悠任去來。逍遙絶無鬧、忘機隆佛道。世途歧路心、衆生多煩惱。兀兀沈浪海、漂漂輪三界。可惜一靈物、無始被境埋。電光瞥然起、生死紛塵埃。寒山特相訪、拾得罕期來。論心話明月、太虚廓無礙。法界即無邊、一法普徧該」に擬す（「忘機」は、分別心を忘れること。豊干は太虚無関を説いている）。〇撇　捨て措《お》く、払拭する、棄捨する。（撇＝撆≒蔽）

67

翻轉蚖蛇窟　　蚖蛇《げんだ》の窟を翻転し
西江一口呑　　西江一口に呑む
心空含法界　　心空なれば法界を含み
眼廓小乾坤　　眼廓《ひろ》ければ乾坤を小さしとす
豁醒三春夢　　豁として醒む三春の夢
頓消百劫寃　　頓《とみ》に消す百劫の寃《をん》
擧頭天外看　　頭を挙げて天外に看れば
若個是知恩　　個《か》くのごとき是れ恩を知るなり

毒蛇の巣窟をひっくり返し、大川の水を一口で飲み干すと一切が空になる。心が空になれば一切の事物の本性が捉えられ、物事を見抜く眼が広くなれば宇宙もちっぽけだ。世俗の夢からすっきりと醒め、これまでの人生の怨敵もすぐに消える。頭を上げて大空の彼方を見ると、それこそが仏の恩恵であると分かって来る。

○翻轉　変換する、変わる、ひっくり返る。　○蚖蛇　「蚖」は、まむしの類、毒蛇の一種。蚖蛇含毒。「蚖蛇窟」は、四大と五蘊とでできている人の身心の喩え。この詩は、寒山詩273「可笑五陰窟、四蛇同共居。黒暗無明燭、三毒遞相驅。伴黨六箇賊、劫掠法財珠。斬却魔軍輩、安泰湛如蘇」に擬す。　○西江一口呑　有り得ないことが起こること。龐居士と馬祖との問答で提示された有名な公案。「居士（龐蘊）問曰、不與萬法爲侶者、是什麼人。祖曰、待汝一口吸盡西江水、即向汝道」とある。　○廓　大きく開く、拡げる、拡がる。　○含法界　「法界」は、意識が認識する一切の対象すべて。また、万事万物の本源と本性。「一塵含法界」といえば、微小の一塵埃とはいえ、智慧の眼を開いてみれば、その中に全宇宙（全経典）が含まれていることが分かること。　○三春夢　「三春」は、春の三ヶ月。「雍熙樂府」には「塵事三春梦、江湖萬里心」と見える。原詩の「三毒」に擬す。　○冤　うらみ、仇。怨敵。　○天外　天の外、高く遠い所を強調していう。また、意想不到の所。　○若個　それ、あれ、幾ばくか、かくの如き、どれほどか。　○知恩　阿弥陀仏から受けた恩に感謝する意もある。

68

無事無爲者　無事無為なる者
尋常獨自閒　尋常独り自ずから閑かなり
千生大夢醒　千生の大夢醒め
萬里一朝還　万里一朝にして還る
植福深如海　福を植うるは深きこと海のごとく
安仁儼若山　仁に安んずるは儼《おごそ》かなること山のごとし
果然鐵漢子　果たして然り鉄漢子
翻轉刹那間　翻転すること刹那の間なり

平穏無事であり無為になれる者は、人とは違って普段から物静かである。俗世の長い人生という夢から醒め、心の故郷から遠ざかってしまった旅路を一日で戻って来られる。福報の種苗をしっかりと心田に植え付け、仁ある行いをしっかりと行う。強い意志を持って修行に励む者なのである、あっという間に変われることは分かり切っている。

○無事無爲者　この詩は、寒山詩247「我見出家人、不入出家學。欲知眞出家、心淨無繩索。澄澄孤玄妙、如如無倚託。三界任縱橫、四生不可泊。無爲無事人、逍遥實快樂」（の後半）に擬す（「無事人」は、寒山当時の禅家の愛用語）。○千生　生生世世。I08詩に「千年大夢覺」の句あり。「大夢」は、人生（『莊子』斉物論に見える語）。○萬里　「萬里望郷關」、「萬里崖州」といえば、いずれも禅法、禅義から遠く隔たってしまっていることの喩え。○植福　「植福之地」といえば、在俗の人士が土地や家屋、銭財を捐《す》てて仏に献じ、寺院を建立することをいう。○安仁　心穏やかに仁道を実行すること。『論語』里仁篇に「仁者安仁、知者利仁」とあるのに拠る。○鐵漢　もっぱら仏道修行に励む意志の強い修行者。○翻轉　転換する、変わる、ひっくり返る。

69

隠隠長松下　　隠々たり長松の下
休休逸老人　　休々たり老いを逸《たの》しむの人
嚢藏格外旨　　嚢は蔵す格外《かくげ》の旨
筆絶世間塵　　筆は絶つ世間の塵
擬渉寒山跡　　寒山の跡に渉り

收回覺苑春　覚苑の春を収回せんと擬《ほっ》す
和峰増秀麗　峰に和すれば秀麗を増し
又見一番新　又た見る一番の新たなるを

日蔭のできる高い松の木の下で、私はゆったりと老後を楽しんでいる。頭陀袋の中には世俗の分別や知識を離れたものが入っており、書くものも俗塵にまみれたものでは全くない。寒山の歩みをたどり、仏土の春を取り戻したいのである。寒山の頂と一体化すればすばらしさが増し、さらにひときわの斬新さが現れて来よう。

○休休　道を楽しんで心安らかなさま。　○嚢　袋、旅用の袋。　○逸老　この詩は、拾得詩38「若論常快活、唯有隠居人。林花長似錦、四季色常新。或向巖間坐、旋瞻見桂輪。雖然身暢逸、却念世間人」に擬す（同韻であり、長、逸、世間が共通する）。　○格外　通常の分別理念や知識見解をひときわ超越すること。超格、越格《おっかく》。尋常を超えていること、並はずれた働き。「超格」といえば、通常の規格法則を超越していることで、多くは徹悟者が具《そな》え持つ卓越した機用の「施設《せせつ》」（仮に設ける手だて、方法、手段）をいう。「格」は元々、張り出した枝の意（隠元の偈に「老葉蒼黄飄格外、新英秀氣發中枝」とある）。〇收回　取り返す。〇覺苑　仏土。『五燈會元』に「覺苑仙葩一夜開」と見える。〇和峰　峰と合わさる。「和」は、連なる。宋の舒岳祥の詩に「月將塔影和峯轉、風作潮花入寺來」と見える。ここの「和」は、「擬」の意か。（「峯」は、寒山の愛用語。）

70

四海爲吾家　　四海をば吾が家と為し
隨方度歲華　　方に随ひて歳華を度《わた》る
片心含寶月　　片心は宝月を含み
兩眼爍空花　　両眼は空花を爍《と》かす
饑食金牛飯　　飢えては食ふ金牛の飯
渴斟趙老茶　　渇きては斟む趙老の茶
長伸雙脚睡　　長く双脚を伸べて睡れば
不覺在天涯　　天涯に在るを覚えず

天地を我が家と看做《みな》し、あるがままの自然の中で年を過ごしている。心の中には鏡のような浄らかな月が照り、両眼の中には心の花が美しく映えている。腹が減れば金牛和尚の振る舞うような有り難い飯を喰らい、喉が渇けば従諗《じゅうしん》和尚の淹《い》れてくれるような普段の茶を飲む。思う存分に両足を伸ばして眠られるのである、遠い異国（日本）に居る感じは無い。

○吾家　この詩は、寒山詩198「世間何事最堪嗟、盡是三途造罪楂。不學白雲巖下客、一條寒衲是生芽。秋到任他林落葉、春來從你樹開花。三界横眠閑無事、明月清風是我家」に擬す（共通語彙が幾つか見られる）。○隨方　「方」は、方角、または四角。「隨方就圓」、「隨方任眞（隨處任眞）」といえば、得道者が平常心を具え、事々処々その在るがままに順うこと。禅家はそのように悟心を養い、また道や法の日常的な運用を体現している。○歳華　時光、歳時。○含寶月　「月」は、禅家は清浄なる本心、或いは微妙なる禅旨に喩える。宋の蘇轍は『楞嚴經』を見て「涅槃眞際、観照既久、如淨玻璃、内含寶月」と言っている。

○爍空花　「空花」（空華《くうげ》）は、眼疾の人が錯視する幻影。実体のない花。「爍」（鑠）は、溶かす。また、かがやかす。○金牛飯　金牛飯桶。鎮州金牛和尚は飯の時間になると自分で作った飯を僧房にもって行き、舞を舞って「菩薩達よ飯を食いたまえ」と言ってふるまったという。「菩薩」と呼ばれた僧達は、そう呼ばれて好いものかと考えさせられたという。

故事は、『五燈會元』鎮州金牛和尚や『碧巌録』74則「金牛飯桶」に見える。○趙老茶　趙州従諗《じゅうしん》和尚は、いつも「喫茶去」と言い、日常茶飯を禅に喩えた。○天涯　「天涯海角」、「天涯地角」といえば、極めて遠い処をいう。ここは、日本。

71

識得自家寶　　自家の宝を識り得《う》れば
垂慈須急早　　慈を垂るるは須く急早なるべし
百年倏忽間　　百年は倏忽の間
萬事一齊掃　　万事一斉に掃《はら》はる
害命損根元　　命を害すれば根元を損なひ
養生益壽考　　生を養へば寿考を益す
君能力受持　　君能く力《つと》めて受持すれば
福禄可長保　　福禄長く保つべし

自分が本来具えている仏性がよく分かったのなら、慈悲を施すことを速やかにすべきである。人生百年は瞬く間、全てはすっかり消えてしまう。命を傷つければ根本からダメになってしまうが、生きる事を大切にすれば長生きはできる。教えを其方《そなた》がしっかりと身につけられれば、仏の福徳をいつまでも得られるであろう。

○自家寶　この詩は、寒山詩245「昔日極貧苦、夜夜數他寶。今日審思量、自家須營造。掘得一寶藏、純是水精珠。大有碧眼胡、密擬買將去。余即報渠言、此珠無價數」に擬す。○垂慈　寒山詩に「慈悲大喜捨、名稱滿十方」と見える。○根元　根本。○受持　教えを受けてそれを記憶する。信心をもって、大乗の経を自己の所有とすること。○福禄　仏が円満完璧に具えている福徳。

72

衲僧開隻眼　衲僧は隻眼を開き
佛祖一心腸　仏祖は心腸を一《もっぱ》らにす
不食人啑唾　人の啑唾《せふだ》を食らはざれば
口門自放光　口門自ら光を放つ
不行花柳徑　花柳の径を行かざれば
足底愈清香　足底愈《いよ》いよ清らかに香らん

踼起明如日　踼《け》り起こせば明るきこと日のごとく
流輝炤萬方　輝きを流せば万方を照らさん

禅僧は唯一真理を見抜く眼をしっかりと見開き、仏祖は一つの心で衆生を教化する。他人のお喋りを真に受けなければ、自らの言葉は自然と光を放つようになる。繁華な所を通らなければ、足の裏はますます清潔で好い香りを放つようになる。その足を蹴り上げれば陽光のごとく明るく、その輝きは四方八方を照らすのである。

○衲僧　禅僧。また、禅僧の一人称、私。「衲」は、禅僧が着る法服。○隻眼　一隻眼。法眼のこと。事物の真相を観照し、禅法の真理を認識できる智慧の眼光のこと。○一心一乗。仏が衆生を教化して成仏させる唯一の根本的方法。禅宗では特に教外別伝の禅法を指す（Ⅱ32詩参照）。○啑唾　お喋りの唾。「啑＝喋」は、言葉が多いさま。（「啑《さふ》＝唼」は、ついばむ（水鳥が魚を食う）、口に塗る（盟いの時に犠牲の血を口に塗る）意）。○口門　くち。この詩は、寒山詩074「不行眞正道、隨邪號行婆。口慙神佛少、心懷嫉妬多。背後噇魚肉、人前念佛陁。如此修身處、難應避奈河」の反対模倣の境地に似る（佛、人、口、不行、如が共通する）。○花柳　繁華な遊興の地。○足底　足もと、また、足の裏。○踢起「踢」は、ける、蹴飛ばす。「踢起」は、（ここは、靴の裏を見せ）足を蹴り上げる。『五燈會元』には「師以脚踢空、吹一吹」「手鑠黄河乾、脚踢須彌倒」等と見える。

73

凡夫少慧眼　凡夫は慧眼少なく
愚執自成労　愚かにも執らはれて自ら労を成す
苦海千尋浪　苦海は千尋の浪
我山萬丈高　我が山は万丈の高きなり
驅馳諸衲子　諸衲子《なっす》を駆馳し
叱咤老頭陀　老頭陀を叱咤す
業累既盈滿　業累既に盈ち満つれば
臨終奈汝何　臨終汝を奈何せんや

凡夫には物事を見抜く眼を持つ者が少なく、愚かにも物事に執らわれて自らを疲弊させている。苦が満ち溢れるこの世は海のように広く荒波が立ち、我執は立ちはだかる山のように高い壁となる。多くの僧達を馬車馬のように駆り立て、老齢の僧侶まで大声でどなりつける始末。凡夫はすでに業が積み重なってしまっており、臨終の間際までどうにもならないのである。

○凡夫　この詩は、愚痴を詠む拾得詩50に擬す（Ⅰ98詩参照）。また、寒山詩262「我見轉輪王、千子常圍繞。十善化四天、莊嚴多七寶。七寶鎭隨身、莊嚴甚妙好。一朝福報盡、猶若棲蘆鳥。還作牛領蟲、六趣受業道。況復諸凡夫、無常豈長保。生死如旋火、輪迴似麻稻。不解早覺悟、爲人枉虛老」の（後半の）境地にも似る（寒山詩の「凡夫」は、この一例のみ）。

○苦海　苦が深く満ちているこの世。○我山　「我執」に喩える。衆生の我執は、それを堅固なること山のごとしと見謬《あやま》り、悟りの障碍となってしまい、排除しがたいものとなる。

○衲子　禅僧。○叱咤　『法苑珠林』に「踑踞師長之前、叱咤尊人之側」とある。○頭陀　衣食住の貪りを払い除く修行。また、それを実践する人、行脚苦行僧、禅僧。

74　人人歸正信　　人々は正信に帰して

始是報親恩　　始めて是れ親恩に報ゆ

覿露樂邦境　楽邦の境を覿露し
大開至善門　大いに至善の門を開く
眉横雙日月　眉は双日月を横たへ
胸納一乾坤　胸は一乾坤を納む
掃盡羣魔影　群魔の影を掃ひ尽くし
方知大道尊　方《はじ》めて大道の尊きを知れり

人というものは正しい信仰に帰依することで、自らの親への恩返しも始まる。極楽浄土に在るに等しい本来の面目が現れ、善を究める門を大々的に開くのである。その目元には仏性が明るく輝き、胸中は執着無く自在無碍となる。群がる魔物の影を一掃し尽くせば、そこで始めて偉大なる仏道の尊さも分かって来る。

○正信　正しい信仰。仏法を信ずる心。この詩は、寒山詩089「汝爲埋頭癡兀兀、愛向無明羅刹窟。再三勸你早修行、是你頑癡心恍惚。不肯信受寒山語、轉轉倍加業汨汨。直待斬首作兩段、方知自身奴賊物」の境地に似る（反対模倣）。　○親恩　親しい者や親戚、身内の恩。

寒山詩159に「我見世間人、堂堂好儀相。不報父母恩、方寸底模様。……」と見える（「底模《なんノ》様」は、どのような様か、の意）。○覿露　覿面露堂堂。直ちに本来の面目を顕わし、少しも掩《おお》い隠すことが無いこと（「覿面」は、禅機に臨んで我が本分がそれと向かい合い、即一切の言語知解を超越することを言い、機を提示する者が禅法の根本を直指すれば、機に応ずる者は直ぐさま本来の面目を現すこと）。○樂邦境　楽しき邦《くに》、極楽浄土。○眉横　眉横鼻直、鼻竪眉横。目は横、鼻は竪《たて》、眉は眼上に在りとは、人に自ずから有る平常自然な本来の面目、即ち本性、仏性をいう。「眼横鼻直」は、諸事象がそのまま真理である意（柳緑花紅）。○雙日月　一対の日月。○乾坤　「乾坤獨歩」といえば、禅悟者が少しも執着依存することなく、自在無碍を運用するさま。○羣魔　寒山詩に「斬却魔軍輩、安泰湛如蘇」と見える。

75

佛光臨萬古　仏光は万古に臨み
道契不尋常　道契《だうかい》は尋常ならず
恢廓拈花旨　恢廓たり拈花の旨
全憑鐵鑄腸　全く鉄鋳の腸に憑《よ》る

頻吹無孔笛　頻りに無孔の笛を吹き
唯爇本來香　唯だ本来の香を爇《た》くのみ
觸破遼天鼻　遼天の鼻を触破《そくは》すれば
單傳正脈長　単伝の正脈長からん

仏の慈悲の光は昔から常に存在するものであるが、仏道との契合《かいごう》は並大抵ではない。釈迦の教えをただ一人嗣いだ迦葉《かしょう》は、感情に動かされない堅固な持ち前を維持できていたのである。いつも言語を超越した禅法を頼みとし、一切皆空の仏性の香だけを匂わせていた。禅機に向かう鼻の感覚を（その花の香に）利かせられれば、釈迦から迦葉に伝わった唯一正しい伝灯は長く続くことだろう。

○道契　「契《かい》」は、心性にぴったりかなうこと、一体となること。投合、符合。「契會」といえば、領悟し、領会し、かなってそむかないこと。「契理」といえば、禅理と符合する、禅理を悟ること。　○恢廓　広い、拡げる。「廓」は、大きく開く。　○拈花　拈花微笑。釈迦が花を摘んで黙って衆生に示した所、衆生は何のことか分からなかったが、ただ迦葉のみが微笑し、正法眼蔵、涅槃妙心、実相無相、微妙法門、不立文字、教外別伝のことだと分かった、という禅の公案に拠る語。◯鐵鑄腸　「鐵腸石心」は、頑強で感情に動かされない性に喩える。この詩は、寒山詩084「貪愛有人求快活、不知禍在百年身。但看陽燄浮漚水、便覺無常敗壞人。丈夫志氣直如鐵、無曲心中道自眞。行密節高霜下竹、方知不枉用心神」、163「男児大丈夫、作事莫莽鹵。勁挺鐵石心、直取菩提路。邪路不用行、行之枉辛苦。不要求佛果、識取心王主」の境地に似る。◯無孔笛　通常の曲を吹くことはないことから、言語を超越した特別な禅法あるいは機鋒を喩える。◯本來香　「本來」は、万法は本より無であり、一切は皆空であること。禅の悟りを獲得し、生死を超脱しているさま。人心は本来仏性を具有し、かつ円満充足している。◯觸破　触れる、接触させる意（語助としての「破」は、動詞の後について極端を表す）。また、本心を犯し破る意もある。元叟禅師（行端）の「題水月猿圖」詩に「水中明月輪、可翫不可覓。獼猴徒自狂、觸破寒潭碧」とある（…したことで～を突き破ってしまう意）。またⅡ07詩に「觸翻舊鼻孔」、Ⅱ66詩に「觸翻老巴鼻」とある。隠元の「触破」は「觸翻」にほぼ同じく、感覚器官（鼻）が対象（香）に触れて刺激を受けること。「触鼻」は、香が鼻に触れる意で、禅機、機鋒をいう（もと、羊が見境無くものに鼻を触れる様）。◯遼天鼻　「鼻孔遼天」（「鼻孔撩天」）は、禅法を省悟し、超然として世を脱すること。「鼻孔《びく》」は、人の中心となるもの、本分。また、本性、仏性。「遼天」は、天空に向かって飛び、天際を撞《つ》く。悟りに向かうものであるが、場合によっては心は隠しようが無いことをも言う。因みに「打失鼻孔《びく》」といえば、心印を領受すること。「踏著鼻孔」といえば、禅法を省悟すること。　○單傳　単伝心印、単伝直指。禅法の授受は、決して教典の文字と言語を通して教え説かれるものではなく、人心を直指し、師徒両者の心が相印することによる。不立文字、直指人心、見性成仏である。六祖慧能以前の衣法双授は、ただ一人に伝えた（単伝である）が、その後はその限りではない。　○正脈　隠元の今黄檗（新黄檗）開立の際の詠に「新開黄檗壮禪基、正脈流傳海外奇」とある（言うまでもなく隠元は達磨四十二世の正脈を得ている）。

76

自従退隠後　　退隠してより後
任運獨逍遙　　運に任せて独り逍遥す
不作塵中主　　塵中の主と作《な》らず
惟懸樹下瓢　　惟だ樹下に瓢《ひさご》を懸くるのみ
鳥吟助老興　　鳥は吟じて老興を助け

竹戞起風標　　竹は戞《す》りて風標を起こす
試問管城子　　試みに問ふ管城子よ
虚空豈易描　　虚空豈に描き易からんや

別院の松隠堂に隠退してからは、私はひとり平常心で自在に暮らしている。決して俗世の中心とはならず、ただ木に掛けた空っぽの瓢《ひさご》が風で音を立てているのを聞くのみである。鳥の鳴き声は老いの境地に興を添えてくれるし、竹の葉擦れの音も風情がある。ちょっと聴いてみるのだが我が筆さんよ、こんな空なる境地は簡単に描けるものなのかい。

○任運　任運騰騰。性のままに自在であり、拘束の無いこと。凡そ事はその自然に順い、平常心を具えているものであるとする。禅家は日常そのように悟心を養い、また道法を体現すべく運ぶ。この詩は、寒山詩182「一住寒山萬事休、更無雑念挂心頭。閑書石壁題詩句、任運還同不繫舟」に擬す。拾得詩22「自笑老夫筋力敗、偏戀松巖愛獨遊。可歎往年至今日、任運還同不繫舟」も寒山詩に擬したもの。　○塵中主　「塵中」は、世間。「塵中格外」といえば、世間と出世間とをいう。Ⅱ28詩に「可作塵中主、堪承格外才」とあるのは、和光同塵であること。　◯懸樹下瓢　むかし高士の許由は水を飲むのに手で飲んでいたので、或る人が瓢（杯）を贈ってやった所、飲み終わって樹間に懸けておいたが、カラカラと噪々しいので、そのまま棄ててしまったという故事による。寒山詩044に「獨臥重巖下、蒸雲晝不消。室中雖瞈靉、心裏絶喧囂。夢去遊金闕、魂歸度石橋。拋除閙我者、歴歴樹間瓢」とある。◯風標「風采」に同じく、瀟洒な姿態や優美な品格、特色をいう。◯管城子　韓愈「毛頴傳」に出る語で、筆のこと。隠元「擬寒山詩」の自序にも「時楮先生與管城子在傍、唯唯點首以助老興」とある。◯虚空　寒山詩に「饒邈虚空寫塵跡、無因畫得志公師」とある。

77

春去未歸來　　春去りて未だ帰り来たらず
子規啼出血　　子規啼きて血を出《い》だす
溪山勿論同　　溪山は同じきを論ずる勿く
雲月何須別　　雲月は何ぞ別くるを須《もち》ゐんや
一念既還源　　一念既に源に還り
千差倶合轍　　千差倶に轍に合す
妙哉大智師　　妙なるかな大智師

扭得鼻梁折　鼻梁を扭《ね》ぢり得て折ったり

春は本来の根源に戻って行って帰って来ず、子規も啼くのを止める夏が帰って来る。渓谷や山はそのままそこに在り、天空の雲や月も何ら変わりはない。一つの短い時節が根源に戻ったのであり、種々のものは万法一如のなのだ。智慧者の馬祖道一は巧みである、春が根源に戻っただけであること（ここに居ること）に気づかない百丈懐海の鼻っ柱をへし折ったわい。

○子規　杜宇、杜鵑、ほととぎす。蜀王の杜宇の魂の化身。春の末から夏の初めにかけて昼夜よく啼き、その声は哀切、啼いて血を吐いたところで止むという。○一念　一念万年、万年一念。「一念」（極めて短い時間）は「万年」であり、「万年」は「一念」であって、両者は区別がないことをいう。○還源《げんげん》　「還」は、本源に戻って無に帰すること。輪廻からニルバーナ（涅槃）に向かう聖道をいう（数息観の第五段階）。また、心に実体が無いことを知ること。「還源返本」といえば、心を外に向かって流転させず、内に返すこと。この詩は、寒山詩215「可畏三界輪、念念未曾息。纔始似出頭、又却遭沈溺。假使非非想、蓋縁多福力。

爭似識眞源、一得即永得」に擬す（「非非想」は、三界の頂き、有頂天とは言っても、まだ輪廻の内に在り、本源すなわち真如、仏性の境地に在るのではない）。○千差　千差万別《ばんべつ》（漢音で読む）。種々差別の対立をいう。○合轍　事を行う時の筋道や方向、道理または言行が皆一致し、同じ風《ふう》であること。○大智師　「大智上根」といえば、大いなる智慧と上等の根器。諺の「大智慧人面有三尺暗」は、大いなる智者もまた暗愚不智のところが有ること。○鼻梁　「雪竇顯和尚明覺大師頌古集」に「馬大師與百丈行次、見野鴨子飛過。大師云、是什麼。丈云、野鴨子。大師云、什麼處去也。丈云、飛過去也。大師遂扭百丈鼻頭、丈作忍痛聲。大師云、何曾飛去」とあり、飛んでいった鴨はどこかへ飛び去ったのではなく、春が去ったのと同じく、還元（還源）したままであり（そのままここに居るのであって）、そのことが分からぬ百丈の頓珍漢は、鼻っ面をねじ曲げられることとなった、という（『碧巌録』53則にも類話がある）。

78

一物不將來　一物将《も》ち来たらざれば
空空絶點埃　空々として点埃を絶つ
一文賫不去　一文賫《も》ちて去《ゆ》かざれば

了了莫疑猜　了々として疑猜する莫し
來去塵無累　来たるも去《ゆ》くも塵に累《わづら》ふ無く
行藏心自開　行ふも蔵《かく》るるも心自ら開く
分明濁穢土　分明なり濁穢土《じょくゑど》の
出處是蓮臺　出づるも処《を》るも是れ蓮台なること

何一つ持って来なければ、それは空であって僅かな埃《ほこり》さえも無い。少しも持って行かなければ、それは明々白々であって誰も猜疑心は抱かない。行ったり来たりしても俗塵で煩わされること無く、世に出ようが出まいが心はすっきりとしている。はっきりしていることは我々の俗世は、世に出ても出なくてもいずれも仏の坐する蓮華台の上だということ。

○一物　この詩は、寒山詩169「寒山有一宅、宅中無闌隔。六門左右通、堂中見天碧。房房虚索索、東壁打西壁。其中一物無、免被人來借。寒到焼輭火、飢來煮菜喫。不學田舍翁、廣置牛莊宅。盡作地獄業、一入何曾極。好好善思量、思量知軌則」に擬す（一物が無ければ空だと言っている）。　○一文　「文物」の「一文、一物」であれば、文彩と物色。「一文不知」

といえば、一箇の文字さえも知らぬ者、文字一つ知らぬこと。また「一文不値」といえば、一銭の価値もないが、無くてはならないものをいう（一文銭の上には文字が書いてあったことに因る）。◯賫　もつ、もたらす、おくる、心中に抱く。（齎＝賷＝賫。cf.「賚」は別字。）◯疑猜　懐疑、猜疑。◯來去　寒山詩255に「余勸諸稚子、急離火宅中。三車在門外、載你免飄蓬。露地四衢坐、當天萬事空。十方無上下、來去任西東。若得箇中意、縱横處處通」とある（「箇中意」は、禅法の意旨、本来の面目をいい、寒山当時の禅家の愛用語）。◯行藏　世に出て道を行なうことと、隠れて才能を現さないこと（『論語』より出る語）。◯穢土　浄土の反対、苦悩に満ちた我々の世界、三界六道。◯蓮臺　仏像の台座。また、阿弥陀仏の坐する蓮華の台座。

79

生成黄檗叟　生まれながらにして成る黄檗の叟
卓錫太和天　錫を太和の天に卓《う》つ
翠茂萬松境　翠茂す万松の境
清冷一脈泉　清冷たり一脈の泉
不孤面壁漢　面壁の漢に孤《そむ》かず

無愧紫金仙　紫金仙に愧《は》づる無し
放下開山斧　開山の斧を放下し
閒吟樂永年　閑吟して楽しむこと永年ならん

生来の黄檗の老人である私は、和やかなここの大空のもと（日本）で錫杖を打ち鳴らしている。常緑の万本松の茂る松隠堂に居ると、庭の泉水がひんやりと清らかで気持ちがよい（錫杖を卓《う》つて水を取る）。達磨大師から見捨てられるようなことは一切無いし、阿弥陀仏に恥じるようなことも全く無い。山を切り開き新万福寺を創建してきた鈍い斧は置き、静かに詩を詠んで老年を楽しむとしよう。

○生成《しやうじやう》　生来、天性。　○卓錫　錫杖をトンと打つ（卓拄杖一下）。「卓一下」は、（机を）トンと打つ。錫杖を用いて石を打ち水を取る（面壁修禅する意）。　○太和天　「太和」は、天地冲和の気。天下太平をいう。隠元の今黄檗（新黄檗）開立の際の詠に「一片太和温道義、千秋黄檗振宗綱」とある。　○萬松　古黄檗の伽藍には萬松庵がある。　○面壁漢　多くは初祖達磨のこと。　○紫金仙　「紫金臺」といえば、阿弥陀仏の坐する紫金（金の精錬された紫磨黄金）で出来ている台座。　○開山斧　古代の武器の名。質は堅く、形は大きく、山の岩石を掘るのに用いる。鈯斧（鋭利でない斧頭。「鈯《とつ》」は、鈍い）。「開山」は、寺を開く。
○永年　この詩は、寒山詩078「卜擇幽居地、天台更莫言。猿啼谿霧冷、嶽色草門連。折葉覆松室、開池引澗泉。已甘休萬事、采蕨度殘年」の境地に似る。

80

新荷香映水
綠柳醉花村
啼鳥送春去
薰風自到門
江山無滅色
時節不相存
欲透西來意
摟空造化元

新荷は香って水に映え
緑柳は酔花の村なり
啼鳥春を送りて去れば
薫風自ら門に到る
江山は色を滅ずる無く
時節は相《とも》には存せず
西来の意を透さんと欲し
空を造化《ざうけ》の元に摟《ひ》く

蓮の花が香って水に映え、柳の青める村は花見に酔うほどである。啼く鳥が春とともに去れば、初夏の薫風がすぐに門までやって来る。山河は何ら変わらず、時節も四季ごとの交代がある。西方から伝わった禅の意旨を浸透させようと、そのような大自然から空《くう》相を採取してみせているのである。

○酔花　花見をして（酒に）酔う。　○薫風　薫習《くんじゅう》の風。香が染みつくように、迷いや悟りが他に影響を及ぼす。（「風」は、宗風、禅風の意もある。）　○不相存　春が根源に戻ると、夏が根源から帰ってくる（「相」の部分否定）。Ⅰ77詩の「還源《げんげん》、一念」の考え方に同じ。○透　禅の悟りに通じようとすること。　○西來意　「祖師西來意」の省略した言い方。禅宗の初祖菩提達磨が西方（印度）から東土（中国）に来て伝授した禅法の主旨（ここは西の中国から日本に来た隠元自身をいうと見たい）。（Ⅰ57詩参照。）　○摟　抱え込むように引きずり寄せる、採取する、採用する。柳宗元の「晋問」に「引大利以自嚮、而摟他人之力以自固」とあり、『孟子』に「摟諸侯以伐諸侯」という（注に「摟の音は婁。摟は、牽《ひ》くなり、採取するなり」とある）。　○造化元　自然の奥深さ。「造化」は、自然。蘇東坡の詩に「誰識造化元、乾坤本何施」とある。隠元のこの詩は、寒山詩092「天高高不窮、地厚厚無極。動物在其中、憑茲造化力。爭頭覓飽暖、作計相啖食。因果都未詳、盲兒問乳色」に擬す（反対模倣。寒山詩の結句は、愚者は永遠に真理を理解する術が無いこと。寒山詩の「造化」は、これ一例のみ。隠元は造化の力をどう理解するかを詠む）。

81

父母天倫重　　父母は天倫重んじ
生身徳莫量　　身を生むの徳は量る莫し
分皮未足報　　皮を分くるも未だ報ゆるに足らず
碎骨豈能償　　骨を砕くも豈に能く償はんや
心徹情無寄　　心徹れば情に寄する無く
道成名可揚　　道成れば名は揚ぐべし
論親歸佛乘　　親を諭して仏乗に帰せしむれば
孝義始全彰　　孝義始めて全く彰《あきら》かならん

父母は兄弟間で大切にするものであって、我が身を生んでくれたその徳は量り知れない。身を粉《こ》にしてくれた恩には十分に報いることは出来ないのだ、骨を砕いて孝行したところでどうしてその負い目を償えよう。心さえ通じていれば哀悼（服喪）の情をわざわざ寄せる必要はないし、我が道が出来上がっていれば自ずと孝行の名も揚がる。両親を仏道に帰依させることまで出来れば、それでやっと親孝行も明らかになるというもの。

○天倫　天然の倫次、すなわち兄弟をいう（『孝経』より出る語）。「天倫之樂」といえば、家庭内の親族の楽しみ。○生身《しょうじん》　父母から生まれた身体。生まれながらの身体。『孝經』に「身體髮膚、受之父母」とある。○分皮　「分皮髄」「分盡髄皮」といえば、達磨が弟子鑑別のために慧可ら四人にそれぞれ皮、肉、骨、髄を分け与えた故事。○碎骨　碎身粉骨、身体が粉砕すること、死亡をいう。多くは、某かの目的のために献身すること。○情『孝經』喪親章（最終章、第十八章）に「……服美不安、聞樂不樂、食旨不甘、此哀戚之情也」とあるのに拠る（寒山が詠んでいる）。この詩は、寒山詩146「有樂且須樂、時哉不可失。雖云一百年、豈滿三萬日。寄世是須臾、論錢莫啾唧。孝經末後章、委曲陳情畢」（啾唧は、小声で嘆く）に擬す（寒山の「樂」とは、山居逍遥の楽しみをいう）。○揚名　『孝經』開宗明義章（第一章）に「身體髮膚、受之父母。……立身行道、揚名於後世、以顯父母、孝之終也」とあるのに拠る。I60詩に孝行の「名」あり。○諭親　親を諫めるのは、不孝ではない。『孝經』諫諍章（第十五章）に「父有争子、則身不陷於不義」（註「父有苦口幾諫之争子、則愛敬所積、天性所感、有以諭親于道、豈至惑于非道」）とあるのに拠る（「争子」は、親を諫める子）。Ｉ60詩に「親寃」への言及あり。〇孝義　「不孝」に関して、寒山詩159には「我見世間人、堂堂好儀相。不報父母恩、方寸底模様。欠負他人錢、蹄穿始惆悵。箇箇惜妻兒、爺孃不供養。兄弟似寃家、心中常悵怏。憶昔少年時、求神願成長。今爲不孝子、世間多此様。……」とある。

82

弟兄敬愛深　　弟兄は敬愛深く
随順無難色　　随順なれば難色無し
履険力争扶　　険を履《ふ》めば力《つと》めて扶《たす》くるを争ひ
建功退讓得　　功を建つれば退きて得るを譲る
連枝返本元　　枝を連ぬれば本元に返り
同氣承天徳　　気を同じくすれば天徳を承く
恩大一乾坤　　恩は一乾坤より大なり
義當共肖克　　義として当に共に肖克すべし

兄弟ならば互いに深く敬愛し合い、互いに従順であれば問題ない。危険が及べば我先にと助け合い、手柄を立てれば褒美を譲り合う。兄弟とは木の枝同士と同様で根は同じであり、ともに吸う空気は天から賜ったものなのだ。親の恩は天地ほど大きいものであり、兄弟の道義心はその親をしっかり継承できるものなのである。

○弟兄　この詩は、寒山詩006「弟兄同五郡、父子本三州。欲験飛鳧集、須旌白兎遊。靈瓜夢裏受、神橘座中收。郷國何迢遞、同魚寄水流」に擬す（反対模倣と見ることも出来る。原詩の解釈としては、太田氏は心の六意識、三徳に喩えると言い、項楚氏は『孝子伝』の「孝感故事」を踏まえるとする）。○連枝・同氣　木の二つの枝が連なって一緒になっていること。ここは、同胞兄弟姉妹に喩える。「連枝同氣」といえば、同胞兄弟姉妹、あるいは情が兄弟のような親密な関係の者に喩える（『呂氏春秋』精通篇より出る語）。○肖克　ここでは、親を継承する、親に肖《に》る意（不肖の反対）。

83　投師貴道徳　　師に投じては道徳を貴び
訪友必賢良　　友を訪ふては必ず賢良なり

道徳超生死　道徳は生死を超え
賢良消暴狂　賢良は暴狂を消す
神光立雪重　神光は雪に立つこと重く
船子接機忙　船子は機に接すること忙し
乞法忘躯命　法を乞ひて躯命を忘れ
爲人覆小航　人の為に小航を覆《くつがへ》す

師家を求めるなら道徳的な人であることが大事であり、友を選ぶなら善良な賢者でなければならない。道徳は生死を超えられるし、善良な賢者は凶暴さや狂妄心を消してくれる。達磨二祖の慧可神光は雪に埋もれてまで師に入門救済を請うたし、唐の船子和尚徳誠は船に船を着けてまで人（友）を化導《けどう》した。仏法のためなら身命を懸け、衆生のためなら船が転覆して死ぬまで禅旨に徹するのである。

○師　この詩は、寒山詩219「養子不經師、不及都亭鼠。何曾見好人、豈聞長者語。爲染在薫蕕、應須擇朋侶。五月販鮮魚、莫教人笑汝」に擬す。○神光立雪　禅の公案。禅宗の二祖慧可（もとの名は神光）は、その師の達磨に入門することを求め、夜を徹して大雪の中に立ったので、暁に及んで膝上まで雪が積もり、師はいたく感動したという。「立雪断臂」の故事に拠る。　○船子接機　唐代の禅僧徳誠（船子和尚）は、華亭（上海）呉江の畔に隠居し、舟を泛かべて四方より往来する人を随縁接化し、この大事が已《や》めば船を覆して逝かんと言ったという（「抜棹歌」がある）。　○接機　ここは「接化」にほぼ同じ。師家が修道者を親しく導くこと。接し、化導する。「機」は、人の根機（仏法を接受する素質。根器）。　○法　寒山詩159に「……雲光好法師、安角在頭上。汝無平等心、聖賢倶不降。凡聖皆混然、勸君休取相。我法妙難思、天龍盡迴向」とある。　○覆小航　船子和尚が、大事が已《おわ》れば船を覆して逝かんと言った公案による。

84

竟日衛門墻　　竟日門墻を衛《まも》るは
争如平心好　　争《いか》でか平心の好きに如《し》かんや
小知聲喞喞　　小知は声喞々《しょくしょく》とし
大道明杲杲　　大道は明るく杲々たり
古聖弗能窮　　古聖も窮むる能はず

凡愚豈可造　凡愚豈に造《いた》るべけんや
荘生猶未聞　荘生すら猶ほ未だ聞かず
以下休艸艸　以下は休《や》むこと艸々たらん

終日禅門が侵されないように守るのであれば、ひたすら平常心で居るに越したことはない。小賢しい知識では声に出した所で気弱《かよわ》いし、大道（平常心）であってこそ日の輝きがある。昔の聖人もそれを窮めてはいないのだ、凡愚の者がどうしてその境地に至れよう。荘子（荘周）でさえも窮めたとは耳にしていない、それ以下の者は適当な所で終わってしまっている（寒山だけが窮めている）。

○竟日　終日、一日中。　○衛門墻　宗門を衛ること。清、汪琬『堯峯文鈔』題庀邨和尚法嗣には、「……若清上人、固庀邨之嗣、天童之孫也……叛其師友以去者、良不少也。而浮屠氏獨能區別受授之由來、所以衛其門牆者、惟恐不嚴、而守其衣鉢巾拂者、惟恐不至、豈不猶賢乎哉。……」と見える。　○平心　平心順気、平気順心。『荘子』の「平常心是れ道なり」による。『荘子』庚桑楚篇（雑篇第二十三）には「欲静則平氣、欲神則順心」とある。（宋の王雱『南華眞經新傳』徐無鬼篇（雜篇第二十四）には「夫能平心順氣、以道爲務、而忘於貧賤窮達、則入於至人之域」と解釈する）この詩は、寒山詩171「一自遯寒山、養命餐山果。平生何所憂、此世隨縁過。日月如逝川、光陰石中火。任你天地移、我暢巖中坐」に擬す。拾得詩46にも「平生何所憂、此世隨縁過。日月如逝波、光陰石中火。任他天地移、我暢巖中坐」と詠むように、寒山拾得は「平生」という言い方をする。○小知　『莊子』に「去小知而大知明、去善而自善矣」「小知不及大知、小年不及大年」「大知閒閒、小知間間、大言炎炎、小言詹詹」等と見られる。○聲喞喞　ひそかな、小さい声。虫の細い鳴き声。○未聞「未聞已前意」といえば、禅者が他人に問いを発しようとする時の真意。まだ言葉（質問）になっていない以前の境地。○休艸艸　「休」は、禅旨を領悟する意もあるが、ここは、双方が機鋒を較《くら》べる際、一方が利を失って罷《や》めることを自ら認めることをいう。「艸艸（草草）」は、慌てる様。倉卒で粗々っかしい。憂慮し気をつかう様。或いは、俄かであって、丁寧でないこと。『碧巖録』57則に「不得草草打人」（いいかげんに、軽々に人を打たないで欲しい）とある。また、宋の汪元量の詩には「人生百年休草草」（そそくさと止む）とある。

85

老夫睡未足　老夫睡《ねむ》り未だ足らず
好鳥噪山堂　好鳥山堂に噪《さわ》ぐ
乞法誰家子　法を乞ふは誰が家の子ぞ
投誠五分香　誠を投じて五分香る
憨眠無味語　憨眠《かんみん》は無味の語にして
豁醒自成章　豁醒すれば自ずから章を成す
筆底風雲會　筆底風雲会すれば
林巒盡放光　林巒尽く光を放たん

老人の私は眠りが浅く、朝は好い声の鳥たちが松隠堂の回りで噪《さわ》いでいるのが耳に入る。禅法を求めて来られたのはどこの何方《どなた》か、筆に真心が込められ本来具わる仏性が現れている。惰眠熟睡していては何の意味も味わいも語れないが、目覚めていれば意味がある。筆によって多くの人々と出会えれば、松隠堂をいだく山野は光明で満ち溢れるのである。

○乞法　食を求めて身を生かすように、法を求めて仏の智慧を命とすること。「比丘梵語」

に「上於諸佛乞法、資益慧命。下於施主乞食、資益色身」（色身は食を以て命となし、法身は慧《さと》きを以て命となす）とある。この詩は、寒山詩004「吾家好隠淪、居處絶囂塵。踐草成三徑、瞻雲作四鄰。助歌聲有鳥、問法語無人。今日娑婆樹、幾年爲一春」に擬す（法を乞う人が居ないと春はすぐに終わる、の意）。◯投誠《とうじゃう》　真心を披瀝すること。「投」は、そこに到る、それに臨む意。また、贈る意。◯五分香　五分法身香。衆生に本来そなわる仏性のこと。「五分法身」は、戒、定、慧、解脱、解脱知見の五つの法（徳性）を具えた聖者と仏をいう。◯憨眠　「憨寝《かんしん》」に同じであれば、熟睡する、ぐっすり眠る。「憨」は、愚かの意。寒山詩には「枕頭須莫眠、此言期衆見」と見える。◯無味語　何の味わいも意味も無い語。
◯風雲會　風雲際会。君臣の出会い、または広く人との出会いをいう。

86

吾道通凡聖　　吾が道は凡と聖の
悟迷自古今　　悟ると迷ふの古今自《よ》りするに通ず
脩身齊宇宙　　身を修めて宇宙に斉《ひと》しく
潔己樂山林　　己を潔くして山林を楽しむ
若個空諸相　　個《か》くのごとく諸相を空にすれば

幾能徹自心　幾ばくか能く自らの心に徹せん
其中親覷破　其の中《うち》をば親《みづか》ら覷破《そは》すれば
點鐵也成金　鉄を点ずるも也《ま》た金と成らん

私の仏道は昔から今までの凡愚と聖賢の、迷いと悟りの両方に通じている。積んだ修行は天地と一体化しており、己が身を清めているので山林を楽しむことが出来る。そのように諸事象に対する執着が無いと、どれほどか善く自分の心を見通せることか。我が心中を自ら看破できれば、鉄を鍛錬して金《きん》が出来るようになる（凡もまた聖となり一つになる）。

○凡聖　凡聖等一。凡夫と聖人とは相等しく、一つなるがごとし。「万法皆空、万法一如」思想の反映であり、禅悟者の至る境地。この詩は、寒山詩159（の後半）「……雲光好法師、安角在頭上。汝無平等心、聖賢倶不降。凡聖皆混然、勸君休取相。我法妙難思、天龍盡迴向」に擬す（「安角」は、牛だと言われても平気であること）。○齊宇宙　宇宙は、『莊子』によれば、天地をいう。○空諸相　「取相」といえば、諸事象の相に執着する取相凡夫が生死と涅槃に執着する迷いをいう。○潔　寒山詩に「明月照時常皎潔、不勞尋討問西東」

と見える。　○山林　寒山詩に「元非隠逸士、自號山林人」と見える。　○若個　いくばくかの。かくのごとく。いくらか、いくつか。　○覷破　「覷」は、深く見る、窺い見る、窺い見て見抜く意（「破」は、動詞の後に付き、極度をあらわす）。（Ⅰ44詩参照。）

87

劈開渾沌竅　　渾沌の竅《あな》を劈開し
徹見其清濁　　其の清濁を徹し見る
日日自風光　　日々自ら風光あり
時時常洒落　　時々常に洒落たり
離名復離相　　名を離るれば復《ま》た相を離れ
無適亦無莫　　適《かな》ふ無ければ亦た莫《な》しも無し
如説而奉行　　説くがごとくにして奉じ行へば
許登清淨覺　　清浄の覚に登るを許されん

神様である混沌の体に開けられた九つの穴を開き、その中の清らかさの程を見極めてみた。昔と変わらず穏やかな風情（仏性）が満ち溢れ、時々刻々いつでもさっぱりとしている。名目から離れていれば形からも離れられ、こうすべしが無ければこうすべきでないも無い。仏に説かれるがままに修行し実行（衆善奉行）していれば、仏の智慧の眼で清らかさを悟ることが出来るようになるのである。

○渾沌　この詩は、寒山詩071「快哉混沌身、不飯復不尿。遭得誰鑽鑿、因茲立九竅。朝朝爲衣食、歳歳愁租調。千箇争一銭、聚頭亡命叫」に擬す（反対模倣。晋の李頤は、混沌はもと清濁未分であり、無為自然であったと言う）。○風光　風情。また、栄誉、面目、体面、体裁。（Ⅰ06詩参照。）○名・相　「名相」は、Ⅰ29詩に「大道離名相、善行絶朕蹤」とある。○無適・無莫　「無適無莫」は、こうしなければ行けない（「適」）とか、そうすべきではない（「莫」）とかの規定がともに無いこと。多くは一定の目標を堅持する上で、柔軟かつ便宜的な手段を上手に用いることをいう（『論語』里仁篇より出る語。ただし、仏老の学であり、孔子の学ではない）。○如説…奉行　如説奉行《にょぜつぶぎょう》、如説修行。あるがまま、仏の教えにある通りに、法を信奉して修行し、善または誓願を実行すること。○登…覺　正覚、円覚、妙覚などの境地（悟り）に至ること。宋の王安石は「歸依佛彈指越三、祇願我速登無上覺」と言う。○清淨覺　「清淨知見」といえば、智慧の法眼を以て事物の真相を観照し獲得した感悟、体験のこと。それは少しも妄情俗念への執着が無いので、「清浄」と称する。「清浄法眼」といえば、正法眼蔵のことで、禅家の称する教外別伝の玄旨をいう（Ⅱ32詩参照）。

88

玄妙不思議　　玄妙は不思議にして
人天難可測　　人天《にんてん》は測るべかり難し
心包老太虚　　心は老太虚《たいこ》を包み
幻出洞岩窄　　幻のごと洞岩の窄《せま》きに出づ
眼底獨圓明　　眼底のみ独り円明《ゑんみやう》にして
胸中無礙塞　　胸中に礙塞する無し
大哉沒量人　　大なるかな量る沒《な》きの人
千古爲標格　　千古に標格と為る

禅は世俗の分別では思考できないものであり、人々にはどのようなものなのか深さは分からない。心の中は天空のように空無でありながら、その空無が幻のように岩（寒岩）の狭間から漏れ出て来る。眼の奥底は（月の鏡と同じく）元来完全であり、心中も従って障害物は一切無い。見当の付けられない程の眼光を具える人物（寒山）こそ偉大であって、古来ずっと揺るぎ無く禅の格式を示せている。

○玄妙　分別を超越していること。「妙玄」といえば、真の法嗣《はっす》は出家の学に没入しないこと。この詩は、寒山詩279「巖前獨靜坐、圓月當天耀。萬象影現中、一輪本無照。廓然神自清、含虚洞玄妙。因指見其月、月是心樞要」に擬す（圓、天、虚、洞が共通する。隠元の擬作は、この原詩の月の喩えを心に戻して詠んでいる）。○人天　人々。また、人と天界の有情の神々。（Ⅰ48詩参照。）○老太虚　天、太空をいう（原詩の寒山詩279も月や天を詠む）。或いは、宇宙。また、全くの空無、究極の境地（Ⅰ66詩参照）。拾得詩41には「君見月光明、照燭四天下。圓暉掛太虚、瑩淨能蕭灑。……」という。○幻出　隠元の遺偈に「西來即栗振雄風、幻出檗山不宰功。今日身心倶放下、頓超法界一眞空」とある（「即栗」は、「榔栗」。禅僧の杖）。○洞岩　龍の蟠るような洞穴をいうが、ここは原詩の「巖前」すなわち寒岩と同じ洞窟であろう。○眼底　眼中、眼前。また、「透關眼底」といえば、禅機を見抜く眼、法眼。○圓明　円満明朗、完全に見事に明朗であること。○沒量人　沒量漢、沒量大人。人間の分別思考ではとても推し量ることができない程の大人物。規格を超えた大人物。大悟徹底した人。（「量」は、見積もる。「測」は、底を知る。）〇標格　品格、風格。規範、規格、風度の格式のこと。

89

茫茫週沙界　茫々たり週沙界
忘却本來尊　本来の尊きを忘却す
教攝三乘衆　三乗の衆を教へ摂《と》り
行分八萬門　八万の門に行《つら》ね分かつ
捨身弘正道　身を捨てて正道を弘め
立願報洪恩　願を立てて洪恩に報ゆ
濁劫雖難度　濁劫《じょくこう》は度し難しと雖も
有知終返元　有るいは終に元に返るを知らん

砂のように広がる一切全ての世界は、己が本分や仏性を忘れてしまっている。そのような衆生を掬《すく》い取り、仏教の多くの教えにそれぞれ帰依させるのである。我が身を捨てて仏道を広め、衆生救済の願を立てて仏恩に応《こた》える。汚れに満ちたこの末世は度し難いとは言え、終いには元に戻るだろう事が分かってもらえるかも知れない。

◯週沙界　周沙界（沙界に周《あま》ねし）。「沙界」は、無数の世界、一切の世界。（『景德傳燈録』に頻出する語。）cf.三千大千世界。この詩は、寒山詩096「有人把椿樹、喚作白栴檀。學道多沙數、幾箇得泥丸。棄金却擔草、謾他亦自謾。似聚砂一處、成團也大難」に擬す。◯本來（Ⅰ51詩の注参照。）◯教攝　教化と摂化。「摂化」は、衆生を救い摂《と》り、導き育み、利益を与えること。◯三乘　悟りに至る声聞乘、縁覚乘、菩薩乘という三つの乗り物。◯行分　「行」は、分けて送り届ける。「分」は、枝分かれ、部分。◯八萬門　八萬法門。八万四千の法門。仏陀の八万二千の教えと、修行僧から教わる二千の教え。非常に多くの仏教の教え、の意。◯洪恩　大いなる恩、仏恩。◯濁劫　劫濁。汚れに満ちた末世。◯有知　知覚、知識がある。◯返元　「返源」といえば、本源に返ること。外に向かって尋ね求める眼光を止め、自身の仏性を観照することをいう。

90　隻葦渡東溟　　隻葦《せきゐ》もて東溟を渡り
飄然直至今　　飄然として直ちに今に至る

寸絲懸落日　寸絲は落日を懸け
一刻抵千金　一刻は千金に抵《あ》たる
靜坐空三際　静かに坐しては三際を空にし
當機廓片襟　機に当たつては片襟を廓《ひろ》くす
尋常無個事　尋常は個《こ》の事無く
贏得臥山林　山林に臥するを贏《か》ち得たり

私は一本の芦をつかんで東の海を渡り、日本に来て俗事に拘《かかわ》らずに今日に至っている。一着の服が夕日に染まる歳になり、一刻も無駄に出来ない生活となっている。心静かに坐して我が過去現在未来を空《くう》とし、禅機と向き合って胸襟を開く。平時は一大事（衆生救済の任務）が無いので、山林に囲まれた庵（松隠堂）でゆっくりする時間を持ち得ている。

○隻葦　隠元の法孫である性潡《しょうとん》（唐僧）も、隠元禅師が一葦東来し黄檗山を開いたと言う。　○飄然　ふらりと行ったり来たりする様。俗事に拘らない様。　○寸絲　「寸絲不掛（挂）」といえば、一着の服すら着ることがない意で、妄念俗情を掃蕩し尽くし、執着牽累が全く無いことを喩える。禅の悟りの境地。もと『楞厳経』の「一絲不挂、竿木隨身」から出、釣り糸を付けない竿は、魚は釣れない意。拾得詩には「欲識無爲理、心中不掛絲」とあり、心性が自然清浄で、煩悩に障碍されないことを喩えている。◯懸落日　李白の詩序に「征帆空懸落日」と見える。◯三際　前際（過去）、今際（現在）、後際（未来）をいう。◯當機　禅機あるいは修行者の根機に符合すること。「當機覿面」といえば、禅家が禅機に臨み、本分（本来の職責、自らの大事）と出会うこと。cf.覿面。◯廓襟　開廓襟懷。「廓」は、大きく開く、拡げる、拡がる。◯個事　箇中の事（「箇中」は、真如の法界）、具体的でしかも絶対的なところを指す言葉。また、一大事因縁、ただ一つの（仏の）任務。仏がこの世に現れた最も大切な因縁の意。程度、能力の異なる人々をいろいろ導いて、すべてを救うという重大な因縁。衆生はこれによって成仏する。（「箇中意」といえば、寒山当時の禅家の愛用語。）◯尋常　この詩は、拾得詩42「余住無方所、盤泊無爲理。時陟涅盤山、或翫香林寺。尋常只是閑、言不干名利。東海變桑田、我心誰管你」に擬す（「東」と「山林」に共通性が見出だせる）。

91　圓頂方袍士　円頂方袍の士は

唯禪是所依　唯だ禅のみ是れ依る所なり
更須參向上　更に須く向上に参ずべし
豈可學卑微　豈に卑微を学ぶべけんや
透徹頂門眼　透徹す頂門の眼
頓超過量機　頓《とみ》に過量の機を超ゆ
是名眞鐵漢　是れ真の鉄漢と名づけ
不愧出家兒　出家児たるに愧《は》ぢず

頭をまるめて袈裟をまとう者は、ただ禅だけを頼み（拠り処）とする。更なる向上を目指して参禅するのである、低俗な事などどうして学ぼう。額の三つ目の眼で物事をはっきりと見抜き、一瞬で無数の禅の臨機応縁をやってのける。それを真の鉄人（真の修行者）と呼び、出家者として恥じることの無い者である。

○圓頂・方袍　坊主頭に袈裟姿。転じて僧侶をいう。　○向上　妄から真、迷いから悟りに至り、微妙なる禅法、無常至真の境地に到達すること。　○卑微　落ちぶれた、微弱な。低微、ちっぽけであること。　○頂門眼　頂門正眼、頂門眼正、頂門具眼、頂門上眼、頂門有眼。仏教神話中の摩醯首羅《まかいしゅら》天の神（シヴァ神）には三つの眼が有り、その中の額の上の堅実な眼を頂門眼と言う。神奇な視力を具えるものであり、禅語の「頂門正眼」はこれを典故とし、禅悟者が事理を観察する特有の智慧の眼光をいう。Ⅱ78詩には「透徹頂門關」とある。（Ⅰ02詩参照。）　○過量機　無数の機。勘定や分別を超える、禅悟者の機縁（根機と因縁）の運用（臨機応縁）をいう。なお「機」とは、人の根機（根器といえば、仏法を接受伝承する素質）、持ち前をいう。また、微妙幽玄なる事理をいい、推測に陥らず、一瞬であり、言語を用いて表達する術の無い禅義のこと。　○鐵漢　もっぱら仏道修行に精励する意志の強い修行者。　○出家　この詩は、寒山詩270「自從出家後、漸得養生趣。伸縮四肢全、勤聽六根具。葛衣隨春冬、糲食供朝暮。今日懇懇修、願與佛相遇」に擬す。

92

鑽花如麻葦　　花を鑽《あつ》むること麻葦のごとく
若個賦心田　　個《か》くのごとく心田に賦《みつ》ぐ
翰苑尚文雅　　翰苑は文雅を尚び
檗山續正傳　　檗山は正伝を続《つ》ぐ

和風長道樹　　和風は道樹を長ぜしめ
徳水綻金蓮　　徳水は金蓮を綻《ほころ》ぶ
浪潤分千派　　浪潤《ひろ》ければ分かるること千派
流高第一泉　　流れ高ければ第一泉なり

群がり華やかな花は麻や葦《あし》のように数多く咲き誇る、そのつもりで自らの心を耕すのである。文苑（詩壇）は格調高く花咲くことを大切にするが、黄檗山は正しく咲いて伝わってきた花を承け継ぐ。黄檗山の和やかな風は菩提樹を生長させ、恵みの泉水は蓮華を花咲かせるのである。その黄檗山の泉水の浪はどこまでも伝わり、流れは超一級の泉となっている。

○鑽花　密集し、華やかに群がる花。「鑽」は「攢」に同じ。「攢花簇錦」「花攢錦簇」は、花が群がり、五色繽紛として艶麗なる景色をいう。「花簇簇」といえば、華やかに群がる花がそのまま仏であること。○麻葦　麻と芦葦《あし》、衆多に喩える。○若個　「似箇」と同義。かくのごとく。また、「幾箇」と同義。いくらか、いくつか。若干。○賦心田　宋の衛宗武の詩題に「爲郷人賦心田」とあり、心田を耕すよう勧めている。この詩は、寒山詩259「五嶽倶成粉、須彌一寸山。大海一滴水、吸入在心田。生長菩提子、偏蓋天中天。語汝慕道者、愼莫繞十纏」に擬す（寒山の「心田」は、この一例のみ。数詞のほか、山、水、長、道が共通する。仏教者が心田を肥やし、生長するさまを詠む点で類似する）。○翰苑　文苑。唐宋は翰林、清代は中書。○風　宗風、禅風。○道樹　その下で仏が悟りを開いた樹。菩提樹。弥勒菩薩の場合は龍華樹をいう。また、悟りを開くことの喩え。

93

大方尚雅誼　　大方は雅誼を尚《たっと》び
名士出青藍　　名士は出づること藍より青し
濶論空諸相　　濶《くゎつ》論は諸相を空にし
澄心映碧潭　　澄みたる心は碧潭に映ゆ
有時鳴歴歴　　有る時は鳴ること歴々と
無事日憨憨　　無事なれば日び憨々《かんかん》たり
不覺滿頭雪　　満頭の雪を覚えず
崚嶒上寶庵　　崚嶒として宝庵に上る

禅の悟道への導きは手厚い思いやりを大切にするので、名だたる禅の高手ともなると師家を超えて行く。広範に亘《わた》る弟子との議論は諸事象を空だと悟らせ、澄み切ったその心は紺碧の水のように映える。時にははきはきと声を挙げ（鳥語のように賑やかであり）、特段何も無い時はいつも朴訥でいる（一日中もの静かである）。気づかぬうちに白髪頭であるが、険しい山中の草庵に棲み続けている。

○大方　大道。多くは禅宗の道法あるいは悟道の境地をいう。「大方家」といえば、禅の高手のこと。　○雅誼　厚意、深く手厚い情。「高情雅誼」。　○歴歴　あきらか、歴然としていること。清らかな様。また、風や泉の音、鳥の鳴き声。　○憨憨　質朴なさま。　○寶庵　「宝」は、仏教をあらわす。この詩は、寒山詩130「鳥語情不堪、其時臥草庵。櫻桃紅爍爍、楊柳正毿毿。旭日銜青嶂、晴雲洗淥潭。誰知出塵俗、馭上寒山南」に擬す（「鳥語」は、鳥の鳴き声。難解な言語に喩える。古代は、多くは四夷、外国の語のことをいった。「鳥語花香」といえば、鳥は鳴き、花は香る意。多くは春の美人のさま。また、『五燈會元』には「鳥語呢喃」等と見え、ぺちゃくちゃと口数の多いさま）。

94　彈出無生曲　　無生の曲を弾き出だせば

幾能解賞音　幾ばくか能く音を解賞せん
怖頭錯認影　怖るる頭は錯《あやま》つて影を認むるも
斷臂得安心　臂を断てば心に安んずるを得《う》
迷悟隔天壌　迷ひと悟りは天と壌《ち》を隔て
賢愚自古今　賢きと愚かなるは古今自《よ》りす
檗山三頓棒　檗山の三頓棒は
痛快廓胸襟　痛快にして胸襟を廓《ひろ》ぐ

無生無滅を説く曲を奏でれば、どれほどの者が知音となれることか。仏性を遺失していれば怖《お》じ気《け》の妄想に惑わされるが、腕を斬って参禅の決意を固めれば心は安らかなのである。迷える者と悟れる者とでは天と地ほどの隔たりがあり、賢者と愚者の違いは昔も今も変わらない。黄檗山の数撃の棒喝は痛快であって、そのような者の胸襟をすかっと拡げる（無生無滅の境地に導く）。

○無生曲　「無生」は「無滅」でもあり、仏教は一切の事物の真実の性質を「無生無滅」であるとする。「無生曲」は、それを説く。「自古無生曲、須是遇知音」等、『五燈會元』に数例が見られる。また、『続高僧伝』には「聲聲奏盡無生曲」とあり、無絃琴が奏でている。寒山詩287には「高高峯頂上、四顧極無邊。獨坐無人知、孤月照寒泉。泉中且無月、月自在青天。吟此一曲歌、歌終不是禪」とある（この「歌」は禅であるのかと、真の禅とは何かを問う）。　○解賞音　「賞音」は、知音。『石門文字禪』には「妙□（一字闕）調琴指、知誰解賞音」、「世無子期耳、廣陵誰賞音」、「聞絃能賞音、公獨知雅曲」等と見える。「解賞音」は、宋の李新の詩に「堂上高人解賞音、孤根未放草來侵」、元の蒲道源の詩に「我亦聞弦解賞音、未瞻眉宇識君心」とある。　○怖頭認影　恐怖によって自分の頭を遺失し、狂奔すること。また、真性を迷失して妄相に惑わされること。『五燈會元』には「演若迷頭心自狂」、「演若達多、認影迷頭」等と見える（『楞嚴經』巻四の、演若達多が頭の中に狂性が潜み、影を見て発狂した故事に基づく）。無生無滅の菩提心の必要性をいう。　○斷臂安心　二祖慧可は、初祖の達磨に入門する時、腕を切って強い決意を示した。「安心」は『五燈會元』巻一に、慧可が達磨に安らかでないと言うと、達磨は心を持ってきなさいと言う、慧可が心を覓《もと》めてみたが得られなかったと言うと、達磨がそれこそが安らかだと言った故事に基づく。　○賢愚　この詩は、拾得詩32「古佛路凄凄、愚人到却迷。只縁前業重、所以不能知。欲識無爲理、心中不掛絲。生生勤苦學、必定観天師」の境地に似る。○三頓棒　修行者を棒で打って策励する数の多いこと。「棒喝」といえば、棒撃と吆喝《ようかつ》。徳山棒と臨済喝。禅家とりわけ臨済宗が学ぶ人を接化接引する「施設《せせつ》」（方法、手段）。

95

莊嚴三寶像　　荘厳なり三宝の像
世世誕王家　　世々王家に誕《う》まる
尊貴無倫匹　　尊貴なること倫匹無く
容顔絶點瑕　　容顔は点瑕を絶つ
萬邦慶瑞彩　　万邦は瑞彩を慶《よろこ》び
上界獻天花　　上界は天花を献ず
昔布尊榮福　　昔は布《し》く尊栄の福
今還果不差　　今も還《ま》た果たして差《たが》はず

立派な仏像は荘厳であって、代々天竺の王家に生まれて伝わって来ている。尊さといったら並ぶものは無く、尊顔は汚れや瑕《きず》一つ無い。どの国でもめでたく美しいその色彩を喜び、天は散華を降らせる。以前から尊い王家の福徳を齎《もたら》してくれているが、それは今でもずっと変わらない。

○莊嚴　この詩は、寒山詩262「我見轉輪王、千子常圍繞。十善化四天、莊嚴多七寶。七寶鎭隨身、莊嚴甚妙好。一朝福報盡、猶若棲蘆鳥。……」に擬す（轉輪王は、輪寶、七寶を持つ。Ⅰ96詩参照）。○三寶　仏、法、僧。Ⅱ92詩に「佛法僧三寶」とある。また、仏像、経巻、出家。○寶像　仏像。○王家　ここは原詩に鑑みれば、十善の正法をもって人々を導く轉輪聖王《じょうおう》をいう。○尊榮　拾得詩に「佛捨尊榮樂、爲愍諸癡子」とある。

96

娘胎纔突出　　娘胎纔《わづ》かに突《には》かに出づるも
七寶已隨身　　七宝已に身に随ふ
信手用無竭　　手に信《まか》せて用ふるも竭《つ》くる無く
平心運轉眞　　心を平らかにして運べば転《うた》た真なり
因施如意福　　因は如意の福を施し
果獲吉祥珍　　果は吉祥の珍を獲《う》

自作自家受　自ら作《な》して自家《みづか》ら受け
更無第二人　更に第二の人無し

転輪王は母親の腹から産まれ出た時から、七宝がもう身に具わっていた。それは手に任せて使っても尽きることなく、心安らかに運用すれば次々と真如を現す。運用に着手するのは思い通りの福徳を導くためであり（因果の因となり）、結果は吉祥という宝を手に入れられる（因果の果となる）。転輪王は自作自受果を示してくれているのであって、それはこの方以外に二人と居ないのである。

○娘胎　嬢生。母の胎内から生まれ出たままをいう。　○突出　出胎。　○七寶　金銀等七つの宝石。この詩も、前のI96詩に続き、寒山詩262「我見轉輪王、千子常圍繞。十善化四天、莊嚴多七寶。七寶鎭隨身、莊嚴甚妙好。一朝福報盡、猶若棲蘆鳥。……」に擬す。「轉輪王」は、輪宝、七宝を持つ。「轉輪」は「轉法輪」、すなわち仏の教えが転回しながら説かれ、迷いを破壊しながら広まること。輪廻の意味もある。「轉輪聖王《じゃうわう》」は、天からの輪宝を受け、それを転がしながら四方を征服（一切を威伏）する。武力を用いず、正義のみで全世界を統治する理想的帝王。「轉輪王七寶」は、金（金、銀、銅、鉄）、象、馬、珠、主藏臣（大臣、居士）、玉女、主兵臣（将軍）の七つ。また三十二相をも具えるという。○隨身　身につける。○自作自家受　自作自受。自業自得の意であるが、ここは好き因果をいう。

97

曩劫慳貪鬼
而今徹骨貧
一銭何處乞
盞飯化爲塵
赤體無遮蓋
終年受苦辛
自知慳業報
警誡世間人

曩劫《なうこふ》は慳貪《けんどん》の鬼
而今は骨に徹するの貧なり
一銭何れの処にか乞ふ
盞飯化して塵と為る
赤体は遮蓋する無く
終年苦辛を受く
自ら知る慳業《けんごふ》の報いの
世間の人を警め誡むるを

遠い昔は欲深の化け物であったが、今は骨の髄まで貧乏である。一銭すら手に入れる場所も無いし、僅かな飯も吹けば飛んでしまうほど。裸も好いところで着る物も無く、年中辛苦を受け続けている。これまでの欲深の報いが、人を戒めているのだと思い知らされているのである。

○曩劫　限りない昔。　○慳貪　惜しみ貪る、欲深い。この詩は、寒山詩142「自有慳惜人、我非慳惜輩。衣單爲舞穿、酒盡縁歌啐。當取一腹飽、莫令兩脚儽。蓬蒿鑽髑髏、此日君應悔」に擬す（反対模倣）。　○徹骨　徹底。「徹骨貧」は、『五燈會元』等に見える。　○盞飯　「盞」は、浅く小さい杯。「一盞茶」。　○化爲塵　唐の楊巨源の詩に「管鮑化爲塵、交友存如線」とある。　○警誡　（天が人を）いましめる。「警」は意見し叱りつける、「誡」は事の起こる前に用心する言葉を与える。

98

自無筋骨力　　自らは筋骨の力無く
終日附他人　　終日他人に附く
背負重難忍　　背負重くして忍び難く
鞭笞痛莫伸　　鞭笞痛くして伸ぶる莫し
前因欺上善　　前因は上善を欺《あざむ》き

後果受卑身　　後果は卑身に受く
報應無差忒　　報応は差忒《しゃとく》無し
吾言慎可珍　　吾が言慎んで珍しがるべし

自分から骨折って精を出す力も無く、一日中他人に従っている。担ぐ荷は重くて我慢できず、むち打たれれば痛くて縮こまったままだ。その原因は善行を侮《あなど》って徳を積まなかったからであり、その結果として卑屈なのだ。因果応報は間違いなく訪れる、私のこの言葉をどうか珍重されたし。

○筋骨力　「筋力」といえば、骨折って精を出すこと。　○欺上善　「欺」は、あなどる、だます。「上善」は、供仏度生の徳、優れた善行、また善行の人（「欺善」の語例は、『文選』に見られる。「上善」は、善を褒める言い方）。この詩は、寒山詩091「世有多解人、愚癡徒苦辛。不求當來善、唯知造悪因。五逆十悪輩、三毒以爲親。一死入地獄、長如鎮庫銀」に擬す（「多解《たげ》」は、知識の多い人。「解」は、虚幻の事物に執着し、強いて区別対立の見解知解をなすこと）。拾得詩50「世有多解人、愚癡學閑文。不憂當來果、唯知造悪因。見佛不解禮、覩僧倍生瞋。五逆十悪輩、三毒以爲鄰。死去入地獄、未有出頭辰」は、この寒山詩の模倣（Ｉ100詩参照）。　◯卑身　身を低くする、身を屈する。それが「前因」によるとは、強い輪廻思想。　◯差忒　あやまり。「忒」も、たがう。あやまつ意。

99

今朝天氣朗　　今朝天気朗らかなれば
想有故人來　　故人の来たる有るを想ふ
竹徑從頭掃　　竹径は頭より掃き
柴門八字開　　柴門は八字に開く
久思情倍切　　久しく思へば情の倍なること切に
覿面喜無涯　　覿面すれば喜び涯《はて》無し
萬事付流水　　万事は流水に付し
謦談大快哉　　談を謦《つ》くせば大いに快きかな

今朝は天気晴朗、友人が来てくれるのではないか。竹林が迎える小径は入り口から掃き清め、柴の門は大きく開けておく。長いあいだ会いたく思っていると情は募るばかりだが、実際に顔を合わせられるとなると喜びは一入《ひとしお》。世俗の万事は一切忘れ、佳い話がとことん弾めば痛快この上なし。

○付流水　水に流してしまう。　○罄談　「罄」は、ことごとく、つくす。この詩は、寒山詩229「自見天台頂、孤高出衆羣。風揺松竹韻、目観海潮頻。下望山青際、談玄有白雲。野情便山水、本志慕道倫」に擬す。

100

世上無三寶　世上に三宝無くば
便成十惡道　便ち十悪道を成す
外魔侵法身　外魔は法身を侵し
内障添煩惱　内障は煩悩に添ふ
自滅滅他人　自らを滅ぼして他人を滅ぼし
親冤冤佛老　親と冤《をん》と仏老に冤《あだ》す
苦哉末劫時　苦なるかな末劫の時
黒業誰能掃　黒業誰か能く掃はん

世の中に仏法僧が無いと、殺生など十悪がまかり通ってしまう。仏法を具えようとする我が身を外道の魔物が侵し、心の中にある障碍が煩悩のなすがままになってしまうのである。自分が滅ぶことで他人まで破滅させ、親しき者とそうでない者とが対立して仏にその罪を着せてしまう。世も末の悪事は苦悩極まりない（受苦）、その報い（罪障、罪業）は一体誰が払い除くというのだ。

○三寶　仏、法、僧。または、仏像、経巻、出家。Ⅱ92詩に「佛法僧三寶」とある。　○十悪　殺生、偸盗、邪婬、……悪口、貪欲、瞋り、愚痴。この詩は、寒山詩091「世有多解人、愚癡徒苦辛。不求當來善、唯知造悪因。五逆十悪輩、三毒以爲親。一死入地獄、長如鎮庫銀」に擬す（Ⅰ98詩参照）。　○法身　三身（法、報、化）の一つで、その身に一切の仏法を具有していることをいう。　○内障　心の内部の障害。煩悩など。　○自滅　「滅他」の反対。「滅他」は、破壊者、消滅せしめるもの。　○親冤《しんをん》　Ⅱ25詩に「普度等親冤」とある。「冤親」とも。仏教で「冤親平等」、「冤親一揆」（同一の道理、様子）といえば、親しい者とそうでない者とを平等に扱うこと。　○佛老　「釈迦老子」といえば、釈迦老すなわち釈迦のこと。なお隠元は、孔子と「佛老」を併せて「三聖師」とも言っている（Ⅰ39詩参照。その場合は、釈迦と老子）。◯末劫　この世の終末。「劫初」といえば、成劫の初め、世界が成立した当初。この世の終末は「壊劫」。この世界の変遷する相としては、成、住、壊、空の四大劫がある。◯黒業　苦しみの果報をまねく悪業をいう。悪い行い。「白業」の対。四業の一つ。

101

掇轉寒山窟　　寒山の窟を掇転《てってん》すれば
幻成五葉蓮　　幻のごと五葉の蓮を成す
轟轟傳正令　　轟々として正令を伝へ
落落遶高賢　　落々として高賢を遶らす
逗漏玄中旨　　逗漏す玄中の旨
瀾翻海上篇　　瀾翻す海上の篇
既成滿百福　　既に百福《ひゃっぷく》を満たすを成せば
拍掌樂堯天　　掌を拍《う》つて尭天を楽しまん

寒山の岩窟をここに転用してみると、幻のように禅宗五派の蓮花が洞内に出現する。高鳴りともに禅の正しい心印が伝授され、多くの参禅の賢者たちが蓮花を取り巻く。奥深い禅の主旨が自然と吐露され、自由奔放な言葉が勢いよく捲《まく》し立てられる。数知れない福徳が十分に齎《もたら》されたからには、徳の溢れる太平の世を喜び楽しむのである。

○掇轉　取り替えて使う。ほじくり返す、引き戻す。また、方言としては、暫く借りて以て急用に応用すること。「掇」は、拾い取る、取り集める。或いは、かすめ取る意。「掇遺」といえば、先人の残した業績を拾い集めること。　○寒山窟　この詩は、寒山詩162「余家有一窟、窟中無一物。浄潔空堂堂、光華明日日。蔬食養微躯、布裘遮幻質。任你千聖現、我有天眞佛」に擬す（隠元は、この「天眞佛」に「堯天」で擬している。なお「天眞佛」は永嘉玄覚「証道歌」より出る語。「眞佛」は寒山当時の禅家の愛用語）。　○五葉蓮　五葉花。唐代に出た臨済宗、曹洞宗など禅宗の宗家五派をいう（達磨の偈「一花開五葉」より出る語）。

○正令　言語を超越し直指人心の、禅家特有の心印伝授の法をいう。正宗本色の禅機の「施設」（方法、手段）、完全で徹底した教法のこと。　○落落　多いさま。度量の大きいさま（もと、多く散らばっているさま）。　○逗漏　漏れ出る。（Ⅰ29詩の注参照。）　○瀾翻…篇　「瀾翻」は、もと、水が勢いよく翻騰するさま（瀾《なみ》翻へる）。言辞が滔々として絶えないことに喩える。また、筆力あるいは文章の勢いが自由奔放であること。「翻…篇」は、宋の蔡絛（元長）『西清詩話』に、『金光明経』の、流水長者の子が象で水を運んで魚を救った故事を引き、「經翻流水篇、梵起魚山唄」とある。○海上篇　「海上」は、辺鄙なところ、隅々《すみずみ》。「海上篇」は、方言としては、口からの出任せ、出放題をいう。○百福　百福相《ひゃっぷくそう》。仏の三十二相の一つ一つは、百の福によって飾られているという。菩薩の感じた一つ一つの相について、それぞれ百福を植えるので「百福荘厳」という。（三十二相は、偉大な人間の持つ三十二の瑞相。仏の相好。）○堯天　堯天舜日。堯帝は天に則って教化を行ったことから、後世、「堯天」は帝王が徳を盛んにする太平で盛んな世を称讃する言い方となる。

Ⅱ　又擬寒山一百首

（寛文六年夏、一六六六）

01

塵中有大士　塵中に大士有り
徹炤聖賢心　聖賢の心を徹照す
舉念洞三際　念ひを挙りて三際に洞《とほ》り
達観亘古今　達観は古今に亘る
掀飜無義語　無義の語を掀翻し
撥動没絃琴　没絃の琴を撥動す
一賦歸田樂　一たび帰田楽を賦すれば
人天共賞音　人と天と共に賞音たらん

この塵まみれの世に寒山という大人物がおり、聖人賢者の心というものを完璧に分かっている。観ずる仏の智慧を総動員して過去・現在・未来を洞察し、昔から今まで全てを達観できている。俗世の情識や知見を超越した禅の言葉を駆使し、不立文字の楽曲を無弦の琴で弾く。一たび本来心を見抜く省悟の曲を奏でると、人々も神々もともにその知音となってしまうのである。

○大士　ここの大士は、寒山子を言う（性潡《しょうとん》の跋文参照）。この詩は、寒山詩173「自聞梁朝日、四依諸賢士。寶志萬迴師、四仙傅大士。顯揚一代教、作時如來使。造建僧伽藍、信心歸佛理。雖乃得如斯、有爲多患累。與道殊懸遠、拆西補東爾。不達無爲功、損多益少利。有聲而無形、至今何處去」に擬す（反対模倣）。○徹　自省し悟る、領悟する。○舉念　「挙心」といえば、心中すべて。「挙身」といえば、体中、全身。「念」は、観ずる智慧。仏（についての記憶、その智慧）を心に思い浮かべること。○洞　からっと深く達する、さとる。○三際　三世。過去、現在、未来。○無義語　意義や理論を超越した語。多くは情識知見を超越し、学ぶ者が心でのみ解せる奇特な語をいう。○沒絃琴　無弦の琴。不立文字、不立言語の禅宗の妙法に喩える。無生無滅の琴。（『碧巌録』37則に「白雲爲蓋、流泉作琴」とあり、隠元は泉を無弦琴に喩えることがある。）○歸田樂　「田」は、仏の種を植える心田。心の帰省地。○賞音　知音。また、鑑賞する意。寒山詩には「不恨會人稀、只爲知音寡」とある。○人天《にんてん》　人々。また、人と天界の有情の神々。（Ⅰ48詩参照。）

02　心懸寶鏡光　　心は懸く宝鏡の光
到處現禎祥　　到る処禎祥を現す

徳澤林巒翠　　徳沢《うる》ほへば林巒翠に
眞空物我忘　　真空なれば物我忘る
不言而自化　　言はずして自ら化し
無事即安康　　事無くして即ち安康なり
太古風猶在　　太古の風すら猶ほ在り
何殊三代唐　　何ぞ三代の唐に殊ならんや

心の中に空界と色界を映し出す鏡の光が照ると、到る処でめでたい徴候が姿を現す。徳が行き渡ると山林も緑が溢れ出し、諸相が空であると分かると自他も気にならなくなる。言葉にしなくても自ずと教化が行き渡り、何事も起こらず安泰がもたらされる。平和であった大昔の様相さえ呈するようになり、天下太平であった唐虞三代の時代と何ら変わらなくなるのである。

○心　寒山詩の「心」は、「月」（宝鏡）との関係で詠まれることが多い。豊干詩にも「寒山特相訪、拾得罕期來。論心話明月、太虚廓無礙」とあり、寒山詩の特徴として指摘している。

○懸…光　光る、（日、月の光が）照る。「光」は、拾得詩41に「君見月光明、照燭四天下。圓暉掛太虛、瑩淨能蕭灑。人道有虧盈、我見無衰謝。狀似摩尼珠、光明無晝夜」とある。○寶鏡　心中を照らす鏡、満月。宋の釋恵洪「寶鏡三昧」詩に「寶鏡當機不密傳、纖毫滲漏墮言詮。圓伊三點分賓主、妙挾雙明絶正偏。暗裏丹青元異色、句中涇渭本同川。嬰兒索物哆啝耳、與物寧瞋語未全」とある（「滲漏」は、「三種滲漏」。「圓伊三點」は、法身、般若、解脱の三徳が不即不離（＝伊・i）であること）。また、「是身已悟浮漚久、萬象中觀寶鏡圓」とも詠む。「寶鏡三昧」は、曹洞宗の「正偏回互」などの玄旨に係わるもので、事と理の交渉をいう（「正偏」は、「正」は中正、空界無物、「偏」は偏位、色界万象。理と事、法性と諸法のこと。「回互」は、交雑する、交渉する意）。「鏡」は、寒山詩139に「人以身爲本、本以心爲柄。本在心莫邪、心邪喪本命。未能免此殃、何言懶照鏡。不念金剛經、却令菩薩病」とあり、拾得詩49にも「松月冷颼颼、片片雲霞起。匼匝幾重山、縱目千萬里。谿潭水澄澄、徹底鏡相似。可貴靈臺物、七寶莫能比」とある。○禎祥　めでたいしるし。「禎」も、さいわい、ただしさ。○太古　この詩は、寒山詩201「千年石上古人蹤、萬丈巖前一點空。明月照時常皎潔、不勞尋討問西東」の境地に似る。○三代唐　唐虞三代。武力を用いず、正義だけで統治されたという、理想的な政治の行われた太平の世。堯舜禹夏殷周の時代。

03

無事契金仙　無事にして金仙に契《かな》ひ
日常獨悄然　日常独り悄然たり
天心明杲杲　天心は明るくして杲々と
吾道永綿綿　吾が道は永くして綿々たり
片誠松隱裏　片誠あり松隠の裏《うち》
畢露法皇前　畢《ことごと》く露はる法皇の前
忽降金剛種　忽ち降る金剛の種
果成遍大千　果成れば大千に遍《あまね》からん

私は平穏無事という仏の教えと契合《かいごう》でき、日常ただひとりもの静かに過ごしている。仏法の守護神と同じ思いは明るく輝き、自分の道は絶えることなく続いている。ここ松隠堂での一片の誠実な心が、残らず仏の前にさらけ出される。すると悟りに至るしっかりとした種が天から播かれ、それが大千世界の世界中で実を結ぶことになるのである。

○契　投合、符合する。契合する。　○金仙　仏のこと。　○悄然　心の静寂なさま。また、依然としてそのままの様。　○天心　諸天は、努力しなくとも前世の果報によって欲するものを思うがままに得ることができるが、その諸天のように思うがままに得たいと願う心をいう（Ｉ48詩参照。）。また、天然の心。隠元が帰寂の間際、古黄檗への思いを詠んだ詩にも「扶起勝幢光祖徳、千秋日月廓天心」とある。　○片誠　一片誠心、一片の誠実な心のこと。
○法皇　「法王」であれば、仏をいう（「法王」は、寒山当時の禅家の愛用語）。日本では譲位の後、剃髪、仏門に入った太上法皇、禅定法皇の略。宇多天皇より始まる（八九九年。なお、隠元が日本の後水尾上皇より「大光普照国師」の諡号を賜ったのは、帰寂後である）。
○金剛種　金剛のように堅い成仏に至る種。播種して果実が成れば大千に遍し、という。
○大千　我々の住んでいる三千大千世界。この詩は、寒山詩204「我家本住在寒山、石巖棲息離煩縁。泯時萬象無痕跡、舒處周流徧大千。光影騰輝照心地、無有一法當現前。方知摩尼一顆珠、解用無方處處圓」に擬す（韻も同じ）。

04

尋常亂走漢　　尋常乱走するの漢は
不識寒山道　　寒山の道を識らず

今日到其中　今日其の中《うち》に到れば
業縁淨盡掃　業縁浄らかにして尽く掃《はら》ふ
返觀自性空　自性の空なるを返観し
徹底無煩惱　徹底して煩悩無し
珍重本來翁　珍重せん本来翁の
人天皆讃可　人と天と皆《とも》に讃可するを

普段目的もなく歩き回っている者は、寒山への道を知らない。今日という今日その道を通ることができてみると、因縁が浄められ罪業は除かれている。自分の本性が空であると分かり、煩悩は完全に消えてしまう。仏性具有の年輩者（寒山子）は、人々も神々も皆認めている人であり大切にしたいものである。

○寒山道　この詩は、寒山詩009「人問寒山道、寒山路不通。夏天氷未釋、日出霧朦朧。似我何由届、與君心不同。君心若似我、還得到其中」に擬す。○業縁　業が縁となって働くこと。行為の間接の条件。○返観　「返觀内視、返觀内照」は「返視内視、返視内照」と同じく、自ら反省すること、仏性に照らして自己を検証すること。◯徹底　『五燈會元』にいう「透頂徹底」が「透頂透底」に同じであるとすれば、一切の事柄を透脱《ちょうとつ》すること。全てのものに執われることのない、絶対の境地を体得する意。『五燈會元』に「寒山子、聻性似寒潭、徹底清、是何境界」とある。◯珍重　めでたいと大切にすること。◯本來翁　「翁翁」といえば、老人。「本來人」といえば、自心本性、本来面目の人。「本来心」（本心）は、本原の心、覚悟の心、すなわち人々が本来具有している仏性のこと。人心《にんしん》は、本来仏性を具有し、かつ円満充足しているものである。◯人天《にんてん》　人々。また、人と天界の有情の神々。（Ⅰ48詩参照。）◯讃可　賛同し認める（押韻の「可」は、上声二十哿韻。「道、掃、惱」は、上声十九皓韻）。

05

擧國崇三寶　国を挙げて三宝を崇《あが》むれば
便成十善道　便《すなは》ち十善道を成す
時時正法身　時々法身を正し
念念淨煩惱　念々煩悩を浄《きよ》む
自利利他人　自らを利しては他人を利し

等觀觀佛老　等しく観ては仏老を観る
妙哉能轉業　妙なるかな能く業を転じ
濁劫化蓮島　濁劫《じょくこう》をば蓮島と化するや

日本国じゅうで仏法僧を信奉すれば、不殺生・不邪見などの十善を行える。時々刻々我が身の行為を正し、一念一念煩悩を浄めて行く。自らを利するには他人をも利し、親疎平等に扱おうとして仏陀を分かろうとする。素晴らしいことに身・口・意の招く報いを転じ、汚れに満ちた末世を浄土に変えるのである。

○三寶　仏、法、僧。また、仏像、経巻、出家。Ⅱ92詩に「佛法僧三寶」とある。○十善道「十善」に同じ。「十惡」の対。殺生、…邪見など十悪を行わないこと。この詩は、寒山詩262「我見轉輪王、千子常圍繞。十善化四天、莊嚴多七寶。七寶鎭隨身、莊嚴甚妙好。一朝福報盡、猶若棲蘆鳥。還作牛領蟲、六趣受業道。況復諸凡夫、無常豈長保。生死如旋火、輪迴似麻稻。不解早覺悟、爲人枉虛老」に擬す（反対模倣。使用語彙が類似する）。Ⅰ98・100詩を裏返した表現の詠であるとすれば、寒山詩091「世有多解人、愚癡徒苦辛。不求當來善、唯知造惡因。五逆十惡輩、三毒以爲親。一死入地獄、長如鎭庫銀」の境地とも通ずる。○法身　「三身」（法、報、化）の一つで、その身に一切の仏法を具有していること。法の集まり、永遠不変の真実の姿そのもの。法としての身体をいう。○念念　外界の刺激に応じて一刹那一刹那記憶にしっかり刻む心の働き。念念遷滅。「一念」は、極めて短い時間（一念万年、万年一念）。○等観　親冤平等。親しい者とそうでない者とを平等に扱う。Ⅰ100詩に「自滅滅他人、親冤冤佛老」とある（この詩は、Ⅰ100詩を裏返した表現の詠になっている）。○佛老　「釈迦老子」といえば、釈迦老すなわち釈迦のこと。なお隠元は、孔子と「佛老」を併せて「三聖師」と言ってもいる（Ⅰ39詩参照）。その場合は、釈迦と老子。○轉業　つみ。身、口、意の、善あるいは悪の報いを招く、潜在的な働き。○濁劫　劫濁、汚れに満ちた末世。○蓮島　瑤池蓮島。「瑤池」は、崑崙山上に在り、西王母の居所。「青蓮島」の青蓮は、仏教では清浄無染ゆえに、浄土など、常に仏教と関係のあるものに用いられる。

06　自昧本來心　　自ら本来の心を昧《くら》くし
昇沈古至今　　昇沈して古より今に至る

我山増萬丈　我山は増すこと万丈
業海長千尋　業海は長きこと千尋なり
正法消將盡　正法は消えて将に尽きんとし
邪風混轉深　邪風は混ぢりて転《うた》た深し
爲憐六道子　為に六道子を憐れみ
格外一閒吟　格外《かくげ》一たび閑吟す

衆生は本来具有している仏性を自ら暗愚にし、右往左往のまま今日に至っている。我執は堅固な山のように高くそそり立ち、行為の報いは涯てしない海のように広がるばかり。仏法は消えて無くなり、よこしまな風潮がひどく蔓延し始める。そんな世俗の衆生が憐れでならず、尋常でない手立てとして詩偈を詠むのである。

○本來心　（Ⅰ22詩の注参照。）寒山詩にも「萬機俱泯迹、方識本來人」とある。拾得詩には「後來出家子、論情入骨癡。本來求解脱、却見受驅馳。……」とある。　○我山　我執を喩える。仏家は世俗の人が我（自分）に執着する観念を「我執」と言い、衆生の我執謬見は堅固な山のようであって、覚悟を障碍し、ゆえに排除しがたいものであるとする。〇六道子「六道」は、衆生が業（意志に基づく生活行為）によって生死を繰り返す六つの世界。流転の場所、迷いの世界、六趣。「六道衆生、六道苦輪、六道四生」等と言う。この詩は、寒山詩205「世人何事可吁嗟、苦樂交煎勿底涯。生死往來多少劫、東西南北是誰家。張王李趙権時姓、六道三途事似麻。只爲主人不了絶、遂招遷謝逐迷邪」に擬す（「主人」は、本性、仏性）。〇正法　「正法眼」といえば、禅者が事物を観察し、真理を認識する智慧の眼光のこと。因みに「正法眼藏」は、禅家が称する所の教外別伝の心印、すなわち禅宗の道法のこと。〇格外　通常の分別理念と知識見解を超越すること。尋常を超えていること。並はずれた働き。（Ⅰ69詩参照。）

07

衲老無思算　　衲老は思算無く
心閒獨悄然　　心は閑かにして独り悄然たり
行行離轍跡　　行き行きて轍跡を離れ
歩歩契金僊　　歩み歩みて金仙に契《かな》ふ
大道直如矢　　大道は直きこと矢のごとし

弘機胡變遷　弘機も胡ぞ変遷せんや
觸翻舊鼻孔　旧《く》鼻孔を触翻すれば
逗漏遍三千　逗漏して三千に遍からん

年老いた私はこれと言った算段は無く、心はのんびりとして一人もの静かである。なす事は俗世間の遣り方とは違っていて、一つ一つ釈尊の教えと契合している。迦葉が嗣いだ仏道は一本の弓矢のように真っ直ぐなもの、機に臨んでどうしてあれこれ応変しよう。機に応じられる本来の鼻が対象にしっかりと触れていれば、洩れ出る禅の香（仏心）は三千世界で匂うのである。

○思算　思量し画策する。　○金僊　仏のこと。　○直　この詩は、寒山詩163「男児大丈夫、作事莫莽鹵。勁挺鐵石心、直取菩提路。邪路不用行、行之枉辛苦。不要求佛果、識取心王主」に擬す（心、行、大、直が共通する。また「心王」は、寒山当時の禅家の愛用語）。
○弘機　「弘」は、ひろい、ひろめる。「機」は、きざし、きっかけ、からくり、仏道修行というネジをかけること。臨機応変、随機変化をいう。寒山詩に「萬機倶泯迹、方識本來人」とある。　○觸翻　ひっくり返すこと。「觸…鼻」は、鼻をつけ、嗅覚を刺激する。○舊　前の、以前の、従来の、これまでの。　○鼻孔《びく》　人々の中心に自ずから有る大切なもの。平常自然の本来の面目、すなわち本性、仏性に喩える。本分の意。「無鼻孔」といえば、未だ禅法を悟らないこと。なお「巴鼻」とえいば、禅法を悟るときに着手する所、悟りに入る所、の意。禅機、機鋒をいう（もと、牛の鼻に通す縄）。Ⅱ66詩にも「觸翻老巴鼻、天下却無藏」とある。「達磨鼻孔」といえば、禅宗の祖師の道法、機鋒をいう。（Ⅰ75詩参照。）○逗漏　漏れ出る。（Ⅰ29詩の注参照。）　○三千　三千世界、我々の世界。

08

衲僧弘格外　　衲僧は格外《かくげ》を弘め
氣宇別人天　　気宇は人天《にんてん》に別かる
淨種蓮花土　　淨らかに蓮花の土に種ゑ
勤耕般若田　　勤みて般若の田を耕す
心光明歴歴　　心光は明るくして歴々と
福徳密綿綿　　福徳は密《こま》やかにして綿々たり
忽値風雲會　　忽ち値《あ》ふ風雲の会《ゑ》

化化廣無邊　化するを化して無辺に広し

私は俗世の分別や知識に捉《とら》われず、胸中は有情の人々や神々とは異なっている。蓮華の浄土に種を播き、智慧の心田を耕すことに励む。物事を見抜く心は明るく輝き、功徳は緻密で細やかである。会下《えか》に集まる禅僧らと出会った瞬間、その外物（利欲功名の類）を広く限りなく教化するのである。

○格外　超格、越格《をっかく》。世俗の分別理念・知識見解を超越すること。尋常を超えていること。並はずれた働きをいう。（Ⅰ69詩参照。）　○氣宇　胸襟、度量。　○人天　この詩は、拾得詩28「無去無來本湛然、不居内外及中間。一顆水精絶瑕翳、光明透滿出人天」に擬す。「人天」は、人々。また、人と天界の有情の神々。（Ⅰ48詩参照。）　○心光　「心灯」といえば、禅家の明心見性の法のこと。　○福徳　一切の善行およびそれによって得られる福利。功徳。道理に従い自他を利する好い法のこと。善法。また、布施、精進、禅定など六度をいう。○風雲會　むらぐもが集まる、風雲聚合のこと。事物の繁多であることをいう。　○化化「其の化する所を化す」、すなわち外物（利欲功名の類）を教化感化する意。

09

戒潔常安樂　　戒め潔ければ常に安楽
淨持却有功　　浄く持すれば却つて功有り
身心大寶藏　　身心は大宝蔵
定慧在其中　　定《ぢゃう》と慧は其の中《うち》に在り
正信三皈本　　正信は三帰の本
羣邪一掃空　　群邪一掃して空なり
自他倶普照　　自他倶に普ねく照らせば
徹底證圓通　　徹底して円通するを證す

戒律を守り心清らかであればいつでも安らか、それをしっかり保てばそれだけで功徳になる。身心は宝をしまう大きな蔵《くら》であり、禅定と智慧はその中に在る。仏法を信ずる心は仏法僧に帰依する大本であり、群れなす邪魔は一掃されて空となる。自他ともに仏の光明が残らず行き渡れば、絶対の真理が全てに行き届いていることが了解できよう。

○安樂　寒山詩に268「隱士遁人間、多向山中眠。青蘿疎麓麓、碧澗響聯聯。騰騰且安樂、悠悠自清閑。免有染世事、心靜如白蓮」とある。○淨持　「淨持戒」といえば、戒律を保つことが堅固なこと。○寶藏　宝の蔵、教えの蔵、法蔵。また、本性、仏性がしまわれている蔵。○定慧　禅定（心静かに思慮し、一境に専念すること）と仏の智慧。「定」の音訳は、「三昧」。○正信　正しい信仰。仏法を信ずる心。○三皈　仏法僧三帰依。「帰本（帰元）」と言えば、迷いの世界を脱出し、本元に帰る意。この詩は、寒山詩001「凡讀我詩者、心中須護淨。慳貪繼日廉、諂曲登時正。驅遣除惡業、歸依受眞性。今日得佛身、急急如律令」に擬す（淨、正、歸、身が共通する）。○普照　一切の方角を照らすこと。注意が到る処に浸透し、充足している状態をいう。遍照。○徹底　『五燈會元』にいう「透頂徹底」が「透頂透底」に同じだとすれば、一切の事柄を透脱《ちょうとつ》する意。全てのものに執われることのない、絶対の境地を体得すること。『五燈會元』に「寒山子、聻性似寒潭、徹底清、是何境界」とある。○證　道法を了解、領悟すること。○圓通　絶対の真理は、全てのものに普く行き渡っている、の意。

10　脚跟踏實地　脚跟《かくこん》実地を踏めば

處處是寒山　処々是れ寒山なり
千古一彈指　千古は一弾指
百年頃刻間　百年は頃刻の間なり
聊開本有路　聊《いささ》か本有の路を開き
爍破頂門關　頂門の関を爍破す
直示拈花旨　直ちに拈花《ねんげ》の旨を示せば
虚空展咲顔　虚空にして笑顔を展《ひら》けり

実地に足を下ろして本分としての大事を悟ることが出来れば、到る処そこはもう寒山だと言って好い。歴史は指を弾くほどの短時間でしかなく、百年の人生はあっという間である。だからこそ本来の仏性を取り戻す寒山への路を行き、仏道への関所を突破するのである。お釈迦様が花を拈《ひね》ってさっと禅旨を示せば、空だと悟った弟子の迦葉《かしょう》のように破顔《えがお》を見せるのである。

○脚跟踏實地　脚跟點地。足が地に着くとは、本分の大事を完成し、徹底的に省悟する意。

○本有　「本有田地」といえば、「本來田地」に同じく、自心の本性、すなわち誰もが有する仏性。　○爍破　覰破《そは》する（窺い見抜く）、照破する。「爍」は、照射する、閃光が輝く意。　○頂門關　「頂門」は、頭頂の前部を指す。（Ⅰ02詩の注参照。）　○拈花　（Ⅰ75詩の注参照）。　○虚空　この詩は、寒山詩257「時人尋雲路、雲路杳無蹤。山高多險峻、澗闊少玲瓏。碧嶂前兼後、白雲西復東。欲知雲路處、雲路在虚空」に擬す。

11

松堂一老翁　　松堂の一老翁
素潔是家風　　素潔なるは是れ家風なり
廣樹無邊福　　広く無辺の福を樹《た》て
渾然不宰功　　渾然として功を宰《つかさど》らず
有生皆共體　　生有るは皆体を共にし
贖命永昌隆　　命を贖《あがな》ふは永く昌隆す
物我長歡慶　　物我長く歓慶すれば
即登極樂中　　即ち極楽中に登らん

松隠堂に隠居する一老人である私、その素朴さ清潔さは禅宗の宗風による。無辺の福田を広く開墾し、しかし実りを自分のものにしたり分け隔てすることは一切無い。生類はみな体であり、命を大切にすればいつも盛んでいられる。他人も我もともに長く喜びに満ち溢れられれば、それこそが極楽浄土なのである。

○素潔　道書の『雲笈七籤』には「衣麁而淨、在素潔也。居陋而隠、守静篤也」という。○家風　禅宗各宗派の意旨、風格、特徴をいう。宗風、禅風。　○廣樹…福　福田を樹立する。「廣」は、幅広い。広大、広々、大らか、の意。この詩は、寒山詩233「我見凡愚人、多畜資財穀。飲酒食生命、謂言我富足。莫知地獄深、唯求上天福。罪業如毘富、豈得免災毒。財主忽然死、争共當頭哭。供僧讀文疏、空是鬼神祿。福田一箇無、虚設一羣禿。不如早覺悟、莫作黒暗獄。狂風不動樹、心眞無罪福。寄語冗冗人、叮嚀再三讀」に擬す（反対模倣。生命、福、風、樹が共通する）。　○不宰功　手柄としない。主宰しない。我が無い、命令者とならない。「宰」は、所有する。（Ⅰ65詩参照。）　○贖命　「贖命重寶《ぞくみやうぢゆうほう》」は、盗賊などに出会った時、命を贖うために提供する財宝（「あがなふ」とは、交換する意。罪や刑や命を、金品を出すことで執行を免除して貰うこと）。　○物我　「物」は、万物。寒山詩に「寒山有一宅、宅中無闌隔。……其中一物無、免被人來借。……」とある。

12

西來意的的　西来の意は的々と
今古無倫匹　今古倫匹無し
妙語發心花　妙語は心の花を発《ひら》き
至言香撲鼻　至言は香りて鼻を撲《う》つ
一聞自性空　一たび聞けば自性は空
萬慮倶休息　万慮は倶に休息す
覷破本來人　本来の人を覷破《そは》し
參尋事已畢　参尋すれば事已に畢《をは》らん

達磨大師が印度からやって来た意味は明々白々、今も昔もそれに匹敵する者はいない。優れた言葉は聡い心に花を咲かせ、この上ない言葉は香って嗅覚（本性）を刺激する。ちょっと匂っただけで仏性は空だと分かり、あれやこれや一切の執着が無くなる。本来具有の仏性を見抜こうと思い立ち、参禅さえすれば本分としての大事はもう済んでいよう。

○西來意　「祖師西來意」の省略した言い方。禅宗の初祖達磨大師が西方（印度）から東土（中国）に来て伝授した禅法の意旨（Ⅰ57詩参照）。ここは、隠元自らの西来を重ねているようにも思える。　○的的　明らかなさま。的確に意を示すこと。　○語　この詩は、寒山詩237「寒山出此語、復似顛狂漢。有事對面説、所以足人怨。心眞出語直、直心無背面。臨死度奈河、誰是嘍囉漢。冥冥泉臺路、被業相拘絆」に擬す（反対模倣）。　○心花　仏教語としては「慧心」（聡い心、賢い資質）に喩える。「心花怒發」「心花怒放」といえば、心情がその心地よさ、愉快を極めることの譬え。　○自性　仏性。　○休息　一切執らわれない、何ものにも執着しないこと。　○覷破　「覷」は、深く見る、窺い見る、窺い見て見抜く（「破」は、動詞の後に付き、極度をあらわす）。（Ⅰ44詩参照。）　○本來人　自心の本性、本来の面目が分かっている人。（Ⅰ17詩参照。）　○參尋　参禅し探究する。師家と仰ぐ禅師のもとに参じて尋ね求めること。

13　毫端含萬象　　毫端は万象を含めば
擧世莫能量　　世を挙げて能く量る莫し

舌放碧蓮花　　舌は碧蓮花を放ち
胸嚢無盡藏　　胸嚢は無尽蔵なり
遨遊遍海涯　　遨遊して海涯に遍く
偶憩檗山上　　偶たま檗山の上に憩ふ
幻出法王宮　　法王の宮を幻出すれば
千秋爲榜樣　　千秋榜様と為さん

我が筆になる物は万象を包み持っており、世の中の誰もそれを量り知ることはできない。その弁舌（説法）は仏の蓮華の花を咲かせ、胸中の教えが無尽蔵に説かれる。遠く海の果て（東海の日本）まで渡り教化して来た所で、たまたま新黄檗山中に住《とど》まることとなった。俗世に仮りの仏閣を現出させたのであって、千年に亘って教えの手本となるであろう。

○毫端　細毛の末端。極めて微細なものの喩え。また、筆先、文章技能、言葉づもりをいう。
○放…花　花を開く。　○碧蓮　緑の荷《はす》。「碧蓮臺」といえば、仏像の台座、また阿弥陀仏の坐する蓮華の台座、蓮華台。Ⅱ20詩にも「舌巻碧蓮香」とある。　○幻出　隠元の遺偈に「西來即栗振雄風、幻出檗山不宰功。今日身心倶放下、頓超法界一眞空」とある（「即栗」は、「楖栗」。禅僧の杖）。 ◯法王　仏の尊称。この詩は、寒山詩160「我今稽首禮、無上法中王。慈悲大喜捨、名稱滿十方。衆生作依怙、智慧身金剛。頂禮無所著、我師大法王」の境地に似る（「無所著」も、仏の尊称。「法王」は、当時の禅家の愛用語）。 ◯榜様　模範、手本。また典型、先例をもいう。

14

西來一老叟　　西来の一老叟
兀坐萬松間　　万松の間に兀坐《ごつざ》す
世事付流水　　世事は流水に付し
道情峻若山　　道情は峻しきこと山のごとし
點塵飛不到　　点塵飛ぶも到らず
雙鶴去猶還　　双鶴去るも猶ほ還るがごとし
無法堪爲説　　法の説くを為すに堪ふる無ければ
竟年口未關　　竟年口未だ関はらず

西の中国からやって来た老人である私は、いま松隠堂でじっと一人坐ったままの生活をしている。俗世のことは泉の水に流し、仏道への思いを高く険しい山のようにそそり立たせている。塵や汚れは飛び交っても近寄らず、俗世に飛び立って行った番《つがい》の鶴も舞い戻って来るかのようだ。説を立てるほどのことは無いので、年じゅう口は問答をすることはしない。

○西來　ここは隠元自身の西来であろう、一般には祖師達磨をいう。「西來意」といえば、「祖師西來意」を省略した言い方（Ⅰ57詩参照）。○兀坐　動かずじっと坐る（蘇軾の詩より出る語）。○萬松　古黄檗の境内にも萬松庵があった。「萬松老人」といえば、元の禅僧行秀。○點塵　「點」は、しみ、けがれ。○雙鶴　双鶴の典故は多いが、ここは『世説新語』言語76の支遁の話「支公好鶴。住剡東峁山（支公書曰、山去會稽二百里）、有人遺其雙鶴。少時、翅長欲飛。支意惜之、乃鎩其翮。鶴軒翥、不復能飛。乃反顧翅、垂頭視之、如有懊喪意。林曰『既有凌霄之姿、何肯爲人作耳目近玩』養令翮成、置使飛去」に基づくと見たい。この詩は、寒山詩220「徒閉蓬門坐、頻經石火遷。唯聞人作鬼、不見鶴成仙。念此那堪説、隨縁須自憐。迴瞻郊郭外、古墓犂爲田」に擬す。なお、今黄檗の境内には大正四年再建の双鶴亭がある。○未關　事や人、心と関係しない。「關…口」は、『廣弘明集』に「語出凡心、寔知非教。不關聖口、豈是典經」とある。

15 有個闡提子　個《ひと》りの闡提《せんだい》子有り
由來最偏僻　由来最も偏僻なり
流言滿世間　流言世間に満ち
遍地生荊棘　地に遍く荊棘を生ず
聞佛即懷嗔　仏と聞けば即ち嗔《いか》りを懐き
見僧唯掩鼻　僧を見れば唯だ鼻を掩《おほ》ふのみ
業盈墮黑山　業盈ちて黒山《こくせん》に堕ち
受苦無時息　苦を受けて時の息む無からん

善根を断ってしまって悟り得ない者がおり、これ以上無いほどずっと偏頗である。根拠の無いことを世間に言いふらし、到る処に棘を生じさせる。仏と聞けば怒りを露《あら》わにし、僧を見れば嫌な顔をする。罪業が満杯になって暗黒の山中に入ろうものなら、いつまでも苦しみを受け続けることになろう。

○闡提子　一闡提。生き死にを欲して出離を求めない者、先天的に仏になる可能性を持たない者、何とも教化され得ない者、如何に修行しても到底さとり得ない者、善根を断じた者、真理の存在そのものを否定するニヒリストを指す。この詩は、寒山詩138「箇是誰家子、爲人大被憎。癡心常憤憤、肉眼醉瞢瞢。見佛不禮佛、逢僧不施僧。唯知打大臠、除此百無能」に擬す（「打大臠」は、大塊喫肉、大きな塊の肉を食らう意）。○黒山　大鉄囲《てっち》山と小鉄囲山との間の暗黒の処をいう。

16

兀坐萬松窩　　万松の窩に兀坐《ごつざ》し
清彈格調高　　清弾すれば格調高し
一音通正信　　一音は正信に通じ
直指起風騷　　直指は風騒を起こす
能作其中主　　能《よ》く其の中の主と作り
頓消天外魔　　頓《とみ》に天外の魔を消す
虚空默稽首　　虚空黙して稽首し

野老樂高歌　　野老楽しみて高歌す

別院の松隠堂にじっと一人坐ったまま、格調の高い清々しい琴を弾く。音色は仏法を信ずる真心を伝え、言葉に依《よ》らずに仏性を風雅で表す。心の主となることが出来、思いも寄らない魔物を瞬く間に退治できる。魔の消えた空に向かって黙って礼をし、村の老人である私は高らかに歌うことを楽しむのである。

○兀坐　動かずじっと坐る。　○萬松　古黄檗の伽藍にも萬松庵があった。　○窩　岩屋、穴ぐら、住み家、別院。　○正信　正しい信仰。仏法を信ずる心。　○直指　言語や文字など中間のものを通さず、本心これ仏なりを直接に指し示すこと。　○風騒　風流、風情、仏法の気高い風趣。「（棣州開元寺恒超）……年十五早通六籍、尤善風騒、辭調新奇、播流人口。忽一日、因閲佛經、洗然開悟。……」等、『宋高僧傳』には多く見られる語。　○其中主　「法中主」といえば、諸々の教えの中で最も主体となるもの。この詩は、寒山詩291「我見人轉經、依他言語會。口轉心不轉、心口相違背。心眞無委曲、不作諸纒蓋。但且自省躬、莫覓他替代。可中作得主、是知無内外」に擬す。　○天外　思いの及ばないところを言う。　○虚空默稽

首　宋の陸游の詩句には「稽首虚空懺昨非」とある。

17

百歳刹那頃　　百歳は刹那の頃《しば》らく
浮生一夢場　　浮生は一夢の場なり
仁人獲善利　　仁人は善利を獲《え》
智巧愈乖張　　智巧は愈《いよ》いよ乖張す
有力推元化　　力有れば元化を推《すす》め
無私不覆藏　　私無ければ覆蔵せず
自從醒覺後　　醒覚せし後よりすれば
豈敢再輕狂　　豈に敢て再び軽狂ならんや

人生百年は瞬く間のこと、浮き世は夢の中の出来事でしかない。仁ある人はそこで善行を積んで福利を得るが、世俗の知に長《た》けている者はますます逆行する。法力がついていれば自然の造化を推し進められるし、私欲が無ければあれこれ貯め込むこともない。覚醒してしまえば、どうしていつまでも放蕩浮薄でいられようか。

○百歳　寒山詩に「雖云一百年、豈滿三萬日」という。　○浮生　この詩は、寒山詩197「老病殘年百有餘、面黄頭白好山居。布裘擁質隨緣過、豈羨人間巧様模。心神用盡爲名利、百種貪婪進己軀。浮生幻化如燈燼、塚内埋身是有無」に擬す。206でも「自覺浮生幻化事、逍遙快樂實善哉」という。　○智巧　世俗の意識や見解によってもたらされる聡明さ。　○乖張　相合わない、背離する、妥当性を失う。　○元化　造化、また天地をいう。「乾は元化を推め、坤は太和を保つ」とされる。　○覆藏　隠蔽する、遮掩隠蔵する。　○輕狂　放浪し軽浮であること。

18

寂寂長松下　　寂々たり長松の下
休休個老翁　　休々たり個《ひと》りの老翁
不彈玄妙曲　　玄妙の曲を弾かず
獨羨舊家風　　独り旧家風を羨む
日用箪瓢樂　　日び箪瓢を用つて楽しみ
安閒大夢中　　大夢の中《うち》に安閑たり

林頭鴉噪暁　林頭に鴉噪ぐの暁
豁醒一輪紅　豁《ひら》けて醒む一輪の紅

もの静かな松の生い茂る松隠堂で、私は道を楽しむ老後を送っている。琴も禅の奥深さに執着して行くような曲は弾かず、ただこれまでの禅風をのみ慕う。日々粗食を楽しみ、大いなる仮象の中で安閑としている。松林の先で鴉の鳴く夜明け、一輪の太陽にすっきりと目覚めるのである。

○休休　道を楽しんで心安らかなさま。　○老翁　寒山詩310に「重巖中、足清風。扇不搖、涼冷通。明月照、白雲籠。獨自坐、一老翁」とある。　○玄妙　分別を超越していること。「妙玄」といえば、禅宗の道法の測り知れなさをいうが、玄解の欲念に執着すると、悟道の障りとなる。真の法嗣《はっす》は出家の学に没入しないこと。この詩は、寒山詩247「我見出家人、不入出家學。欲知眞出家、心淨無繩索。澄澄絶玄妙、如如無倚託。三界任縦横、四生不可泊。無爲無事人、逍遙實快樂」に擬す（「無事人」は、寒山当時の禅家の愛用語）。　○曲　寒山詩287に「高高峯頂上、四顧極無邊。獨坐無人知、孤月照寒泉。泉中且無月、月自在青天。吟此一曲歌、歌終不是禪」とある。　○家風　「風」は、宗風、禅風。ここは古黄檗のそれ。　○日用　禅法の平時の運用、日常の実践を指す。　○箪瓢　『論語』は孔子の夭折した愛弟子である顔回を評して、「一箪食一瓢飲」と言う。　○鴉噪　寒山詩306に「寒山道、無人到。若能行、稱十號。有蟬鳴、無鴉噪。黄葉落、白雲掃。石磊磊、山隩隩。我獨居、名善導。子細看、何相好」とある（「稱十號」は、成仏すること）。　○一輪紅　一輪の紅日。太陽。
○豁　「豁然、豁豁」は、明了、明白、開け通じているさま。

19

寶惜寸光陰　　宝のごと惜む寸光の陰
聊增益壮心　　聊《いささ》か増す益壮の心
力行中正道　　力《つと》めて中正の道を行ひ
密運没絃琴　　密かに没絃の琴を運《めぐ》らす
日長菩提樹　　日び長ず菩提の樹
頓成功徳林　　頓《とみ》に成る功徳の林
西風飄落葉　　西風落葉を飄《ひるがへ》せば
滿地布黄金　　地を満たして黄金を布《し》かん

矢の如く過ぎ行く時間を宝のように大切にし、益々壮んであろうとする気持ちを少しばかり高める。正しい道を行なうことに努め、心密かに禅の湧き水の行き渡る音を聞く。すると日ごとに悟りの樹が育ち、瞬く間に功徳の林となる。秋風が落ち葉を舞わせる頃になると、地面一杯に黄金が敷き詰められるのである。

○寶惜　愛惜する、惜しむ。　○益壮心　唐の張説《えつ》の詩に「髪白思益壮、心玄用彌拙」という。　○中正道　中正にして正しい行い、正しい道徳。　○没絃琴　無弦琴、勿弦琴。不立文字の禅宗の妙法（文字言語が無いことに同じ）。無生無滅の琴。寒山詩309に「寒山深、稱我心。純白石、勿黄金。泉聲響、撫伯琴。有子期、辨此音」とある（隠元は、泉の音を伯牙の琴に喩えることがある。）　○菩提樹　畢鉢羅樹。釈迦牟尼がこの樹の下で覚悟（菩提）を獲得したという（煩悩を断ち、解脱の智慧を獲得）。仏家は、吉祥の樹とする。この詩は、寒山詩088「瞋是心中火、能燒功徳林。欲行菩薩道、忍辱護眞心」に擬す（反対模倣）。　○西風　秋風。ここは西来の宗風の意か（未詳）。老齢となることと解しておきたい。　○落葉「落葉知秋」といえば、局所の変化を見て、全体の状況を知ること（兆しを察知する意の「一葉知秋」とは異なる）。

20
衲老謹行藏　　衲老は行蔵を謹み
返炤世無常　　世の無常を返照す
眼空幻化夢　　眼は幻化の夢を空とし
舌巻碧蓮香　　舌は碧蓮の香を巻く
竹痩吟風雅　　竹は痩すれば風を吟じて雅に
松盤映雪蒼　　松は盤《せぐくま》れば雪に映えて蒼し
誰知莽鹵漢　　誰か知らん莽鹵《まうろ》の漢の
喝水也成章　　水を喝《しか》るも也《ま》た章を成すを

老僧である私は世に出たり引っ込んだりを控え、世の中の無常であることを見つめ直している。眼は俗世が夢であることを見抜き、口には仏陀の蓮華の香を含み持っている。竹は痩せてくると風を受けて優雅に鳴り、松は年を経て幹が曲がって来ると雪に蒼々と映えるようになる。邪路を進んで苦しむような軽々な者でも、川に向かって喝を入れれば流れを変えられることを誰も分っちゃおらぬ。

○行藏　現れ、隠れる。　○返炤　返照回光。外に向かって物を見ようとする眼光を止め、内なる自らの身心を見つめること。　○幻化夢　万事万物、人身人生は、すべて虚幻不実であり、変化して無常であるという仏家の認識。　○舌卷　「卷」は、巻き取る、集める、保持する。また、席捲する、捲《ま》くす意もある。（Ⅱ45・64詩にも見える。）　○碧蓮　緑の荷《はす》。「碧蓮臺」といえば、仏像の台座、また阿弥陀仏の坐する蓮華の台座、蓮華台。　○竹　寒山詩084に「貪愛有人求快活、不知禍在百年身。但看陽燄浮漚水、便覺無常敗壞人。丈夫志氣直如鐵、無曲心中道自眞。行密節高霜下竹、方知不枉用心神」とある。　○莽鹵　粗末であること。この詩は、寒山詩084（右の「竹」の注を参照）と163「男兒大丈夫、作事莫莽鹵。勁挺鐵石心、直取菩提路。邪路不用行、行之枉辛苦。不要求佛果、識取心王主」の境地に似る（「莽鹵」は、寒山詩に一例しかない。また「心王」は、寒山当時の禅家の愛用語）。　○喝水　喝水巖の故事を踏まえる。流水に喝を入れ、流れを変えさせる意。また、勇猛をいう。昔、僧侶の神晏が福建の鼓山で経を唱えていたところ、渓流の水音がうるさい、そこで流れに喝を入れたところ、西流が東流に変わり静かになったという故事に基づく。因みに「喝月」といえば、気概豪邁であることをいう。〇成章　少しずつ積み上げて行くこと。『孟子』盡心篇（上）に「流水之爲物也、不盈科不行、君子之志於道也、不成章不達」とある（「科」は、あな、くぼみ）。

21

擧念擬寒山　念ひを挙《こぞ》りて寒山に擬すれば
渾身徹骨涼　渾身骨に徹りて涼し
世情淡若水　世情は淡きこと水のごとく
佛法沸如湯　仏法は沸くこと湯のごとし
冷煖知時節　冷と煖に時節を知り
昇沈各有方　昇ると沈むに各おの方有り
大心菩薩子　大心なり菩薩子
隨處作津梁　随処に津梁を作《な》す

仏の智慧を総動員して寒山詩の真似をしてみると、全身が骨まで沁みる清涼感に包まれる。世間の情は水のようにあっさりとしており、仏法は逆に湯のように沸き立っている。寒いか暖かいかで時節は分かり、昇るか沈むかでそれぞれ方向も決まる。広い心を持った文殊菩薩（寒山子）は、どちらからでも橋や渡し場を造ってくれる。

○舉念　「舉心」といえば、心中すべての意。「舉身」といえば、体中、全身。「念」は、観ずる智慧。仏（仏についての記憶、仏の智慧）を心に思い浮かべること。○涼　寒山詩310に「重巖中、足清風。扇不搖、涼冷通。明月照、白雲籠。獨自坐、一老翁」とある。○沸湯　寒山詩070に「豬喫死人肉、人喫死豬腸。豬不嫌人臭、人返道豬香。豬死拋水內、人死掘土藏。彼此莫相啖、蓮花生沸湯」とある（「蓮花生沸湯」は、俗世も成仏できる仏教の奇跡威力をいう）。○大心　大菩薩心。広大心ともいう。偉大な心。曹洞宗では、不偏不党の心をいう。○菩薩　この詩は、寒山詩244「我有六兄弟、就中一箇惡。……若也不信受、共汝惡合殺。汝受我調伏、我共汝覓活。從此盡和同、如今過菩薩。學業攻鑪冶、鍊盡三山鐵。至今靜恬恬、衆人皆讚説」の境地に似る。寒山詩には、また「不念金剛經、却令菩薩病」とある（『能斷金剛般若波羅蜜經』は、一心、特に阿耨多羅三藐三菩提心、すなわち悟りに向かう最高の心を説く）。拾得詩19にも「獼猴尚教得、人何不憤發。前車既落阬、後車須改轍。若也不知此、恐君惡合殺。比來是夜叉、變即成菩薩」とある（「惡合殺」は、憎まれて殺される。「比來」は、従前の意)。　◯津梁　拾得詩08に「嗟見世間人、永劫在迷津。不省這箇意、修行徒苦辛」とある。

22

人心不可測　　人心は測るべからず
天道豈能量　　天道豈に能く量らんや
無事無爲漢　　無事無為の漢は
聊跨遍十方　　聊か跨がること十方に遍し
頭頭皆合轍　　頭々皆轍に合し
處處已全彰　　処々已に全て彰らかなり
磕著寒山子　　磕著《かいぢゃく》す寒山子の
呵呵咲一場　　呵々として笑ふこと一場なるに

人の心でさえ底が知れないのである、輪廻の世界は一体どれ程なのか。それが平穏無事の者ともなれば、少しばかりは仏教世界の上下八方に通じている。何もかもが万法一如であり、到る所すべてがはっきりと現れて見える。世界の真理を悟り得えて、呵々と笑う寒山子とぴたりと合うのである。

○天道　地獄、餓鬼、畜生、阿修羅、人間、天上（天人の有情の世界）を輪廻する六道の一つ。　○無事無爲　寒山詩に「無爲無事人、逍遙實快樂」とある（「無事人」は、寒山当時の禅家の愛用語）。　○聊跨　少しばかり乗ずること。　○十方　四方八方と上下。寒山詩に「十方無上下、來去任西東」とある。　○頭頭　事々、処々、様々、どれも。「頭頭是道」といえば、事すべてが禅機をあらわし、到る処に道法が存在する意。後、話したり事を行ったりする時に、どれも惜しみなくすること。　○合轍　事に当たって思考や言行が一致し、筋道や方向、道理に適《かな》っていること。「造車合轍」といえば、主観と客観が符合すること（門内で車を作り、門外で轍に合う。門を閉ざして車を作り、門を出でて轍に合えば、千里に渡って符合する意）。　○處處　寒山詩には「處處」の用例が多い。この詩は、寒山詩255「余勸諸稚子、急離火宅中。三車在門外、載你免飄蓬。露地四衢坐、當天萬事空。十方無上下、來去任西東。若得箇中意、縱橫處處通」（の後半）に擬す（「箇中意」は、禅法の主旨、本来の面目をいい、寒山当時の禅家の愛用語）。　○全彰　「彰」は、理事、動静、語黙、閑忙、行住坐臥など、相反する双方とも全てはっきりと示されること。　○磕著　仏教の真理は宇宙に行き渡っていて、修行者はどこに在っても真理を見、真理をつかむことができるということ。「磕《かい》」は、石と石とが突然ぶつかり合ってカチッと鳴るさま。「築著磕著」といえば、いつでもどこでも仏教の真理をつかめること。禅法の頓悟に喩える（「著」は、助字）。

23

自従脱白後　　脱白してより後
念念黙追尋　　念々黙して追尋す
清彈消舊習　　清弾すれば旧習を消し
寶惜老光陰　　宝のごと老光陰を惜しむ
磕碎虚空面　　虚空の面を磕砕《かふさい》すれば
圓明故有心　　円明《ゑんみやう》にして故より心有り
豁然開夢眼　　豁然として夢みる眼を開けば
大地盡黄金　　大地尽く黄金なり

墨染めの衣を着るようになった後のこと、刹那刹那の記憶を黙って辿《たど》ってみた。染みつき泥んだ習慣を清々しい無弦琴の音で消し去ってみると、過ぎ去った本来の時間が宝のように惜しまれる。虚空の面を一瞬で打ち砕いて中を覗くと、完璧であってそこには心が有る。夢を見てきた眼を醒まして大きく見開くと、大地一杯に黄金が敷き詰められていた。

○脱白　脱白披緇《ひし》、白衣を脱ぎ去り、墨染めを披《き》る。cf.「脱白掛緑」（白衣を脱ぎ去って緑袍に換え、仕途に登る）。　○念念　外界の刺激に応じて一刹那一刹那記憶にしっかり刻む心の働き。念念遷滅。一念といえば、極めて短い時間（「一念万年、万年一念」）。　○磕砕　打ち砕く。「磕」（カイ、カツ）はもと、石と石とがぶつかり、カチッと鳴るさま（頓悟の意がある）。　○虚空面　「虚空相」といえば、清浄で、認識するも認識されるも無い相の意。さとりの相。この詩は、寒山詩231「心高如山嶽、人我不伏人。解講圍陁典、能談三教文。心中無慚愧、破戒違律文。自言上人法、稱爲第一人。愚者皆讃歎、智者撫掌笑。陽燄虚空花、豈得免生老。不如百不解、靜坐絶憂惱」の境地に似る。　○圓明　円満明朗、完全に明朗。みごとで完全なこと。　○夢眼　宋の鄭剛中の詩に「夢眼由來過幻差、焚香祇好誦南華」とある（「過幻差」は、一刹那に幻の間を通り過ぎること）。　○黄金　黄金世界。また、黄金宅、伽藍をいう。

24

寒山一片月　寒山一片の月
唯炤隱松居　唯だ松に隠るるの居を照らすのみ
圓潔塵無寄　円潔なれば塵の寄る無く
孤光淨有餘　孤光は浄くして餘り有り
廣臨華藏海　広く華蔵の海に臨めば
倒印老空虛　倒《かへ》つて老空虚なるを印す
萬物咸增彩　万物は咸《み》な彩りを増し
偸光得自如　光を偸みて自如たるを得たり

寒山一片の月は、ただ我が松隠堂だけを照らしている。まん丸く汚れが無いので塵は寄せ付けず、唯一の光は有り余るほどの清らかさだ。蓮華の花咲く広々とした世界を照らし出せば、そこはもともと空であることがはっきりする。万物はどれも鮮やかさを増し、照らし出されてあるがままである。

○寒山月　寒山と月との関係は、寒山詩279「巖前獨靜坐、圓月當天耀。萬象影現中、一輪本無照。廓然神自清、含虚洞玄妙。因指見其月、月是心樞要」201「千年石上古人蹤、萬丈巖前一點空。明月照時常皎潔、不勞尋討問西東」202「寒山頂上月輪孤、照見晴空一物無。可貴天然無價寶、埋在五陰溺身軀」等、寒山詩集中に多く詠まれている。隠元のこの詩は、これらの境地に似る。◯華蔵海　華蔵世界。釈迦牟尼仏の法身が居る地。大乗仏教が信奉する極楽世界。そこには極めて大きな蓮華があり、蓮華蔵世界（華厳蔵世界）とも称する。◯印印可。認め決定する。宜しいと許す。悟りを得たことを証明し認可すること。

25

有個臥遊子　　個《ひと》りの臥遊の子《し》有り
渾身道義存　　渾身道義存す
暫時現蓬島　　暫時蓬島現はるれば
別是一乾坤　　別に是れ一乾坤なり
托出兩黄檗　　托して出《い》だす両黄檗
大開不二門　　大いに開く不二の門
浪談格外旨　　浪《ほし》いままに格外《かくげ》の旨を談じ
普度等親冤　　普ねく度して親冤《しんをん》を等しくす

山水画を見て遊覧した気分になれる人がいて、その人は全身に仏道が漲《みなぎ》っていた（私である）。仙島の蓬莱山の画《え》を目の当たりにした際、そこは別天地であると知る（扶桑のあるという東海の日本である）。そこでそれを二つの黄檗山と見立て、そこに平等如一の禅門を開いてみた。世俗を超越した禅旨が説かれることとなり、親疎と無く平等に人を救う教えとなって行くのである。

○臥遊　山水画を鑑賞して遊覧に代えることをいう。○道義　今黄檗（新黄檗）開立の際の隠元の詠に、「一片太和温道義、千秋黄檗振宗綱」とある。○蓬島　寒山は蓬莱を、行っても意味のない処あるいはあの世と見、隠元は蓬莱（扶桑のある東海、日本）を黄檗に置き換え、仏教実現の場と見ている。この詩は、寒山詩039「白鶴喩苦桃、千里作一息。欲往蓬莱山、將此充糧食。未達毛摧落、離羣心慘惻。却歸舊來巣、妻子不相識」の反対模倣に見えるが、寒・隠両者ともに得仙思想を否定し、仏教の優位性を詠んでいる点で同じ。寒山詩047にも「騮馬珊瑚鞭、驅馳洛陽道。自矜美少年、不信有衰老。白髮會應生、紅顔豈長保。但看北邙山、箇是蓬莱島」とある。○兩黄檗　宋の翁巻の「福州黄蘗寺」詩に「天下兩黄蘗、此中山是真」とあり、黄檗宗の祖である唐の断際禅師黄檗希運が出家した福建省福清県の黄檗山と得道した江西省百丈山の黄檗寺を言う。ここは福建の古黄檗と京都宇治の今黄檗（新黄檗）を言うか。○不二門　不二法門。「不二」は、一切の事理は平等如一であり、差異対立が無いこと。言語文字の伝示を用いず、直接に以心印授する法門（禅法をいうことが多い）。○格外　超格、越格《おっかく》。通常の分別理念と知識見解を超越すること。尋常を超えていること。並はずれた働き。（Ⅰ69詩参照。）○普度　普渡。広く法力を施し、衆生を遍く解脱に到達させることをいう。○親冤　Ⅱ25詩に「普度等親冤」とある。「冤親《おんしん》」とも。仏教で「冤親平等」、「冤親一揆」（同一の道理、様子）といえば、親しい者とそうでない者とを平等に扱うこと。反対は「冤親無等」。

26

大用棒三頓　　大いに棒三頓を用ゐるは
風顛出現時　　風顛出現の時なり
掀翻獅子窟　　獅子窟を掀翻し
展演鳳皇池　　鳳皇池に展演す
雪曲彈高品　　雪曲は高品を弾き

瑶花上白眉　　瑶花は白眉を上《あ》ぐ
擧揚正法眼　　正法眼を挙揚すれば
不愧瞿曇兒　　瞿曇《くどん》兒に愧ぢず

修行者を棒で打って何遍も策励するのは、（寒山のような）瘋癲和尚が現れる時である。傑出した僧侶のいる獅子窟内を引っ掻き回し、地位の定まった仏教者のいる鳳凰池の畔で説教をし捲《まく》る。和する者のいない白雪陽春の曲を弾いて気高い人格を歌い上げ、美しさを秘めた詩文を詠んでずば抜けた傑出者を称《たた》えるのである。智慧の正法眼ある者を顕揚しているのであって、釈尊に愧じるようなことでは全くない。

○棒三頓　修行者を棒で打って策励する数の多いこと。棒喝といえば、棒撃と吆喝、徳山棒と臨済喝。禅家とりわけ臨済宗が学ぶ人を接化接引するための「施設《せせつ》」（手法、方法、手段）。臨済三頓棒。　○風顛　瘋癲。精神錯乱、精神が常を失うこと（ここは寒山子のような存在をいうか）。この詩は、寒山詩221「時人見寒山、各謂是風顛。貌不起人目、身唯布裘纒。我語他不會、他語我不言。爲報往來者、可來向寒山」、237「寒山出此語、復似顛狂漢。有事對面説、所以足人怨。心眞出語直、直心無背面。臨死度奈河、誰是嘍囉漢。冥冥泉臺路、被業相拘絆」の境地に似る。○掀翻　めくる、たくし上げる、ひっくり返す。○獅子窟　「獅子兒」といえば、釈迦を獅子（師子）に喩えることから、禅家では傑出した利発な僧をいう。仏の後継に愧じない者の意。「獅子吼」といえば、釈迦の説法の喩え。後、得道の僧や禅師の説法に喩える。○展演　「展開演説」の略。修行者や一般の人々を導く手段として説教すること。○鳳皇池　地位を固めた際の、その地位をいう。また、分不相応の想いをもいう。寒山詩に「止宿鴛鴦鳥、一雄兼一雌。……自憐生處樂、不奪鳳凰池」とある。○雪曲　陽春曲や白雪曲のような高雅な歌曲。Ⅱ34詩に「閒來彈白雪」とある。寒山詩127に「大有好笑事、略陳三五箇。張公富奢華、孟子貧轗軻。只取侏儒飽、不憐方朔餓。巴歌唱者多、白雪無人和」とある（侏儒は飽きて死し、東方朔は餓えて死す。「巴歌」は俗謡、「陽春、白雪」は雅曲）。○瑶花　美玉。また、美玉のような美しい詩文。『抱朴子』外篇（勗学《きょくがく》）に「瑶華不琢、則耀夜之景不發」とある（ここの「瑶華」は、美玉の原石。成就する前の原質をいう）。○白眉　同輩あるいは同類の人の中で傑出した者をいう。○舉揚　説を唱える、闡揚する。○正法眼　禅者が事物を観察し、真理を認識する智慧の眼光。○瞿曇兒　「瞿曇」は、釈迦の姓、ゴータマ gautama 氏の音訳。転じて仏、仏教をいう。

27

日常無別事　日常別事無く
唯振舊家風　唯だ旧家風を振るふのみ
念念惜方寸　念々方寸を惜しみ
時時炤本空　時々本空を照らす
道超塵劫外　道は塵劫の外を超え
法化有縁中　法は有縁の中《うち》に化す
共證安閒地　共に證す安閑の地の
渾成不宰功　渾《すべ》て成るも功を宰《つかさど》らざるを

日頃はこれと言った何事も無く、これまでの黄檗の宗旨をのみ説いている。刹那刹那の記憶を思い返しては心を大切にし、常々空である本性に光を当てている（見つめ直す）。仏道は永遠であり、仏法は衆生の因縁に基づいて教化がなされる。総じて明白になる事は無事安穏の場が出来上がり、そこは全てが成就していながらその成功を独り占めしたりはしないことである。

○振…家風　「振風」は、風を動かす。「家風」は、禅宗各宗派の主旨、風格、特徴。宗風、禅風。　○念念　外界の刺激に応じて一刹那一刹那記憶にしっかり刻む心の働き。念念遷滅。「一念」といえば、極めて短い時間（「一念万年、万年一念」）。　○方寸　心。　○本空　本来空であること、一切万物の本性は空であること。　○塵劫　無数の劫。「劫」は、極めて大きい時間の単位。時間の極めて長いことを強調した言い方。　○有縁　因縁がある。存在を成立せしめる間接的原因をいう。認識の対象があること。　○證　悟る、到達する。仏教であることを証明する証拠のこと。　○安閒　「安閑恬静」といえば、無事安穏な、悟りの境地。　○不宰功　Ⅱ58詩にも「造化無私力、功成不宰功」（造化の無私の力は、功成るも功を宰らず）とある。我が無い、命令者とならない。取り立てて評価しない、手柄を我が物としない。（Ⅰ65詩参照。）この詩は、寒山詩173「自聞梁朝日、四依諸賢士。寶志萬迴師、四仙傅大士。顯揚一代教、作時如來使。造建僧伽藍、信心歸佛理。雖乃得如斯、有爲多患累。與道殊懸遠、拆西補東爾。不達無爲功、損多益少利。有聲而無形、至今何處去」に擬す（反対模倣。「無爲功」でないと利益なしの意）。

28

幻生一宿縁　幻の生ずるは一宿の縁
豈可昧心田　豈に心田を昧《くら》くすべけんや
跡寄寒山後　跡は寒山の後に寄り
道超黄檗前　道は黄檗の前を超ゆ
有時舒月霽　時有れば月の霽《は》るるを舒《の》べ
倏爾起風顛　倏爾として風顛を起こす
掃盡烟霞影　烟霞の影を掃《はら》ひ尽くせば
大開雲夢天　大いに雲夢の天を開かん

夢に幻が現れるのは一晩に限った出来事、それだけでどうして心を曇らせたりしようぞ。足跡《そくせき》は寒山の後に付き従い、仏道は黄檗宗の最先端を行っている。時として清らかな月が心の中を照らし出し、俄かに（寒山のような）瘋癲和尚となることもある。靄《もや》霞の翳りを一掃してしまえば、雲夢の沢八つ九つほどの晴れ渡った大空が胸中に広がるのである。

○幻　この詩は、寒山詩162「余家有一窟、窟中無一物。浄潔空堂堂、光華明日日。蔬食養微

躯、布裘遮幻質。任你千聖現、我有天眞佛」、206「余家本住在天台、雲路煙深絶客來。千仞巖巒深可遯、萬重谿澗石樓臺。樺巾木屐沿流歩、布裘藜杖繞山迴。自覺浮生幻化事、逍遙快樂實善哉」等の境地と似る（「天眞佛」は永嘉玄覚「証道歌」より出る語。「眞佛」は寒山当時の禅家の愛用語）。○一宿縁　「一宿覺」といえば、禅師と初めて出会い、応対して禅旨に符合すること。○心田　仏の種を植える田。心の帰省地。心地《しんじ》。寒山詩に「大海一滴水、吸入在心田」とある（寒山詩の「心田」は、この一例のみ）。○超…前　「超前軼後」といえば、空前絶後の意（「軼」は、すぎる）。○月霽　Ⅰ43詩に「内藏淨寶月、外現老風顛」とあるのに同じ。○風顛　顛狂漢。また、汝を醒めさせる寒山をいう。○開雲夢天

ここは、心の障りが有ることを感じないこと。「雲夢」は、広々とした沢をいう。「雲夢在胸臆」といえば、気に障ったり、不快を感じたりが、これっぽちも、微塵も無いこと（『史記』司馬相如伝による）。また、天性を啓発し、心を晴れ亘《わた》らせること。

29　天無孤人願　天は人の願ひに孤《そむ》く無し

人豈負天公　人豈に天公に負《そむ》かんや

心佛原非別　心と仏は原《もと》より別なるに非ず

人天道合同　　人と天は道合同なり
年年増意氣　　年々意気を増せば
事事已全功　　事々已に功を全くす
放下大休歇　　放下して大いに休歇すれば
聊爲隠逸翁　　聊《いささ》か隠逸の翁と為らん

天は人の願いを見捨てたりはない、人がどうして天に背を向けられよう。心と仏性とはもともと別物ではないし、人と天も在り方は一緒なのである。年々意気を盛んにすれば、天はやること為すこと努力通りの結果をくれる。それら俗情等一切を停止して終わりにすれば、天は隠居老人で居ることを少しだけお許し下さるのである。

○天　六道の一つ。地獄、餓鬼、畜生、阿修羅、人間、天上（天人の有情の世界）を輪廻する。　○孤　頼み少なく、見捨てがちであること。　○天公　この詩は、寒山詩254「二儀既開闢、人乃居其中。迷汝即吐霧、醒汝即吹風。惜汝即富貴、奪汝即貧窮。碌碌羣漢子、萬事由天公」に擬す（寒山の「天公」は、これ一例のみ）。　○人天《にんてん》　人々。また、人と天界の有情の神々。（Ⅰ48詩参照。）　◯意氣　逞しい豪気。寒山詩に「我見世間人、箇箇争意氣」とある（「意」は、認識の働き、意識、意向、目的、妄念。「氣《け》」は、呼吸の意気、風）。◯功　功夫、修行、善報を引きつけ得る功業《(てがら)》。「功用《くゆう》」といえば、努力、修行の効果。◯放下　一切の俗情妄念を停止し放棄（抛棄）すること。◯大休歇　大休大歇。「休歇」は、情識による世俗の分別を追い遣り、徹底して禅法を領悟し、生死の大事を終えることをいう。寒山詩に「心未片時歇、奔突如煙氣」、「人面禽獸心、造作何時歇」、「可観無事客、憩歇在巖阿」等とあり、寒山は休歇を説くことが多い。

30

堪嘆苦娑婆　　嘆ずるに堪えんや娑婆に苦しむを
茫茫奈若何　　茫々として若《なんぢ》を奈何せん
情雲迷法界　　情雲は法界を迷はせ
心月沒禪河　　心月は禅河に没す
筆老鋒芒少　　筆老いて鋒芒少なく
吟狂逸興多　　吟狂ひて逸興多し
靜中舒隻眼　　静中に隻眼を舒《の》ぶれば

蝸角出頭高　蝸の角も頭を出だすこと高からん

世俗の苦しみは嘆くに堪えない、疲れ切っている貴殿《そなた》を何としよう。浮き雲のような俗情や妄念が現象世界をさまよわせ、仏性を照らし出す心の鏡は苦行の河に水没してしまっている。我が救いの筆鋒も老いて鋭さを欠き、詩偈も風狂の境地に入って放逸なものが多くなっている。心静かに智慧の眼光を放ち、狭い視野ながらつま先立って広く見渡すようにしよう。

○娑婆　苦悩を堪え忍ばなければならないこの世。釈迦が現れて教化する現実世界。寒山詩に「今日娑婆樹、幾年爲一春」とある（「娑婆樹」は、三千世界をいう。寒山の娑婆は、この一例のみ）。○茫茫　疲れた様。また、果てしない様。寒山詩に「極目兮長望、白雲四茫茫」とある（「茫茫」は、寒山の愛用語）。○法界　意識（六識の一つ）が認知する一切の対象の総称。また、全部の世界、一切の事物。○禪河　釈迦が苦行した尼連禅《ナイランジャナー》河の岸の略、ブッダガヤーの近くの尼連浜。また、禅は心の火を消すので、禅定を水に喩えていうこともある。○鋒芒　刀剣などの事物の先端あるいは突起をいう。また、書画の筆鋒のこと。あるいは、鋭利な気勢や、言葉の鋭さの喩え。○逸興　超逸な興趣。この詩は、拾得詩38「若論常快活、唯有隠居人。林花長似錦、四季色常新。或向巖間坐、旋瞻見桂輪。雖然身暢逸、却念世間人」の境地に似る。○隻眼　一隻眼。法眼、即ち事物の真相を観照し、禅法の真理を認識する智慧の眼光をいう。また、全面的ではない、深くはない眼光のこと。「兩隻眼」と相対する（「兩隻眼」は、全面的に事物の真相を観照する智慧の眼光）。○蝸角　「蝸角蚊睫」といえば、蝸牛《かたつむり》の角と蚊の睫《まつげ》、すなわち極めて狭小なる境地のこと。「蝸角虚名」といえば、微かで言うに足りない虚名。

31

拈提啓後進　　拈提《ねんてい》は後進を啓き
嘱累繼先賢　　嘱累は先賢を継ぐ
出世能超世　　世を出でて能く世を超え
明禪不着禪　　禅を明らかにして禅に着かず
返観原固有　　原《もと》より固有なるを返観し
越格愈天然　　格を越ゆれば愈いよ天然なり
老逸長松下　　老いて逸《たの》しむ長松の下
蒼蒼遂永年　　蒼々として永年を遂《と》ぐるを

公案や機語で禅の後継者を啓発し、先賢から道法の伝授を引き継ぐ。出家して俗世を超越し、禅を理解して禅への執着を無くす。心に本来具わっている仏性を見つめ、俗世の分別や知識を超越して益々自然に近づく。私は老境に入って松下の松隠堂で寛ぎ、松のように末永く蒼々としているのである。

○拈提　禅家の説法形式の一種で、説を挙げ、公案機語を解釈議論すること。（「機語」は、禅家が禅法を探究したり、禅家同士が交流したり、或いは修行者を啓発する際の禅語の語句をいう。）○囑累　禅家が道法を伝授すること（「囑」は、囑咐する）。○超世　この詩は、寒山詩028「登陟寒山道、寒山路不窮。谿長石磊磊、澗闊草濛濛。苔滑非關雨、松鳴不假風。誰能超世累、共坐白雲中」の境地に似る。○返観　「返観内視、返観内照、返視内視、返視内照」は、自らを省ること、仏性に照らして自己を検証すること。○固有　本来持っているもの。仏性。○越格　「格外《かくげ》」といえば、超格、越格。世俗の通常の分別理念と知識見解を超越すること、尋常を超えていること。並はずれた働き。（「超格」は、徹悟者の具有する卓越した働きのための「施設《せせつ》」すなわち仮に設ける手だて、方法、手段をいうことが多い。）　○天然　天がしからしむるもの。「天然物」といえば、仏教では、仏性をいう。寒山詩161に「可貴天然物、獨一無伴侶。覓他不可見、出入無門戸。促之在方寸、延之一切處。你若不信受、相逢不相遇」、202に「寒山頂上月輪孤、照見晴空一物無。可貴天然無價寶、埋在五陰溺身軀」とある（「五陰」は、色など五蘊。ここは、我が心中の仏性が埋もれてしまって現れないこと）。

32

不入匡廬社　　匡廬の社に入らず
自成五老篇　　自ら五老の篇を成す
闡明教外旨　　教外の旨を闡明にし
爍破洞中天　　洞中の天を爍破す
閒歩龍吟窟　　龍吟の窟を閑歩し
浪談虎嘯前　　虎嘯の前に浪談す
墨池聊濺處　　墨池聊か濺ぐ処
滴水遍三千　　水を滴《したた》らせば三千に遍からん

私は廬山慧遠の白蓮社の法嗣《はっす》には入らず、自分で廬山五老（禅宗五派）の禅語録を編んだ。不立文字の禅旨を明らかにし、廬山洞の法嗣も見極めた。自在に龍吟窟（真の解脱の境地）の中まで入り込み、大いに談論しては結界の虎渓の外にも出た。わが洗墨池で編修の筆を洗えば、一滴々々の墨水が三千世界に行き渡ることであろう。

○匡廬社　鳩摩羅什と並ぶ中国仏教の確立者である東晋の名僧慧遠（三三四・四一七）は、廬山（匡廬）の東林寺で白蓮社を結成し、陶淵明、道士の陸修静と塵外の玄言を楽しんだという。話に夢中になり、安居禁足の虎渓の禁を破ってしまい笑い合った故事は有名。後、馬祖道一ら禅の法嗣となり、宋代では欧陽修らが青松社を結成するなどの縁起がある。（「安居禁足」は、「結制、結夏」等ともいい、もともと夏の間、昆虫草木を傷つけないように外出せず、坐禅参修すること。）○五老　道教では「元始五老赤書五篇」をいうが、ここは廬山の五老峰（天の五星（北の辰星、東の歳星、西の太白星、南の熒惑星、中央の鎮星）の精が権化した五人の老賢者に象る）に関連し、禅宗五家各祖師の語録（「五家語録」等がある）を言うか（未詳。或いは天台の五峰か→寒山詩195）。○篇　この詩は、寒山詩230「三五癡後生、作事不眞實。未讀十卷書、強把雌黄筆。將他儒行篇、喚作賊盜律。脱體似蟫蟲、齩破他書帙」に擬す（反対模倣。三、五、篇、破が共通する）。○教外　教外別伝、教外別行。禅法の妙旨が文字語言を設けないこと、すなわち仏教の経典に載せず、説教者の言説を通さず、別に直指人心、心心相印の特殊な方式と独立した体系を通して伝承すること。「相伝」は、釈迦牟尼仏がインドの霊山の法会で説いたと言われる。○爍破　覰破《そは》。窺って見抜く、照破する。「爍」は、照射する、閃光が輝く意。○洞中天　廬山洞の洞天、洞中の別天地。

○龍吟窟　廬山の龍吟窟は、未詳。「虎嘯龍吟」、「龍吟霧起、虎嘯風生」といえば、善因を植えれば妙果に感ずることの喩え。また、仏教で「枯木裏龍吟」といえば、死中（枯木裏）で却って真の生命（龍吟）を得る意。全てを投げ捨てて、はじめて真の解脱の境地が現れてくることをいう。○虎嘯　廬山の虎溪三笑の故事に基づく。安居禁足の虎渓の禁を破り、虎の吼える処に出たこと。○墨池　廬山三學堂に洗墨池がある。陶淵明と陸修静、周續之の三人が、ここで議論し合ったという。ここは松隠堂の泉か。○三千　我々の住む三千世界。○滴水　滴る一滴一滴の水。「滴水成河」といえば、少しのものも積み上げれば多くなる喩え。「滴水穿石」と言ったりもする。

33　不逐繁華景　　繁華の景を逐はず

脚跟鐵鑄成
世情淡若水
道義見如晶
迷路千差別
到家一坦平
大方超格外
豈肯夢中行

脚跟《きゃくこん》は鉄鋳成る
世情は淡きこと水のごとく
道義は見《あら》はるること晶らかなるがごとし
迷路は千の差別なるも
家に到るは一《いっ》に坦平なり
大方は超格外なり
豈に肯て夢中に行くや

繁華な所へは行かず、遠くも近くも気にせずに行脚参訪する。世情は水のようにあっさりだが、道義の場は水晶のように輝いて来る。路に迷うと難儀は数知れないが、行き着くべき家路は他でもなく平坦なのだ。大道を行けば世俗の迷路を乗り越えられる、どうしてわざわざ夢の中を旅したりしよう。

○脚跟鐵鑄成　「鐵脚」は、行脚参訪して遠近を辞さないこと（宋代の禅僧遇縁の故事に基づく）。「脚跟」は、かかと。　○千差　千差万別《ばんべつ》（漢音）。種々差別の対立をいう。　○坦

平　その路は何ら難しくない、脚跟を踏み入れさえすればよい。○大方　大道。多くは禅宗の道法あるいは悟道の境地をいう（仏の悟った真理。「大」は本体、「方」は真相）。○超格外　超格、格外《かくげ》。通常の分別理念と知識見解を超越すること。通常の規格法則を超越している意で、多くは徹悟者の具有する卓越した機用である所の「施設《せせつ》」（措置、手だて、方法、手段、想定、設定、仮定、方策）をいう。（Ⅰ69詩参照。）○夢中行　「夢中夢説」といえば、夢の中で他人のために夢を説く意。全ての現象は、固定的な実体の無い、はかない存在でしかないこと。夢のたわごと。この詩は、寒山詩106「層層山水秀、煙霞鎖翠微。嵐拂紗巾濕、露霑蓑草衣。足躡遊方履、手執古藤枝。更觀塵世外、夢境復何爲」に擬す（寒山への道を詠む）。

34

閑來彈白雪　　閑かさ来たりて白雪を弾けば
舜若却知音　　舜若《しゅんにゃ》は却つて知音なり
我不孤人意　　我は人の意に孤《そむ》かず
人無負我心　　人も我が心に負《そむ》く無し
兩輪互炤用　　両輪互ひに照用《せうゆう》し

一氣自昇沈　　一気自ら昇沈す
會得陽春調　　会《たま》たま得たり陽春の調べの
相承古至今　　相承けて古より今に至るを

心の静かさを得て白雪・陽春の曲を弾くと、空《くう》こそが知音だと分かってくる。誰かの気持ちを私が蔑《ないがし》ろにすることも無く、誰も私の気持ちに背を向けたりもしない。太陽と月は相互に照らし導く働きをし、陰気陽気も一緒に役目を果たすというものである。思いがけずに手に入ったこの白雪・陽春の曲は、昔から今に至るまでずっと奏でられ続けている。

○白雪・陽春　白雪曲と陽春曲（Ⅱ26詩参照）は、知音の少ない高雅な歌曲（俗謡「巴歌」の対）。寒山詩に「巴歌唱者多、白雪無人和」とある。○舜若　舜若多《しゅんにゃった》（sunyata）。空（諸法に実体のないこと）、空性の意（「虚空」と同一視するのは、誤り）。○炤用　「四照用」といえば禅の公案で、臨済宗創始者義玄が修行僧を接化接引する四種の方法をいう（『五燈會元』巻十一）。「照」は、鑑みる意で、修行者を見抜く智慧の働き。「用」は、働きの意で、修行者を指導する行為として現れる働き。義玄は、指導者と修行者の関係を、先照後用、先用後照、照用同時、照用不同時の四つとする。　○一氣　天地万物を構成する本原である混沌の氣。天地未だ判《わか》れざる以前から存在し、陰陽はこの一気の中に在る。「一氣不通處」といえば、絶対の境地。　○昇沈　流転、浮き沈み。ここは、陰陽の気の変化をいう。
○調　この詩は、寒山詩194「久住寒山凡幾秋、獨吟歌曲絶無憂。蓬扉不掩常幽寂、泉涌甘漿長自流。石室地鑪砂鼎沸、松黄栢茗乳香甌。飢餐一粒伽陁藥、心地調和倚石頭」の境地に似る（石窟の炉端の沙陶の器に煎じた伽陁薬は、仏法の妙用を喩える）。

35　一水瀉千江　　一水千江に瀉《そそ》ぎ
源頭出處長　　源頭出処長し
滔滔弘潤浪　　滔々として潤浪を弘め
隱隱細紋彰　　隠々として紋彰を細やかにす
海國傳風雅　　海国は風雅を伝へ
禪林選佛塲　　禅林は選仏の場たり
廓充太和境　　太和の境を廓充すれば
老大愈清狂　　老大にして愈いよ清狂なり

一つの泉水《わきみず》が千もの大川に流れて行き、源は何処までも続いて行く。波は滔々と広がり、ひっそりとした細やかな波紋を作る。俗世にはそのように風雅が伝わり、禅林は参禅成仏の場となる。太平無事の境域が広がれば、老いて益々風狂であってすがすがしい。

○水…長　この詩は、寒山詩064「浩浩黄河水、東流長不息。悠悠不見清、人人壽有極。苟欲乘白雲、曷由生羽翼。唯當鬒髮時、行住須努力」に擬す。○出處　ここは、源、来源。（大陸の旧黄檗をいうか。）○海國　我々の世界。（ここは大和日本をいうか。）○選佛場　叢林を指す。禅家の法会。「選佛」は、参禅して道を悟り、見性成仏すること（唐宋の科挙の選官用語を借りた言い方）。○太和境　太平であること。隠元の今黄檗・新黄檗開立の際の詠に「一片太和温道義、千秋黄檗振宗綱」とある。○老大　長老、年を取る、老いる。なお「老老大大」といえば、年老いた者に対する譏りの語となり、暗にいい年なのにいつまでも明悟しない意を含む。また「老大虫」といえば、機鋒鋭利な老禅師を喩える（「大虫」は、虎）。賛嘆の意を含む。ここは謙譲か。

36

大道周沙界　大道は沙界に周《あまね》ければ
誰分東與西　誰か東と西とを分かたんや
賢愚皈一致　賢と愚は一致するに帰するも
好惡隔雲泥　好と悪は雲泥を隔つ
玄妙事無別　玄妙なれば事は別かつ無く
心空物自齊　心空なれば物は自ら斉《ひと》し
追思皈去客　追思す帰去せし客の
隻履獨凄凄　隻履独り凄々たるを

仏道は一切の世界に普遍のものである、だれが西方（大陸）と東方（日本）を区別したりしよう。賢者と愚者はどちらも一緒であり、好いと悪いは雲泥の差である。奥深い所ではいずれも差異はなく、心はともに空であるから全ては一緒なのだ。西（天竺）に帰って行った達磨大師が東（中国）に遺した、片方の靴の生生無滅の意味の凄まじさを思い出して見るが好い。

○周沙界　「沙界」は、無数の世界、一切の世界。cf.三千大千世界。○賢愚・好悪　この詩は、寒山詩235「三界人蠢蠢、六道人茫茫。貪財愛婬欲、心悪若豺狼。地獄如箭射、極苦若爲當。兀兀過朝夕、都不別賢良。好悪摠不識、猶如豬及羊。共語如木石、嫉妬似顛狂。不自見己過、如豬在圏臥。不知自償債、却笑牛牽磨」に擬す（反対模倣。道、界、心、好悪、賢などが共通する。東西同じであるようには、三界の人と六道の人とが、ともに賢愚や好悪の意味を識別しないことを詠む）。○玄妙　分別を超越していること。禅宗の道法の測り知れなさをいうが、玄解の欲念に執着すると、悟道の障りとなる。「妙玄」といえば、真の法嗣《はっす》は出家の学に没入しないこと。○皈去客　西に帰り去る人、すなわち初祖達磨大師（その寂するをいう）。○隻履　隻履西歸。禅宗の初祖菩提達磨は、亡くなった時、片方の革履を東土の棺桶の中に遺《のこ》し、もう片方の履のみ片手に提げて西に帰って行ったという故事に基づく。宋の林亦之の「遊羅漢院記」には「隻履西歸、謂佛法即滅、所頼有此、生生無滅也」という（「生生」は、生、住、異、滅の四本相を現出させる四随相のうちの、生相を生ぜしめる原理をいう。達磨は即滅ではなく、生を生ぜしめて滅すること無く、棺の中で生まれ変わっているという。）

37

怖頭狂走漢　怖頭狂走するの漢
堪咲又堪憐　笑ふに堪へんや又た憐れむに堪へんや
向外馳求者　外に向かひて馳せ求むる者も
似同一並肩　似て同じく一へに肩を並べん
只因昧本有　只だ本有をのみ昧《くら》くするに因り
更不識愚賢　更に愚か賢かを識らず
自作自當受　自ら作《な》して自ら当に受くべければ
莫尤人與天　人と天とを尤《とが》むる莫かれ

怖《お》じ気《け》で頭がどうにかなってしまい走り回る輩は、思わず笑ってしまうし可哀想にも思う。返照回光せずに走り回っている人も、似たり寄ったりだ。自らが本来具有する仏性が曇っているがために、何が愚か何が賢いのかが分からないのである。それは自業自得であって、人々や神々の所為《せい》にしても仕方がない。

○怖頭狂走　怖さによって己が頭を遺失し、狂奔すること。「怖」は、びっくりする、こわがる、おどろく（おどされる）。（『楞嚴經』より出る語。） ○向外馳求　自らの心こそが仏であることを識らず、却って到るところ奔走し、心外の虚幻の事物の中に仏法を尋ね求めようとすること（禅家の語）。この詩は、寒山詩213「説食終不飽、説衣不免寒。飽喫須是飯、著衣方免寒。不解審思量、只道求佛難。廻心即是佛、莫向外頭看」に擬す。 ○本有　本有田地、本来の田地。自らの心の本性、人々が本来具《そな》えている仏性をいう。

38

天既従人願　　天は既に人の願ひに従ひ
廣開解脱場　　広く解脱の場を開く
隠風静悄悄　　隠風は静かにして悄々と
壽物語章章　　物を寿《ことほ》ぐは語りて章々たり
福倍乾坤大　　福倍なるは乾坤大に
生資日月長　　生資《たす》かるは日月長し
愧無弘濟徳　　弘済の徳無く
代佛廣宣揚　　仏に代はりて広く宣揚するを慚づ

天は人の願いに合わせ、広く解脱の機会を与えてくれる。人の気づかない覚醒の風をひっそりと吹かせ、長寿を養う言葉をはっきりと届けてくれる。福報が倍になるのは天地が広大であるからであり、生活が助かるのは太陽や月が長久であるからだ。衆生を広く救済するような徳も無いのに、仏に代わって教えを広めている自分が恥ずかしい。

○天　この詩は、寒山詩254「二儀既開闢、人乃居其中。迷汝即吐霧、醒汝即吹風。惜汝即富貴、奪汝即貧窮。碌碌羣漢子、萬事由天公」に擬す。「天」は、寒山詩では233「我見凡愚人、多畜資財穀。飲酒食生命、謂言我富足。莫知地獄深、唯求上天福。……」092「天高高不窮、地厚厚無極。動物在其中、憑茲造化力。……」等と詠まれる。○隠風　人知れず吹く特別な風。明の王廷相は「上宣徳意下達民、隱風四方貞百度」という。（なお、反対の「當風」といえば、風と向き合う意。面だって果敢に戦うことに喩える。）○壽物　長寿のもの。「龜者壽物」と言われる。『揚子法言』にも「或問龍龜鴻鵠、不亦壽乎。曰壽。曰人可壽乎。曰物以其性、人以其仁」とある。また、長寿を願い、養う意。『唐書』に「繇是天人通陰陽、和俗躋仁、壽物無疵癘」とある。○生資　生長や生き残るための助け。また、生活の資財、資金。

39

量天唯一尺　天を量れば唯一の尺
法地定南鍼　地に法れば定南の鍼なり
一指渾無忒　一たび指させば渾《すべ》て忒《たが》ふ無く
流傳直至今　流伝して直ちに今に至る
人能主萬物　人は能く万物に主たるも
不可錯光陰　光陰を錯《まぢ》ふべからず
返炤明如鏡　返照は明るきこと鏡のごとし
對機豈昧心　機に対して豈に心を昧《くら》くせんや

天文を観測すれば唯一の尺度となり、地理に依拠すれば正確な指針となる。天地の法則に導かれれば全て間違いなく、その指南はずっと今に至るまで伝わって来ている。人はといえば万物の主とはなり得ても、天地と時を同じくすることは出来ない。自らの身心を省みて天地の法則を見抜くのである、修行者としてその為《ため》の禅機と向き合えばどうして心が曇ったりしようぞ。

○定南鍼　定南針。指南、指針。（指導あるいは指導者の比喩。また、正確な方向を弁別するための依拠となるものの喩え。）　○一指　ここは何も説かない指南の意と採りたい。「一指頭禪」といえば、指一本を立てて、悟りに導くこと（『碧巖録』19則に、倶胝《くてい》和尚の一指あり。「倶胝一指」「倶胝挙指」とも）。　○流傳　隠元の今黄檗・新黄檗開立の際の詠に「新開黄檗壮禪基、正脈流傳海外奇」とある。　○返炤　返照回光、廻光返照。外に向かって物を見ようとする眼光を止め、内なる自らの身心を見つめること。　○錯光陰　この詩は、寒山詩171「一自遯寒山、養命餐山果。平生何所憂、此世隨縁過。日月如逝川、光陰石中火。任你天地移、我暢巖中坐」に擬す（天地と人とでは、光陰が違うことを言う）。拾得詩46にも「平生何所憂、此世隨縁過。日月如逝波、光陰石中火。任他天地移、我暢巖中坐」とある。
○對機　禅家が教え導こうとする相手、修行者または一般の人々をいう。「對機説法」といえば、人を見て法を説くこと。病に応じて薬を与えることに喩えられる。

40　五蘊一羣賊　　五蘊《ごうん》は一群の賊
通身大夢場　　身を通して大夢の場なり

生生無解脱　生き生くるも解脱する無く
日日受災殃　日々災殃を受く
慧月圓明鏡　慧月は円明《ゑんみやう》の鏡
心空徹夜光　心空なれば夜光を徹す
到頭能返炤　到頭能く返照すれば
覿體自清涼　体に覿《あ》ひて自ら清涼ならん

色や想いなどの五つの集合体は群れなす賊であり、全身を夢の場と化す。生きていても解脱は無く、毎日々々厄災を受け続ける。月の光は完璧な智慧の鏡であって、心が空になれば月の光が照らし出してくれる。とどの詰まり自らの身心を照らし出すことができれば、真実の本体がすっきりと露呈して来るのである（群れなす賊の全てを見抜くことが出来よう）。

○五蘊　五陰。「蘊」は、集まり、集積。「色（身体など物質一般）、受（心の感受作用）、想（心に浮かぶ表象作用）、行（心的な衝動的欲求作用、意志）、識（識別認識作用）」の五つをいう。　○通身　身体全体を通しての意。全身、満身。「通身是眼」といえば、禅の悟りが透徹し、法眼が明瞭となること。この詩は、寒山詩202「寒山頂上月輪孤、照見晴空一物無。可貴天然無價寶、埋在五陰溺身軀」（「五陰」は、「五蘊」に同じ）に擬す。○慧月　月の智慧。智慧の月光。明鏡のように万物を照らし出すことを喩える。○圓明　みごとで完全なこと。円満明朗、完全に明朗。○返炤　返照回光。外に向かって物を見ようとする眼光を止め、内なる自らの身心を見つめること。○徹　うちぬける（cf.「透」は、すける）。

○到頭　最終、結果、とどの詰まり。○覿體　本来の真如実相と出会うこと、ものごとが真如を呈すること。「覿體」といい、「素體相呈」と言う時の「體（体）」は、ものごとの真如実相（裸体）のこと。「覿面」といい、「素面相呈」という時の「面」が本来の面目（化粧していない面容）を言うのに同じ。「覿」は、目の当たりにする、露呈すること。なお「體露眞常」といえば、ものごとの本体が真実、不変の様相を全て露呈し、文字言語を超越して、俗念と区別されることをいう。仏家の所謂「真如」であり、禅悟者の境地である。

41　佛法等冤親　　仏法は冤《をん》と親を等しくすれば
豈爭人與我　　豈に人と我とを争はんや
既爲三界師　　既に三界の師と為れば

魔外一齊掃　　魔外《まげ》一斉に掃《はら》はん
個個盡還源　　個々尽く源に還り
人人皈正道　　人々正道に帰す
忽遇過量翁　　忽ち過量の翁に遇へば
呵呵倶絶倒　　呵々として倶に絶倒せん

仏法は親しい者とそうでない者とを平等に扱う、どうして自分か他人かを争ったりしよう。衆生の輪廻する境界で禅師となった以上は、天魔も外道もまとめて一掃する。それぞれいずれもが本来の根源に立ち返れば、衆生は正しい仏道に帰依できる。数勘定を超越した年輩者に直ぐさま出会えれば、呵々と一笑して皆で抱腹絶倒できよう。

○等冤親　冤親《おんしん》平等。仏教で親しい者とそうでない者とを平等に扱うこと。　○人與我　この詩は、寒山詩231「心高如山嶽、人我不伏人。解講圍陁典、能談三教文。心中無慚愧、破戒違律文。自言上人法、稱爲第一人。愚者皆讃歎、智者撫掌笑。陽燄虚空花、豈得免生老。不如百不解、靜坐絶憂惱」に擬す（人、我、三、法、笑、豈、絶が共通する）。　○三界有情の衆生の生死輪廻する過程に於ける三種の境界、すなわち欲界、色界、無色界。◯魔外　天魔と外道。ともに仏道を妨げるもの。◯過量　数量を超越する、無数。「過量人」といえば、数量分別を超越し、物事の過程に陥らず、段階を歴《へ》ずに禅悟した者をいう。「過量境界」は、数量分別を超越した境界、禅悟の境界。「過量事」といえば、数量分別を超越していること。禅悟者による機縁の運用（衆生の機根と悟法の符合）をいう。

42

天地今猶古
曦車西復東
徒勞探渤海
何必描虚空
隱逸趣無盡
幽深孰與仝
峰頭舒片月
一咲落天風

天地は今猶ほ古のごとく
曦車西し復た東す
徒らに労して渤海を探る
何ぞ必ずしも虚空を描かんや
隠逸の趣きは尽くる無く
幽深は孰か与に仝《おな》じからん
峰頭片月を舒ぶれば
一笑天風を落とす

天地は今でも太古と何ら変わりなく、太陽は繰り返し西に落ちてはまた東から昇《のぼ》っている。それを東海で仙人の住む島を探し出そうとしても依然無駄である、どうして在りもしないものの形や色を描けようぞ。隠棲こそが尽きない画材（風光）である、その奥深い幽玄の趣きに匹敵するものが他に有ろうか。峰の頂に三日月がゆるりと昇ると、吹き込む風に呵々と一笑できるのである。

○渤海　渤澥。蓬莱・方丈・瀛洲三神山のあるという滄海（東海）をいう。元の袁桷の詩に「上窮崑崙渾、下探渤澥清」とある。ここは日本をいう。○描虚空　描画虚空（「描畫虚空、徒勞藻繢」とも）。虚空を描こうとしても、何の色も象もない意。この詩は、寒山詩257「時人尋雲路、雲路杳無蹤。山高多險峻、澗闊少玲瓏。碧嶂前兼後、白雲西復東。欲知雲路處、雲路在虚空」に擬す。○幽深　この詩は、寒山詩177「以我棲遅處、幽深難可論。無風蘿自動、不霧竹長昏。澗水縁誰咽、山雲忽自屯。午時庵内坐、始覺日頭暾」にも擬す。○天風　風。風は天空を行くので「天風」という。宋の洪咨夔（平齋）の詩に「響泉一派落天風、人在浮雲柳絮中」とある。

43

正信皈三寶　正信は三宝に帰すれば
朝昏禮金像　朝昏金像に礼す
眞心一片誠　真心は一片の誠
雜念是邪相　雑念は是れ邪相なり
清淨獨圓明　清浄のみ独り円明《ゑんみやう》
日常無兩様　日常に両様無し
死生忽到來　死生忽ち到来するも
不被諸魔障　諸魔に障られず

正しい信仰の対象というのは仏法僧であるから、朝夕金剛の仏像を拝んでいる。正しい心とはもっぱらの誠実さのことであり、雑念を抱くことこそよこしまな姿である。少しも俗念への執着が無いことのみが完璧なのであり、日常としては唯一それだけである。死が突然訪れたとしても、魔物に邪魔されることは無いのである。

○正信　正しい信仰。仏法を信ずる心。　○三寶　仏法僧。Ⅱ92詩に「佛法僧三寶」とある。

○邪相　「相」は、すがた、かたち、状態。　○清淨　「清淨知見」といえば、智慧の法眼を以て事物の真相を観照し獲得する感悟、体験をいう。妄情俗念の執着が少しも無い知見であるので「清淨」という。「清淨法眼」といえば、禅家のいう教外別伝（Ⅱ32詩参照）の玄旨、すなわち正法眼蔵のこと。この詩は、寒山詩217「自古多少聖、叮嚀教白信。人根性不等、高下有利鈍。眞佛不肯認、置功枉受困。不知清淨心、便是法王印」に擬す（反対模倣。信、眞、清淨が共通する。なお「眞佛」や「法王」は、寒山当時の禅家の愛用語）。○圓明　みごとで完全なこと。円満明朗、完全に明朗。

44

學道超生死　道を学べば生死を超ゆ
豈圖世上榮　豈に世上の栄えを図らんや
有求皆得失　求むる有れば皆得失あり
無事即安寧　事無ければ即ち安寧なり
聊適山中趣　聊か適《かな》ふ山中の趣き
偏宜格外情　偏へに宜し格外《かくげ》の情
逍遙松月下　逍遥す松月の下

不覺到天明　　天明に到るを覚えず

仏道を学べば生死を超越できる、どうして俗世の栄達など望もうか。何かを求めれば得たり得なかったり、何事もないことこそ安泰なのだ。私は山住まいの生活が少しばかり心に適《かな》っていて、思いは世俗の分別や見解とは異なる。松を照らす月の下を散歩していると、いつの間にか夜が明けている。

○無事　この詩は、寒山詩247「我見出家人、不入出家學。欲知眞出家、心淨無繩索。澄澄孤玄妙、如如無倚託。三界任縦横、四生不可泊。無爲無事人、逍遙實快樂」（「無事人」は、寒山当時の禅家の愛用語）、258「寒山棲隱處、絶得離人過。時逢林内鳥、相共唱山歌。瑞草聯谿谷、老松枕嵳峩。可觀無事客、憩歇在巖阿」の境地に似る。○格外　通常の分別理念と知識見解を超越すること。（Ⅰ69詩参照。）

45　一向掣風顚　　一向《ひたす》ら風顚を掣《ひ》き
邇來愈悄然　　邇来愈いよ悄然たり

脚跟不點地　　脚跟は地に点《つ》かず
鼻孔尚遼天　　鼻孔は尚ほ天に遼《はる》かなり
舌巻千江水　　舌は千江の水を巻き
心開五葉蓮　　心は五葉の蓮を開く
反常三昧印　　反常三昧の印は
捴不負金仙　　惣じて金仙に負《そむ》かず

ずっと瘋癲和尚と化したまま、近頃はますますもの静かにしている。心中にはまだ悟れていない部分も有るのだろう、鼻面も隠しようが無く上に突き出たままである。口舌は多くの大川の水を吸い上げるほどの勢いがあり、心の中には禅宗五派の蓮の花が咲き誇っている。俗世の常道に反していることの証明になってはいるが、総じて仏の教えに背を向けるようなことは一切ない。

○掣風顛　掣風掣顛、瘋瘋癲癲。言語や行動が常態に合わないこと。寒山詩221に「時人見寒山、各謂是風顛。貌不起人目、身唯布裘纏。我語他不會、他語我不言。爲報往來者、可來向寒山」とある（寒山詩の「風顛（瘋癲）」の例は、これ一首のみ。なお、寒山詩237に「顛狂」の語がある。Ⅰ28・Ⅱ26詩の注参照）。○脚跟不點地　心中が昧《くら》く曇っていて、まだ省悟できていないこと。「脚跟點地」といえば逆に、本分としての大事を完成し、徹底的に省悟する意。　○鼻孔尚遼天　「鼻孔遼天」（「鼻孔撩天」）は、禅法を省悟し、超然として世を脱すること。また、鼻が天にまで達するほど、心が隠しようが無いこと。なお、「無鼻孔」といえば、未だ禅法を悟らないこと。捉え所のない禅法をいうこともある。（Ⅱ07詩参照。）

○舌巻　元の謝應芳の詩に「水波翻翻龍舌巻」とあり、同じく元の呉莱の詩に「舌捲西江得祖宗」とある。ここの「巻」が「捲」と同意であるとすれば、巻き上げる、巻き取る、絡め取る意。「舌捲西江」は、舌で西江の水を巻き上げる（公案の「一口吸盡西江水」を踏まえるとすれば、有り得ないことの喩え）。（「巻…水」は、渦巻くがごとく巻き上げる意。）

○千江水　多くの大川の水。　○五葉蓮　「五葉」は、唐代に出た臨済宗、曹洞宗など禅宗の宗家五派をいう。達磨の偈「一花開五葉」より出る。五葉花。○反常　普通でない、常道に反していること、常の情と同じでないこと。　○印　「印可、印証」といえば、禅の悟りを与えられ伝授したことの証明。以心印心。印印相契。　○金仙　仏のこと。

46

老倒眼瞇目麻
巖遊興味賒
一杯陳雪茗
幾片淡烟霞
鶴舞萬松頂
鶯吟五柳家
薫風來野外
吹破舊袈裟

老倒にして眼は眯目麻
岩遊興味賒《とほ》のく
一杯雪茗を陳《つら》ぬれば
幾片か烟霞を淡くす
鶴は舞ふ万松の頂
鴬は吟ず五柳の家
薫風野外より来たり
旧《ふる》き袈裟を吹き破れり

老いぼれて目が見えにくくなり、山遊びの楽しみも先延ばしになっている。泡立てた茶を一杯淹《い》れると、山水の微かな気が所々に立ち昇った。万松老人の家にあったような松に鶴が舞い、五柳先生宅にあったようなここの柳で鴬が鳴く。薫習《くんじゅう》の風が野外から吹いて来て、これまで着ていた袈裟を破ってしまったぞよ。

○老倒　潦倒、落拓。落ちぶれる、零落する。だらしがない、みすぼらしい。　○瞇目麻　目が見えにくいさま（「瞇」字＝「眯」字。「䁧」字＝「瞙」字、目の明らかならざる貌《かたち》。「蟵」字＝「蟆」字の関係に同じ）。　○雪茗　湯が沸騰して泡立った後、上に一層の白い泡沫が残る茶。「茗」は、寒山詩194に「久住寒山凡幾秋、獨吟歌曲絶無憂。蓬扉不掩常幽寂、泉涌甘漿長自流。石室地鑪砂鼎沸、松黄栢茗乳香甌。飢餐一粒伽陁藥、心地調和倚石頭」とある（「栢茗」は、柏の葉を酒に浸した薬酒）。　○萬松　元の禅僧行秀は、萬松軒を建てて禅学を究め、徒弟に伝授したので、「萬松老人」と呼ばれる（自称は「萬松野老」）。なお、今黄檗には萬松院があるが、古黄檗の境内にも萬松庵がある。　○薫風　薫習の風。香が染みつくように、迷いや悟りが他に影響を及ぼす。また、「風」は、宗風、禅風をもいう。　○破…袈裟　清の釈智朴の次韻詩に「暫別青溝一片霞、南來不怕路途賒。爲尋澹蕩題襟客、得看滄浪出格花。世事從知都是幻、人生任運莫須嗟。拜賜金襴雖愛惜、隨身敢棄舊袈裟」とある（「青溝」は、盤山の青溝。「滄浪」は、滄浪亭）。この詩は、寒山詩157「有人畏白首、不肯捨朱紱。采藥空求仙、根苗亂挑掘。數年無効驗、癡意瞋怫鬱。獵師披袈裟、元非汝使物」の境地に似る（反対模倣）。寒山詩中の「袈裟」は、この一例のみ。「白首」は、老いて死す。「根苗」は、薬草）。

47

聖世現靈瑞
檗山會儼然
見聞生正信
悟入契金仙
慧日光天下
宗風播大千
勝縁聊一遇
道證永綿綿

聖世霊瑞を現せば
檗山会《ゑ》は儼然たるべし
見聞すれば正信を生じ
悟入すれば金仙に契《かな》ふ
慧日《ゑにち》は天下を光《かがや》かせ
宗風は大千に播《ま》かる
勝縁聊か一たび遇へば
道證永く綿々たり

聖人の世が不思議な瑞兆を現すと、黄檗山の会下（集い）は厳然たる空気に包まれる。それを知覚すると仏法を信ずる心が生じ、禅を悟れば仏と契合《かいごう》できる。仏法の教化は天下に行き渡り、黄檗の禅風は大千世界に広まる。優れた御縁と少しでも出会えると、悟った道はいつまでも絶えることが無い。

○會　『禪林僧寶傳』等に「靈山一會、儼然未散」、「靈山高會、儼然未散」とある。（「會」

を、「まさに…べし」の意とは採らない。Ⅱ54詩にも「檗山會上客」とある。）○見聞　見色明心、聞声悟道。自らの本心仏性をはっきりと見、道法を領悟すること。○正信　正しい信仰。仏法を信ずる心。○金仙　仏のこと。○宗風　黄檗宗の宗風は、例えば「禪淨習合」（「禪淨兼修」、坐禅と浄土念仏が合わさっている）。○慧日　仏法およびその教化、智慧の喩え。それが日のごとく天下を遍ねく照らすことによる。○大千　この詩は、寒山詩204「我家本住在寒山、石巖棲息離煩縁。泯時萬象無痕跡、舒處周流徧大千。光影騰輝照心地、無有一法當現前。方知摩尼一顆珠、解用無方處處圓」に擬す（共通するのは、縁、光、現、山、大千。「摩尼珠」は、仏性の喩え）。○勝縁　優れた縁。○道證　「證」は、さとり（「證」≠「証」）。

48

天地生萬物　　天地は万物を生じ
聖賢不棄人　　聖賢は人を棄てず
心迷爲不善　　心迷へば善からざるを為し
性覺即成仁　　性覚むれば即ち仁と成る
逐物愚猶甚　　物を逐ふは愚かさ猶ほ甚しく

返観妙入神　　返観すれば妙なるは神《たましひ》に入る
無私無過失　　私無ければ過失も無く
晝夜自循循　　昼夜自ら循々たり

天地は万物を生み、聖人賢者は人を見捨てない。人は心に迷いが有れば悪事（不善）をなすが、仏性に目覚めればすぐに仁者となる。万物を欲するのは甚だ愚かであり、仏性に鑑《て》らして内観しさえすれば禅の精神は手に入るのだ。無私無欲であれば過失は無く、昼夜おのずときちんとしていられる。

○聖賢　この詩は、寒山詩149「他賢君即受、不賢君莫與。君賢他見容、不賢他亦拒。嘉善矜不能、仁徒方得所。勸逐子張言、拋却卜商語」に擬す（賢、善、仁、逐が共通する。「子張の言」は、賢、善を容れることをいう）。　○返観　「返觀内視、返觀内照」、「返視内視、返視内照」とも。自ら反省すること、仏性に照らして自己を検査すること。　○無　寒山詩298に「我見利智人、觀者便知意。不假尋文字、直入如來地。心不逐諸縁、意根不妄起。心意不生時、内外無餘事」とある。　○循循　順序正しい様、整然としている。

49

古今聊屈指
幾個是閒人
隠逸通靈府
煩憂昧本眞
一空心上寶
萬物眼中塵
掃却幻虛影
行藏妙入神

古今聊《いささ》か屈指するに
幾個か是れ閑人なる
隠逸は霊府に通じ
煩憂は本真を昧《くら》くす
一空は心上の宝
万物は眼中の塵なり
幻虚の影を掃却すれば
行蔵の妙は神《たましひ》に入らん

史実を少しばかり指折って数えてみるが、心閑かな人は一体どれほど居るのだろうか。隠遁者は本来の心に通じているが、煩いや心配事のある世俗の者は皆自らの仏性を曇らせている。一切すべてが空であることこそ心の宝であり、万物は眼中の汚れである。虚仮《こけ》の幻である万事万物の影を一掃しさえすれば、在俗か隠逸かの勘所は気持ちの中に出来上がるというもの。

○隠逸　この詩は、寒山詩281「元非隠逸士、自號山林人。仕魯蒙幘帛、且愛裏踈巾。道有巣許操、耻爲堯舜臣。獼猴罩帽子、學人避風塵」に擬す（同韻であり、共通語彙は、隠逸、人、塵。寒山詩の「隠逸」は、これ一例のみ）。○閒人　清閑無事の人、相干渉しない人。○靈府　心、本心。○本眞　「本源眞性」といえば、衆生は本来は仏であり、自ずから仏性を具えていること。○一空　一空一切空。天台宗で説く「空、假、中」の三観のうち、「空」とはただ「空」のみという一つの理《ことわり》だけをいうのではなくて、「假」も「中」もともに（一切）「空」の真理を表している、という意。○幻虚　虚妄で実《じつ》が無く、変化して無常であること。人身人生を含む万事万物に対する仏家の認識。夢幻であり虚仮であること。○行藏　出処進退。また、足跡、来歴。

50

酒色迷眞性　　酒色は真性を迷はせ
闡提障法門　　闡提《せんだい》は法門に障《さは》る
一迷無量劫　　一たび迷ひて無量劫なれば
受苦向誰言　　受苦をば誰に向かひてか言ふや

一障論空海　一たび障りて空海を論ずれば
幾能返本源　幾ばくか能く本源に返らん
堪憐好漢子　憐れむに堪へんや好漢子の
自昧不知恩　自らを昧《くら》くして恩を知らざること

酒色は本来具わっている自らの仏性を惑わせ、真理を否定する者は仏門への障碍を持つ。一旦迷いが永遠のものとなってしまうと、苦を受け続けていることを誰にも話せなくなる。この障碍が起こった場合は大海の空漠を論じてみることだ、どれほど本来の仏性を取り戻せることか。酒色を嗜む者は可哀想である、真理を見る眼を曇らせ仏恩の有ることを分かっていない。

○酒色　この詩は、寒山詩233「我見凡愚人、多畜資財穀。飲酒食生命、謂言我富足。莫知地獄深、唯求上天福。罪業如毘富、豈得免災毒。財主忽然死、争共當頭哭。供僧讀文疏、空是鬼神禄。福田一箇無、虚設一羣禿。不如早覺悟、莫作黒暗獄。狂風不動樹、心眞無罪福。寄語冗冗人、叮嚀再三讀」の境地に類似する。○眞性　この詩は、寒山詩168「世有多事人、

廣學諸知見。不識本眞性、與道轉懸遠。若能明實相、豈用陳虛願。一念了自心、開佛之知見」の境地にも類似する。○闡提　一闡提。生死を欲して出離を求めない者、先天的に仏になる可能性を持たない者、何とも教化され得ない者、如何に修行しても到底さとり得ない者、善根を断ってしまった者。真理の存在そのものを否定するニヒリストをいう。○受苦　五蘊の一つ。この詩は、寒山詩125「我見一癡漢、仍居三兩婦。養得八九兒、摠是隨宜手。丁防是新差、資財非舊有。黄蘗作驢鞦、始知苦在後」および、拾得詩35「常飲三毒酒、昏昏都不知。將錢作夢事、夢事成鐵圍。以苦欲捨苦、捨苦無出期。應須早覺悟、覺悟自歸依」の境地にも似る。○空海　大海。仏教語としては、一切の事物は本来性空であることの喩え。○本源　清浄なる自性、仏性をいう。寒山詩234に「……世間濁濫人、恰似鼠粘子。不見無事人、獨脱無能比。早須返本源、三界任縁起。清淨入如流、莫飲無明水」とある（「無事人」は、寒山当時の禅家の愛用語）。○好漢子　好男子、勇敢なる有為の男子。また、豪傑。「漢」は、寒山詩076に「有漢姓傲慢、名貪字不廉。一身無所解、百事被他嫌。死惡黄連苦、生憐白蜜甜。喫魚猶未止、食肉更無猒」とあり、269に「寄語食肉漢、食時無逗遛。今生過去種、未來今日修。只取今日美、不畏來生憂。老鼠入飯瓮、雖飽難出頭」とある。○知恩「恩」は、恩恵。仏恩。

51

山居離世縁　山居は世縁を離るれば
自得徹機先　自ら機先に徹するを得たり
就樹縛茅屋　樹に就いて茅屋を縛り
近溪聴没絃　渓に近づいて没絃を聴く
採薇充日用　薇を採つて日用に充て
烹雪過殘年　雪を烹《に》て残年を過ごす
不作人間咎　人間の咎を作《な》さず
了無業累牽　了《つひ》に業累の牽《ひ》く無し

山中の住まいは俗世から隔たっているので、自然と禅の機先に集中することが出来る。林の中に庵を結び、渓流のほとりで無弦琴（泉水）の音色を聴く。蕨を採って毎日の糧（修行）とし、雪を溶かして茶を点《た》てて老年を過ごす。世俗の罪を犯すことも無く、終いまで罪業の煩わしさを引きずることも無い。

○機先　禅機（言葉にならない微妙幽玄なる事理）の起こる前。禅機を超越すること。○烹雪　宋の「陶穀烹雪」の故事に基づく。風流人の代名詞であるが、風流を気取る人（これ見よがしに見せつける人）の意もある。○没絃　没絃琴。『碧巌録』37則に、「白雲爲蓋、流泉作琴」とある。○日用　禅法の平時の運用、日常の実践をいう。○殘年　この詩は、寒山詩078「卜擇幽居地、天台更莫言。猿啼谿霧冷、嶽色草門連。折葉覆松室、開池引澗泉。已甘休萬事、采蕨度殘年」に擬す（張石『寒山與日本文化』は、この詩について、078を「脱化」したものだと言う。同韻であり、「幽居」「採薇」「殘年」といった語彙の共通性を根拠として言っていると思われる）。

52

爲僧増上慢　　僧と為りて増上慢なれば
擧事皆狂誕　　事を挙げて皆狂誕なり
毒霧障清霄　　毒霧は清霄に障《さは》り
迷雲遮碧漠　　迷雲は碧漠を遮らん
猛風盡掃除　　猛風尽く掃除すれば
杲日光彌燦　　杲日光弥《いよ》いよ燦く

始徹無私功　始めて無私の功に徹すれば
千差一以貫　千差一《もっぱ》ら以て貫かん

僧侶の傲り高ぶりというものは、やる事なす事すべて取り留めない。その毒気は青天を曇らせ、その闇雲は澄んだ夜空を暗くする。菩薩の風がそれら全てを吹き払うことで、明るい日の光は輝きを取り戻す。傲りの無い徳を徹底的に施すことをすれば、あらゆる対立はすべて万法一如となるのである。

○増上慢　いまだ悟っていないのに、悟ったと思っておごり高ぶること（「増上」は本来、大いにすぐれていること。）　○狂誕　高慢である、思い上がる、身の程知らず。　○猛風『法苑珠林』に「若有宿罪及現造悪極重業者、夢中得見觀世音菩薩、如大猛風吹於重雲、得離罪業、生諸佛前」とあり、観音菩薩の威徳を「大猛風」に喩えている。　○光　つくす、すべて、ことごとく、の意がある。　○無私功　この詩は、寒山詩173「……雖乃得如斯、有爲多患累。與道殊懸遠、拆西補東爾。不達無爲功、損多益少利。有聲而無形、至今何處去」の境地に似る（僧は、有為ではなく、無為の功に達せよという）。　○千差　千差万別《ばんべつ》（漢音)。種々差別の対立をいう。

53　富貴忽壽夭　富貴にして忽ち寿の夭《わかじに》するは
生前殺業多　生前に殺業《せつごう》多ければなり
陰功密炤察　陰功《おんく》密かに照察すれば
不爽半釐毫　爽《たが》はざること半釐毫なり
作福不如意　福を作《な》すは意の如くならず
受福不堅牢　福を受くるも堅牢ならず
誠哉先聖訓　誠なるかな先聖の訓《をし》への
字字重山河　字々山河より重きこと

富貴であるのに夭折するのは、生前に多くの殺生を行なったからである。心密かに功徳について省察していれば、人生寸分も違うことはなかったのである。功徳を積むことは容易ではないし、福徳を賜ることも確実ではない。その様に言う寒山の詩句の教訓が、山河よりも重いことは確かである。

○富貴　この詩は、寒山詩224「死生元有命、富貴本由天。此是古人語、吾今非謬傳。聰明好短命、癡騃却長年。鈍物豊財寶、醒醒漢無錢」に擬す。○壽夭　ここは、寿命が短いこと。（因果応報思想に基づく。長命と夭折、の意もある。）○殺業　殺害の業。殺すという行為。命有るものを殺害する悪業。十悪業の一つ。○陰功　隠れた功徳。

54

翠栢長巖阿　　翠栢巖阿に長じ
蒼松懸碧蘿　　蒼松碧蘿を懸く
枝枝無夭折　　枝々に夭折する無く
日日影婆娑　　日々影は婆娑たり
風韻吹籟响　　風韻籟を吹きて響き
濤音和鳥歌　　涛音鳥に和して歌ふ
檗山會上客　　檗山は上客を会《あつ》め
默默慶三多　　默々として三多を慶《よろこ》ぶ

山肌の岩には松柏が生い茂り、常緑の松には青々とした蔦《つた》が絡まる。どの枝も若枯れすることなく、日ごとに生い茂って舞い上がるかのようだ。松籟は風の好い音を響かせ、鳥の声に合わせて歌っている。そんな黄檗山は上客（善き友）が会下に集まり、静かに三つの功徳をめでている。

○風韻　この詩は、寒山詩229「自見天台頂、孤高出衆羣。風揺松竹韻、目観海潮頻。下望山青際、談玄有白雲。野情便山水、本志慕道倫」に擬す。○濤音　松籟のこと。○三多　多く善友と近づき、多く法音（法を説く言葉）を聞き、多く不浄観を修すること。一説に、多く仏を供養し、多く善友につかえ、多く法要を問うこととも。原詩の「道倫」を承けるとすれば、「善友」を主とする。

55　學禪日唯新　　禅を学びて日び唯だ新たなるのみ
出萃獨超倫　　萃《あつ》まりを出でて独り倫《とも》を超ゆ
弘願時時炤　　弘願は時々に照《かがや》き
度生刹刹塵　　生を度すること刹々塵たり

恐虚閒歳月　　虚しく歳月を閒にするを恐れ
不昧本天眞　　本天真に昧《くら》からず
托出大圓鏡　　大円鏡を托出すれば
光明億萬春　　光明は億万春なり

禅を学んで日ごとに進歩すると、寄り合いから離れて一人の境地に入る。大きく願うは時々刻々と智慧の眼が開くこと、出来る限り多く衆生を救いたい。歳月を無駄にしないように注意を払い、本来の仏性を曇らせないようにする。仏の智慧という大きな鏡を持ち出せば、その光明がどこまでも見渡せるようにしてくれるだろう。

○萃　群がる、寄ってたかる。cf.「會」（寄り集まる）。○倫　この詩は、寒山詩229「自見天台頂、孤高出衆羣。風搖松竹韻、目覩海潮頻。下望山青際、談玄有白雲。野情便山水、本志慕道倫」、および280「本志慕道倫、道倫常獲親。時逢杜源客、毎接話禪賓。談玄月明夜、探理日臨晨。萬機倶泯迹、方識本來人」に擬す。○弘願　広大なる誓願。阿弥陀仏の広大なる誓い（阿弥陀仏の弘願念仏のみが衆生を救う）。○度生　生きとし生ける者を救うこと、衆生を済度すること。　◯刹刹塵　刹塵。無数の意。無数の国土を微塵にしたほど、数の多いこと。無数の国土を粉々にしたもの（この観念は特に華厳経に表明される）。　◯托出　支えて推し出だす。「托」は、推す。手で推し開く。「托鉢」といえば、鉢を支え上げること。　◯天眞　「本天眞」といえば、衆生は本来仏であること。「天眞」は、本来不生、すなわち我々の一心一念はその本来の性を尋ねてみれば、生ぜずして無相であること（天性。作為にかりず、本来そのままである。老荘が説く）。寒山詩168に「世有多事人、廣學諸知見。不識本眞性、與道轉懸遠。若能明實相、豈用陳虚願。一念了自心、開佛之知見」とある。なお、「不昧本來人」といえば、仏性を具える主体をいう。　◯大圓鏡　仏の智慧を大きく曇りのない鏡に喩える。「大圓鏡智」は、大円鏡に全ての像がそのまま映し出されるように、全てのものをありのままに現わし出す仏智をいう、云々（中村元『佛教語大辞典』参照）。

56

衲僧貴離塵　　衲僧《なふそう》は塵を離るるを貴び
勿昧本來人　　本来の人を昧《くら》くする勿し
潔己氷霜月　　己を潔くするは氷霜の月
利生應化身　　生を利するは応化《おうけ》の身

眼開覺幻夢　眼開けば幻夢を覚まし
靜極自通神　静かさ極まれば自ら通神す
堪嘆四生子　嘆くに堪へんや四生子の
何時出苦輪　何《いつ》れの時にか苦輪を出づや

禅僧である私は俗世から離れることを大切にし、本来の仏性を曇らせることはない。自らの高潔さは氷のように冴える月のようであり、衆生を救うためには様々な姿に身を変える。物事を見抜けば衆生を幻から目覚めさせることが出来、禅を極めれば自分自身の心神すべてが見渡せる。嘆かわしいのは生まれては死ぬことを繰り返す衆生である、いつになったら輪廻の苦しみから抜け出せるのか。

○本來人　自心の本性、本来の面目を分かっている人。「不昧本來人」といえば、仏性を具える主体。（Ｉ17詩の注参照。）　○利生應化身　「應化利生」は、諸々の仏や菩薩が姿を現し、衆生のために法を説き、悟りを開かせ、利すること。「應化身」は、「応化、応身《おうじん》、化身、応現」とも。仏に想定された三つの身体（「三身」）の一つで、世間の衆生を普度するために化現《けげん》する様々な身体（父母が生む所の身を含む）。また、化現すること。○通神　「通神者」といえば、釈尊、仏のこと。「通神」は、心神全てに通じていること。○四生子　仏教では衆生に「卵生、胎生、湿生、化生」の四種の生成方式が有るとする。したがって、衆生は四生である。「四生六道、六道四生」は、広く生死輪廻世界の衆生をいう。「六道」は、地獄、餓鬼、畜生、阿修羅、人間、天上。○苦輪　この詩は、寒山詩214「可畏輪廻苦、往復似翻塵。蟻巡環未息、六道亂紛紛。改頭換面孔、不離舊時人。速了黒暗獄、無令心性昏」に擬す。

57

光陰催髪白　　光陰は髪の白きを催し
斷不再青春　　断じて再びは青春ならしめず
古路雲迷久　　古路は雲の迷ふがごと久しきも
寒山日上新　　寒山は日の上るがごと新し
大開正法眼　　大いに正法の眼を開き
炤徹昔時人　　昔時の人を照徹す
堪作同心友　　作《な》るに堪へんや同心の友の

啄磨愈切親　　啄磨して愈いよ切に親しむに

過ぎ行く時間は白髪を増やし、決して二度と若い時に戻ることはない。仏祖の実践された道は漂う雲のように時間が経って行くが、寒山は今昇ったばかりの太陽のように新鮮だ。真理を見抜く智慧の眼を大きく見開き、往時の人（仏祖、寒山）の事を見極めよう。出来ることなら同心の友となり、切磋琢磨して一層親しくなりたいものである。

○古路　仏祖の実践した路、仏祖の行った大道。（「古路坦然」等、『五燈會元』には頻出。）
○日上　日が昇る。逆に「日下」といえば、日が落ちる。○新　この詩は、拾得詩38「若論常快活、唯有隠居人。林花長似錦、四季色常新。或向巖間坐、旋瞻見桂輪。雖然身暢逸、却念世間人」に擬す（同韻。拾得が寒山を慕っている）。○正法眼　禅者が事物を観察し、真理を認識する智慧の眼光。

58　造化無私力　　造化《ぞうけ》の無私の力は
　　功成不宰功　　功成るも功を宰《つかさど》らず

山靈鍾間氣　山霊間気を鍾《あつ》むれば
人傑起騒風　人傑騒風を起こす
説有奚曾有　有りと説くも奚《なん》ぞ曽《かつ》て有らんや
彈空豈礙空　空を弾ずるも豈に空を礙《さまた》げんや
先賢忘管帶　先賢は管帯するを忘れ
逗漏一腔中　一腔の中《うち》に逗漏せり

天地自然の持つ無私の力というものは、手柄を立ててもそれを独り占めしたりはしない。山の神がその並外れた天地の気を集めることにより、優れた人物が生まれ（仏法の）文風を吹かせることになる。無私の力は有るとは言ってもこれまで手柄を誇示したことはないが、それではと自然界の空間を爪はじきしてみた所で空間の手柄を邪魔だてはできない。人傑として生まれた寒山はその天地自然から与えられ引き受けた手柄の管理を忘れたのだろう、それが腹の中から明らかに漏れ出ている。

○造化　自然。この詩は、寒山詩092「天高高不窮、地厚厚無極。動物在其中、憑茲造化力。

争頭覓飽暖、作計相噉食。因果都未詳、盲兒問乳色」に擬す（「色」が見えないことを、永遠に真理が分からないことの喩えとする）。 ○不宰功　我が無い、命令者とならない。「宰」は、主人づらする、我が物とする。（Ⅰ65詩の注参照。） ○山靈　山の神。天地の気や山川の霊が鍾まると、聖賢や人傑が生まれるという。Ⅰ55詩には「偶提實相印、印破此山靈」とある。 ○間氣　もともとは英雄偉人をいう。天上の星の象に応じ、天地の特殊な気を稟け、世を間《へだ》てて出現するので、「間」という。 ○起騷風　「騷風」は、騷人の風雅、風流、憂愁清涼な詩風、風骨。Ⅱ16詩の「起風騷」と同じであるとすれば（押韻と「起…風」の関係から語順を変えたと見れば）、風流、風情、仏法の気高い風趣。 ○彈空　「彈空説嘴」といえば、高調を唱えながら実は空話を説いていること。 ○礙空（碍空）「無碍空有」といえば、「無碍」は、障り無く自由であること。「空有」は、諸法は因縁によって生ずると見れば「有」、それは本来無自性であると見れば「空」であるということ。 ○管帶　管理、管轄する。また、考えを持つ、思慮思惟する。「管」は、うけがう意で、その意を領得すること。「帶」は、身につけることで、その意を体得し寸刻も忘れないこと。管取（保証する、引き受ける、肯定する）。「管帶一路」といえば、仏法の真実義を体得した境地をいう。（『五燈會元』に散見する語。）Ⅰ29詩に「夜來忘管帶、逗漏數聲鐘」との表現がある（これまで身につけ引き受けて来たもの）。　〇逗漏　漏れ出る。（Ⅰ29詩の注参照。）

59

天生美丈夫　　天は生む美丈夫
豈敢違天命　　豈に敢て天命に違《たが》はんや
返照本來人　　本来の人を返照し
不迷固有性　　固有の性に迷はず
莊嚴素法身　　荘厳なるは素き法身
潔淨大圓鏡　　潔浄なるは大円鏡なり
鑑物了無私　　物を鑑らして了《つひ》に私無ければ
人天咸皈敬　　人と天と咸《みな》帰敬す

天が寒山を生んだのである、どうして寒山が天命に反しよう。本来の内なる仏性を見つめ、その仏性（本性）を見誤ることが無い。一切の仏法を具えるその身体は荘厳であり、鏡のようなその仏の智慧は全く曇ることが無い。ものを見抜くのに私心を入れないので、人も神々もともに帰順し敬服するのである。

○美丈夫　「丈夫漢」といえば、参禅者。五欲七情に動かされない者。「美丈夫」は、背筋が伸び、好い顔をし、品よく歩き、話し方が整い、声が響く人。寒山詩163は「丈夫」について「男兒大丈夫、作事莫莽鹵。勁挺鐵石心、直取菩提路。邪路不用行、行之枉辛苦。不要求佛果、識取心王主」と詠む（「心王」は、当時の禅家の愛用語）。○返照　返照回光。外に向かって物を見ようとする眼光を止め、自らの身と心を見ること。○本來人　自心の本性、本来の面目の分かっている人。（Ⅰ17詩の注参照。）○固有性　本性を持っていること（「有性」。仏性の無いことをいう「無性」の対）。○法身　「三身」（法、報、化）の一つで、その身に一切の仏法を具有していること。法の集まり。法としての身体。○大圓鏡　仏の智慧を大きく曇りのない鏡に喩える。「大圓鏡智」は、大きな円鏡に全ての像がそのまま映し出されるように、全てのものをありのままに現し出す仏智をいう。○人天《にんてん》　この詩は、拾得詩28「無去無來本湛然、不居内外及中間。一顆水精絶瑕翳、光明透滿出人天」の境地に似る。「人天」は、人々。また、人と天界の有情の神々。（Ⅰ48詩参照。cf.「天人《てんにん》」といえば、天界の有情の神々。）

60

仁人多意氣　　仁人は意気多く
不昧本來智　　本来の智に昧《くら》からず
勿論質愚賢　　質の愚賢を論ずる勿く
只隨其法器　　只だ其の法器に随ふのみ
無求大丈夫　　無求《むぐ》の大丈夫なり
豈抑小人志　　豈に小人の志を抑へんや
天道貴無私　　天道は私無く
等平而已矣　　等平なるを貴ぶのみ

仁徳を行おうとする人は精神力が旺盛で、自分の仏性に具わる智慧も曇っていない。賢者か愚者かを問うまでもなく、ただ仏法を接受伝承できるその素質にのみ委ねている。他には何も求めず執着の無い一つ端《いっぱし》の人物なのである、どうして匹夫の志を奪うようなことまでしようか。天の在り方というのはただ一つ私心が無く、片寄りの無いことが大切なのである。

○仁人　徳行の有る人。この詩は、寒山詩149「他賢君即受、不賢君莫與。君賢他見容、不賢他亦拒。嘉善矜不能、仁徒方得所。勸逐子張言、拋却卜商語」（卜商、字は子夏。子張とともに孔子の門人。『論語』子張「子夏曰、可者與之、其不可者距之」の信用の置ける人を可とする考え方）と、239「寄語諸仁者、復以何爲懷。達道見自性、自性即如來。天眞元具足、修證轉差迴。棄本却逐末、只守一場獃」（仁者は、仏教では相手に対する尊称）との二首に擬す。○意氣　志向、精神。○不昧本來　「不昧本來人」といえば、仏性を具える主体。○法器　上等の根器（仏法を接受伝承する素質）を有し、十分に道法を伝承できる僧侶をいう。○抑…志　『論語』の「匹夫不可奪志」を踏まえる（cf.『楚辭』の「屈心而抑志兮」は、自己の志向を抑制する意）。○無求　無求無著《むぐむじゃく》。何ものをも求めず、何ものにも執らわれない心の境地。○大丈夫　五欲七情に動かされない者。寒山詩163に「男兒大丈夫、作事莫莽鹵。勁挺鐵石心、直取菩提路。邪路不用行、行之枉辛苦。不要求佛果、識取心王主」とある（「心王」は、当時の禅家の愛用語）。「丈夫漢」といえば、参禅者。○天道　仏教では、地獄、餓鬼、畜生、阿修羅、人間、天上（天人の有情の世界）の六道を輪廻するうちの一つ。

61　退居無事翁　退居無事の翁

日用自知足　日用自ら足るを知る
渇飲幾杯茶　渇きては幾杯かの茶を飲み
飢湌兩度粥　飢ゑては両度の粥を餐《く》らふ
時時炤本來　時々本来を照らし
念念惜微福　念々微福を惜しむ
未答老空王　未だ答へず老空王の
心懸松下屋　心の松下の屋に懸かるに

別院の松隠堂に隠棲安居する年寄りの私は、普段の禅の生活ではこれ以上望むものはない。のどが渇けば何杯かの茶を飲むし、腹が減れば日に二回の粥《かゆ》をする。時々刻々絶えず我が心の内に仏性を確認し、刹那々々善を積んで得られる微かな福報を大切にする。いまだ仏心に応《こた》えられていないことが、ここ松隠堂での気がかりなのである。

○無事　この詩は、寒山詩246「一生慵懶作、憎重只便輕。他家學事業、余持一巻經。無心裝標軸、來去省人擎。應病則説藥、方便度衆生。但自心無事、何處不惺惺」などの境地に似る。

○日用　禅法の平時の運用、日常の禅の実践をいう。○飡　「飡・飧」字＝「餐」字。○本來　本心、本来心。本性、仏性。（Ⅰ51詩参照。）○念念　外界の刺激に応じて一刹那一刹那記憶にしっかり刻む心の働き。念念遷滅。「一念」といえば、極めて短い時間（一念万年、万年一念）。○空王　仏の尊称。仏教では世界は一切空であるので、空王と称する。空王仏。○心懸　心の気がかり。

62

老人無別事　　老人に別事無く
心靜般般足　　心は静かにして般々として足る
適趣一閒吟　　趣きに適《かな》ふは一閑吟
養生唯薄粥　　生を養ふは唯た薄粥のみ
探梅潔性貞　　梅を探りては性の貞なるを潔くし
烹雪享清福　　雪を烹《に》ては清福を享《う》く
忘却八千秋　　八千秋を忘却し
籌添滿海屋　　籌をば添へて海屋を満たさんとす

老人の私にはこれと言った出来事は何も無く、心は何もかも静かで満ち足りている。心に適《かな》う趣きと言えば詩を詠むこと、健康を保つのは薄い粥である。梅花を探索すれば我が本性の正しさが清められ、雪を溶かして茶を点《た》てれば善を積んだ福報となる。蓬莱島の大椿の樹齢八千年のことなど気に留《と》めず、ここで一年々々歳を数えて長寿でありたい。

○般般　斑斑。種々様々。また、彩りが美しい様。　○養生　この詩は、寒山詩270「自從出家後、漸得養生趣。伸縮四肢全、勤聽六根具。葛衣隨春冬、糲食供朝暮。今日懇懇修、願與佛相遇」の境地に似る。　○烹雪　茶を点てるための取水。宋の「陶穀烹雪」の故事に基づく。風流人の代名詞であるが、風流を気取る人（これ見よがしに見せつける人）の意でもある。　○八千秋　蓬莱に在るという大椿は、樹齢八千年という。　○籌添海屋　海屋籌添、海屋添籌。長寿を言う。後、長寿を寿《ことほ》ぐ語となる（『東坡志林』の「三老語」に基づく）。「籌」は数取り（点数）、「添」は増す、加える意。「海屋」は、海上にあるという、伝説上の仙屋。

63

休休一老叟　休々たり一老叟
自得隠松居　自ら松に隠るるの居を得たり
探勝興無盡　勝れたるを探つては興に尽くる無く
對機樂有餘　機に対しては楽しみに餘《あま》る有り
清幽彈雅誼　清幽は雅誼を弾き
翠靄逼空虚　翠靄は空虚に逼《せま》る
忽得其中趣　忽ち其の中《うち》の趣きを得《う》れば
萬縁盡掃除　万縁尽く掃除す

道を楽しんで安泰の老人である私は、そのまま松隠堂に隠居している。あちこち景勝を探索しては興味は尽きず、禅機と出会えるので楽しみも有り余るほど。景勝のすっきりとした奥深さは自然が持つ厚意というものを見せ、回りの緑の靄は空の境地にまで追い込んでくれる。そのような楽しみを得られてこそ、すべての因縁から解放されるのである。

○休休　心がゆるやかなさま。道を楽しんで安らかなさま。　○隠松居　Ⅱ24詩にも「寒山一片月、唯炤隱松居」とある。◯勝　この詩は、寒山詩178「憶昔遇逢處、人間逐勝遊。樂山登萬仞、愛水汎千舟。送客琵琶谷、攜琴鸚鵡洲。焉知松樹下、抱膝冷颼颼」に擬す（反対模倣。友誼を詠む）。また、拾得詩36「雲山疊疊幾千重、幽谷路深絶人蹤。碧澗清流多勝境、時來鳥語合人心」の境地にも近い。◯彈雅誼　「雅誼」は、厚意、情誼、深く手厚い情。「高情雅誼」。「誼」は、よしみ、交誼。I93詩に「大方尚雅誼」とある。なお「彈雅…」は、「劉昆能彈雅琴、知清角之操」等の用例が見られ、多くは、琴を弾《ひ》く意。◯趣　寒山詩に「自從出家後、漸得養生趣」とある。

64

懶得描空虛　　空虛を描くに懶《う》み得《え》
林間樂自如　　林間楽しみて自如たり
頭頭非別物　　頭々別物に非ず
處處獨逢渠　　処々独り渠《かれ》に逢ふのみ
舌卷風騷盡　　舌は風騒を巻きて尽くし
胸藏華藏餘　　胸は華蔵を蔵して餘《あま》れり
有時宣半偈　　有るいは時に半偈を宣《の》ぶれば

勝讀五車書　　五車の書を読むに勝れり

架空を描いてみせることに飽き、そのまま林間を楽しむようになった。林間にはあれこれ別物が有る訳ではなく、到る処ただ永劫不変の真理があるだけだ。口はその林間の仏法の風情を読み取り、胸中は極楽浄土の蓮華で満杯になる。そんな折りにちょっとした詩偈を詠めば、万巻の書を読むよりは遥かに勝っていよう。

○描空虚　昔の画師の僧繇や道子は龍や地獄図など架空のものを描くのは上手かったが、実在の志公師は描けなかったことが、寒山詩193に「余見僧繇性希奇、巧妙間生梁朝時。道子飄然爲殊特、二公善繪手毫揮。逞畫圖眞意氣異、龍行鬼走神巍巍。饒邈虚空寫塵跡、無因畫得志公師」と詠まれている。○林間樂　寒山詩に「自羨山間樂、逍遙無倚託」とある。○頭頭　毎件。事々、処々、様々。また「頭頭是道」といえば、到る処に道法は存在する、事すべて禅機をあらわす意。後、話をしたり事を行ったりする際に、どれも惜しみなくすることをも意味する。○渠　「かれ」の意であるが、ここは本来の面目、真如の法身をいう。或いは、寒山か。○風騷　風流、風情、仏法の気高い風趣。○華藏　「華藏世界」は、釈迦の法身の居る処。大乗仏教が信奉する極楽世界。その中には大きな蓮の花が有るので、言う。蓮華蔵世界、華厳蔵世界。　◯半偈　中途半端、出来損ないの詩偈。また「後半偈」といえば、雪山偈の後半の八字「生滅滅已、寂滅爲樂」をいう。釈迦は前世雪山で修行し、この八字を聴いて捨身したという。　◯勝讀…書　この詩は、寒山詩313「家有寒山詩、勝汝看經卷。書放屏風上、時時看一偏」に擬す。

65

隱隱長松下　隠々たり長松の下
憨憨一老誠　憨々《かんかん》として一老誠なり
却愁雲蔽月　却《かへ》つて愁ふ雲の月を蔽《おほ》ふを
且喜雪中晴　且《しばら》く喜ぶ雪中に晴るるを
密護西來意　密かに護る西来の意
無耽世上榮　世上の栄えに耽る無し
逢人聊指示　人に逢へば聊《いささ》か指示す
覩體自圓明　体に覩《あ》へば自ずから円明《ゑんみやう》なりと

私は別院の松隠堂に隠居し、素朴な一老人としての誠意を貫いている。雲が月を覆えば心寂しくなるし、雪続きの日に晴れれば嬉しくなる。心密かに達磨大師（或いは自身）西来の意味を信念とし、世俗の繁華に心奪われることは無い。衆生と出会えば少しは禅を教える余裕もある、ものごとの実体さえ見えていればそれで完璧なのだと。

○憨憨　質朴なさま。また、おろかな様。　○西來意　「祖師西來意」の省略した言い方。禅宗の初祖菩提達磨が西方（印度）から東土（中国）に来て伝授した禅法の意旨（Ⅰ57詩参照）。ここは、隠元自らの西来をいうか。　○榮　この詩は、寒山詩172「我見世間人、茫茫走路塵。不知此中事、將何爲去津。榮華能幾日、眷屬片時親。縦有千斤金、不如林下貧」の境地に似る。　○觀體　本来の真如実相と出会うこと、ものごとが真如を呈すること（Ⅱ40詩参照）。　○圓明　みごとで完全なこと。円満明朗、完全に明朗であること。

66　出格大家子　　格を出づ大家の子
風標不易常　　風標は常を易《か》へず
一毫周法界　　一毫法界に周ねく

半偈徹諸方　　半偈諸方に徹る
夜靜霜月白　　夜静かなれば霜月白く
春肥花艸香　　春肥ゆれば花艸香る
觸翻老巴鼻　　老巴鼻を触翻すれば
天下却無藏　　天下に却つて蔵する無し

所謂《いわゆる》もの惜しみする高貴な家とは異なる高貴な家の子は、その風采たるや通常の子と変わらない。些事でも普通に法界に広く通用するし、ちょっとした詩偈でも作れば各方面に伝わる。夜が静かであれば凍てつく月も白く冴え、春がたけなわであれば草花も自然と香るようなものだ。禅への切っ掛けを嗅ぎつける本来の鼻を利かせている者であれば、天下は逆にもの惜しみはしないのである。

◯出格　普通の規格外であること。尋常とは異なる、常識では捉えられないこと（『臨済録』では、仏法を接受伝承できる素質である所の「根器」が格別に優れていることを言う）。「格外」といえば、俗世の通常の分別理念と知識見解を超越していること。禅法の真諦を明らかに見ることが出来ること（「格」はもと、張り出した枝の意。隠元の偈に「老葉蒼黄飄格外、新英秀氣發中枝」とある）。○大家子　高貴な家の子弟。また、世家望族。○風標　風采（瀟洒な姿態）、風度、品格、風格。『五燈會元』には「歸家隱坐」の対《つい》としての「出格風標」の用例が見られる。○易常　もとを変え、常を易《か》える。変古易常。○一毫　一本の毛。小さいもの、纔かなものの譬え。○觸翻　「觸…鼻」は、香が嗅覚を刺激すること。「觸」は、鼻をくっつける。感覚器官と対象との意識作用の接触をいう。Ⅱ07詩に「觸翻舊鼻孔、逗漏遍三千」と見える。「觸飜」はもと、引っ繰り返す意。○巴鼻　禅法を領悟するときの着手のところ、悟入のところ。禅機、機鋒をいう。（Ⅰ51詩参照。）○無藏　蓄積しない。また、隠さない意。漏れ出る。この詩は、寒山詩104「富兒會高堂、華燈何煒煌。此時無燭者、心願處其傍。不意遭排遣、還歸暗處藏。益人明詎損、頓訝惜餘光」に擬す（反対模倣。寒山は、富家の子は餘光でさえも惜しむと詠み、隠元は、まともな大家の子は何も出し惜しみしたりしないと詠む）。

67　英靈具隻眼　　英霊は隻眼を具《そな》へ
日用任騰騰　　日用は騰々たるに任す

盛世家聲振　盛世は家声振ひ
聖朝祖道興　聖朝は祖道興る
和風鳴道樹　和風は道樹を鳴らし
皎月映禪燈　皎月は禅燈を映す
摻入雲濤會　摻入す雲涛の会《ゑ》の
堪承格外僧　格外《かくげ》の僧を承くるに堪ふるに

不思議なほど抜群に優れている人は智慧の眼光を具《そな》え、普段の日々の実践は無為自在でいる。繁栄の世では禅門の名声も高まるし、善政が敷かれていると祖師の教えも盛んになる。和やかな薫習の風は悟りの菩提樹を吹き鳴らし、曇らない鏡のような月は禅の灯に輝きを添える。禅の会下（集い）にそのような優れた人が参入すれば、世俗の分別や見解を超越した僧として迎え入れられるであろう。

○英靈　英靈底漢。秀でて霊妙不可思議な者、抜群で並ぶ者の無い大力量の人をいう。この詩は、寒山詩038「余曾昔觀聰明士、博達英靈無比倫。一選嘉名喧宇宙、五言詩句越諸人。爲官治化超先輩、直爲無能繼後塵。忽然富貴貪財色、瓦解氷消不可陳」に擬す（反対模倣。寒山詩に於ける「英靈」の用例は、この一首のみ。世が「英靈」をどのように受け入れるかを詠む）。○隻眼　一隻眼。法眼をいう。すなわち事物の真相を観照し、禅法の真理を認識できる智慧の眼光。○日用　禅法の平時の運用、日常の実践。○騰騰　任運騰々。仏教では、無為自在のさま。○家聲　一族の世に伝わる名声名誉。○祖道　禅宗の道法。○風　宗風、禅風。○道樹　その下で仏が悟りを開いた樹。菩提樹。弥勒菩薩の場合は、龍華樹。○禪燈　禅の伝承。○搒入　開かれた門に進んで入ること。「搒」は、せまる、せめる。押し入る意。○雲濤會　「雲會《うんゑ》」は、雲のように集まること。雲集。○格外　通常の分別理念と知識見解を超越すること。（Ⅰ69詩参照。）

68

萬事不干懷　　万事は懐ひを干《をか》さず
寸陰唯寶惜　　寸陰のみ唯だ宝のごと惜しむ
艸長山山綠　　艸長ずれば山々は緑に
梅敷點點白　　梅敷けば点々として白し
雪霜時漸消　　雪霜時に漸く消え

雨露日増益　雨露日に増すます益す
最喜今朝晴　最も喜ぶ今朝は晴れ
携筇任所適　筇を携へて適《ゆ》く所に任するを

どんな物事にも胸中を乱されることは無いが、只だ貴重な時間だけは惜しまれる。草が延びれば山々は緑に染まり、梅花が咲けばあちこちが白く色づく。雪や霜は次第に消え、雨や露の日が日ごとに増して行く。嬉しいのはそのような今日が晴れ渡り、杖を携えて行きたい所に気儘《きまま》に行けることだ。

○不干懐　心や懐《おも》いを掻き乱さないこと。　○晴　この詩は、寒山詩154「寒山多幽奇、登者皆恆懾。月照水澄澄、風吹草獵獵。凋梅雪作花、杌木雲充葉。觸雨轉鮮靈、非晴不可渉」に擬す（反対模倣。山、草、梅、雪、雨、晴が共通する。晴れれば山を跋渉できることを詠む）。　○筇《きょう》（筇）　杖（杖にするのに適した竹）。　○任　寒山詩に「任運還同不繋舟」とある（「任」は、寒山の常套語）。

69

返觀常自在　　返観は常に自在
覿體是金仙　　体に覿《あ》ふは是れ金仙なり
滄海時增減　　滄海時に増減するも
寒山無變遷　　寒山は変遷する無し
心空周法界　　心空なれば法界に周く
性等一愚賢　　性等しければ愚賢を一にす
日用風光裏　　日用は風光の裏《うち》
長眠不夜天　　長眠するは不夜の天なり

自我の反省がいつも自在であり、ものの実体を見抜けるのならまさしく仏である。滄海変じて桑畑となるような長い時間であっても、寒山は変化することがない。心が空であるので仏教世界に広く浸透し、仏性は平等であるので賢も愚も無い。日常の禅の実践は仏性のままであり、いつでも塵の無い明月のもとで安眠できている。

○返観　返観内視、返観内照。返視内照、仏性を用いて対照し検証すること。後、自我の反省をいう。禅宗では、返照、廻光返照に同じ。　○覿體　本来の真如実相と出会うこと、ものごとが真如を呈すること（Ⅱ40詩参照）。　○金仙　仏のこと。　○日用　禅法の平時の運用、日常の実践。　○風光　風情。また、栄誉、面目、体面、体裁。（Ⅰ06詩参照。）　○不夜天　一晩中月明かりの夜。そこは無塵の地である。この詩は、寒山詩025「智者君抛我、愚者我抛君。非愚亦非智、従此斷相聞。入夜歌明月、侵晨舞白雲。焉能拱口手、端坐鬢紛紛」に擬す（「夜、明月」は、寒山の愛用語）。

70

萬物皆無常　万物は皆無常にして
虚空没變遷　虚空は変遷する没《な》し
吾心同一體　吾が心は同一体なれば
烈火不能然　烈火も然やす能はず
返炤離名謂　返照しては名謂を離れ
對機別要玄　機に対しては玄を要《もと》むるに別る
渾身生鐵鑄　渾身は生鉄鋳なり
愈煉愈光鮮　愈いよ煉れば愈いよ光り鮮かなり

万物は全てが変化するが、空は変化がない。吾が心は空と同一体であるから、どんなに燃えさかる火も燃やすことは出来ない。心を見つめ直しては名ばかりから距離を取り、禅の切っ掛けと向き合っても奥深さに捉《とら》われることはない。吾が全身は鉄鉱石であり、鍛錬すればするほど光り輝くのである。

◯同一體　本質が同じであると見ること。本体と同じであること。また、仏、菩薩が衆生と自己を同体であると観じること。◯返炤　返照回光。外に向かって物を見ようとする眼光を止め、内なる自らの身心を見つめること。◯名謂　名称。◯要玄　道理や禅機は奥深く微妙であるべきだということ。◯生鐵鑄　「生鉄」は、まだ冶錬を経ていない鉄鉱石。鋳鉄になる。剛強の人に喩える。「生鐵橛」といえば、禅語の機鋒が緻密玄妙であって、極めて参究し難いことの喩え。この詩は、寒山詩163「男兒大丈夫、作事莫莽鹵。勁挺鐵石心、直取菩提路。邪路不用行、行之枉辛苦。不要求佛果、識取心王主」に擬す（「心王」は、当時の禅家の愛用語）。

71　鼻孔忽撩天　　鼻孔《びく》忽ち天に撩《いど》めば

昂藏不受穿　　昂蔵として穿つを受けず
外嚢皮袋子　　外は皮袋子に嚢《つつ》み
内秘活金仙　　内は活金仙を秘む
處處現靈彩　　処々霊彩を現し
頭頭合管絃　　頭々管絃に合す
心花開脳後　　心の花は脳後に開き
果結未萌前　　果の結ぶは未だ萌えざるの前なり

禅を悟り鼻が天に達している者は、並外れているので牛のように鼻輪を掛けられることは無い。外はがたいで覆われ、心中は生き仏を抱いている。到る所で精彩を放ち、あらゆる場面で天楽と合奏する。このような（上乗根器の）者の心の花は振り返ってみると既に咲いているのであり、心の果実は芽吹く以前からもう実っているのである。

○鼻孔忽撩天　「鼻孔遼天」（鼻孔天に遼《いど》む）に同じく、禅法を省悟し、超然として世を脱すること。また、鼻が天にまで達し、心は隠しようが無いこと。「撩」は、いどむ、挑発する、からかう、かかずらう意。なお、「無鼻孔」といえば、未だ禅法を悟らないこと。（Ⅱ07詩参照。）　○昂藏　度胸が並みでないさま。意気盛んなさま。体格が堂々として立派であること。「昂藏七尺」といえば、容姿や性格が壮大である男児。　○受穿　「穿却鼻孔」のこと。牛の鼻に縄を通すことをいい、外物の影響を受け、超脱自在になれないことを喩える。修行者を正しく導く意。　○皮袋子　「皮袋」は、躯体。　○活金仙　「活佛」といえば、仏の生まれ変わり。この詩は、寒山詩298「我見利智人、觀者便知意。不假尋文字、直入如來地。心不逐諸縁、意根不妄起。心意不生時、内外無餘事」の境地に似る。　○頭頭　毎件。事々、処々、様々。「頭頭是道」といえば、到る処に道法は存在する、事すべてが禅機をあらわす意。また、頭頭脳脳、道を領悟した人をいう。後、話したり事を行ったりする時に、どれも惜しみなくすることをいう。　○管絃　仏教では、天楽をいう。「管絃講」といえば、管絃を奏でて営む法事。　○心花　心の内に発く花。この花が発けば、天は金花を降らせて讃歎するという。　○脳後　後頭部（急所）、頭の後ろ。また、過ぎ去ったこと、以前の話。記憶外をいうこともある。『五燈會元』琅邪智遷禪師に「脳後一枝花」とある。師家が修行者の心を開き導く意。　○未萌前　Ⅱ99詩に「聊開正法眼、爍破未萌前」とある。

72

日午正三更　日午は正に三更
懐開離謂名　懐ひは開きて謂名を離る
不増亦不滅　増さず亦た滅ぜず
何壊復何成　何をか壊《こぼ》ち復た何をか成さん
覷破華胥夢　華胥の夢を覷破《そは》すれば
豈耽傀儡榮　豈に傀儡の栄えに耽《ふけ》らんや
尋常事無別　尋常にして事に別無く
四海一昇平　四海は一《もっぱ》ら昇平なり

昼下がりはまさに真夜中と同じく、心が名ばかりのものから解放される。何も増さず何も減らず、何かが壊れたり出来上がったりすることもない。真昼の夢とはそういうものだと見抜けたのである、どうして操り人形となって夢中の喜びに情を動かされたりしようぞ。至って尋常であって何事もおこらず、天下というものはひたすら太平なのである。

○覷破　「覷」は、深く見る、窺い見る、窺い見て見抜く（「破」は、動詞の後に付き、極度をあらわす）。（Ⅰ44詩参照。）　○華胥夢　華胥氏の国での昼寝のこと。『列子』黄帝篇の「夢遊華胥氏之國」の伝説に基づく。華胥は伏羲氏の母で、その国は平和安楽の境地に在る。国に師長無く、民に嗜欲無く、自然なるのみ。この詩は、寒山詩044「獨臥重巖下、蒸雲晝不消。室中雖瞈靉、心裏絶喧囂。夢去遊金闕、魂歸度石橋。拋除鬧我者、歴歴樹間瓢」に擬す。

○傀儡　寒山詩290に「寒山出此語、此語無人信。蜜甜足人嘗、黄蘗苦難近。順情生喜悦、逆意多瞋恨。但看木傀儡、弄了一場困」とある（寒山詩および隠元の「傀儡」詠は、ともにこの一例のみ）。

73

巖居遠世情　　岩居は世情を遠ざけ
兀坐證無生　　兀坐《ごつざ》すれば無生を證す
不戀空花影　　空花の影を恋はず
豈圖兎角榮　　豈に兎角の栄えを図らんや
皈元常寂寂　　元に帰すれば常に寂々
徹底坦平平　　底に徹れば坦として平々なり
坐斷主中主　　主中主を坐断すれば

菩提果自成　菩提は果して自ら成らん

岩窟の住まいは世情とは遠ざかり、じっと一人坐っていれば一切が無生無滅であると悟れる。幻の花の影を追い求めることは無いのである、どうして名ばかりの栄華を手に入れたりしようか。世情の迷いから本来に立ち返れば常に心静かであり、最も深い所に到り着けばそこは至って平坦である。坐禅は禅師の指導とは別ものだと分かれば、解脱の智慧の獲得（悟り）は言われているように自然と出来上がる。

○兀坐　動かずじっと坐る。坐禅。寒山詩022に「有一餐霞子、其居諱俗遊。論時實蕭爽、在夏亦如秋。幽澗常瀝瀝、高松風颼颼。其中半日坐、忘却百年愁」とある（「坐」は寒山の愛用語）。○無生　仏教では一切の事物の真実の性質は無生無滅であると看做す。○兎角榮　「兎角」は、兎の角（また、亀の毛）すなわち、ただその名のみ有ってその実体の無いもの。○徹底　『五燈會元』にいう「透頂徹底」が「透頂透底」と同意であるとすれば、一切の事柄を透脱《ちょうとつ》する意。全てのものに執われることのない、絶対の境地を体得すること。○坐斷　坐禅の力によって迷いを断つこと。截除《せつじょ》、截断する。多くは禅機の「施設《せせつ》」（方法、手段、手法、手だて）に用いられ、言語知識、区別妄念を截除することをいう。禅法を伝承する本色の手段。坐断の対象は、千差、乾坤、舌頭、十方、言語など。◯主中主　仏教教理の大綱である臨済四賓主の一つ。主（師家）と賓（客、修行僧）との交渉や応酬の有様を四つに分ける。「主中主」は、そのうちの主看主にあたり、師家も修行僧もともに力量があるものをいう（臨済宗の主看主は、禅法を領悟した修行僧と、得道した禅師との出会いを言い、機鋒は契合する）。cf.曹洞四賓主。◯菩提　世俗の煩悩を断絶し、解脱の智慧を獲得すること。また、仏教の真諦に対する悟りをいう。寒山詩163に「男兒大丈夫、作事莫莽鹵。勁挺鐵石心、直取菩提路。邪路不用行、行之枉辛苦。不要求佛果、識取心王主」とある（「心王」は、寒山当時の禅家の愛用語）。

74

千丈寒巖下　千丈なる寒岩の下
休休一個人　休々たり一個の人
常彈格外旨　常に格外《かくげ》の旨を弾じ
不染世間塵　世間の塵に染まらず
知足身安樂　足るを知りて身は安楽

潛脩日又新　　潜修して日に又た新たなり
恐孤面壁漢　　面壁の漢に孤《そむ》くを恐れ
返炤本天眞　　本天真を返照す

千丈もある寒岩のもとに、道を楽しみ心安らかな人が一人いる（寒山である）。世俗の分別知見の超越について考え、世間の汚れに染まることはない。足りることが分かっているので我が身は楽しく安らかであり、地道に淡々と内面の修行を積んでいるので日々新鮮である。（坐禅の修行者としては）達磨大師に背かぬよう心を配り、我が本来の仏性を見極めようと勤めている。

○休休　心ゆるやかなさま、道を楽しんで安らかなさま。　○格外　通常の分別理念と知識見解を超越すること。（Ⅰ69詩の注参照。）　○潛脩　世俗との交わりを絶ち、宗教者と結んで、内面的に地味に、かつ昼夜真面目に宗教的生活をやり徹《とお》すこと。隠密潜修、潜修密證。　○面壁　禅法を体得し文字言語による詮索を超越するために壁に向かって坐禅すること。達磨や唐の魯祖和尚が行なっている。　○天眞　「本天眞」「天眞佛」といえば、衆生は本来是れ仏であることを意味する（永嘉玄覚「証道歌」より出る語）。「天眞」は、本来不生、すなわち我々の一心一念はその本来の性を尋ねれば不生にして無相であること（天性。作為にかりず、本来そのままであること。老荘が説いている）をいう。この詩は、寒山詩168「世有多事人、廣學諸知見。不識本眞性、與道轉懸遠。若能明實相、豈用陳虚願。一念了自心、開佛之知見」239「寄語諸仁者、復以何爲懷。達道見自性、自性即如來。天眞元具足、修證轉差迴。棄本却逐末、只守一場獃」の境地に似る。

75

教是衆生眼　　教へは是れ衆生の眼
禪爲法界心　　禅は法界の心と為す
眼開不作夢　　眼開けば夢みるを作《な》さず
心醒絶追尋　　心醒むれば追尋を絶つ
返炤原無別　　返照は原《もと》より別無く
圓明亘古今　　円明《ゑんみやう》は古今に亘る
毫端聊錯過　　毫端聊《いささ》か錯過すれば
唐喪好光陰　　好き光陰を唐《むな》しく喪《うしな》はん

仏の教えは衆生がみずから具《そな》えるべきものの見方（着眼点）となり、禅は仏法による心となる。ものの見方が正しければ夢まぼろしを見なくなり、心が目覚めればあれこれ追い求めなくなる。心の中を見極めることは何ら格別なことではなく、心の完全さは昔から今に至るまで一貫している。吾が筆にするものがそれを少しばかり説き損ねてしまうと、大切な時間を無駄にすることになってしまうのである。

○眼・心　寒山詩138に「箇是誰家子、爲人大被憎。癡心常憒憒、肉眼醉瞢瞢。見佛不禮佛、逢僧不施僧。唯知打大臠、除此百無能」とある（「瞢瞢」は、ものがよく見えないこと。「打大臠」は、大きな肉の塊を食べること）。隠元のこの詩は、仏教と禅により寒山の挙げる「誰家子」のような衆生の眼を見開かせ、心を覚醒させることを詠む。○追尋　「追求」といえば、欲求のこと。○返炤　返照回光。外に向かって物を見ようとする眼光を止め、内なる自らの身心を見つめること。○圓明　みごとで完全なこと。円満明朗、完全に明朗。○毫端　筆先、文章技能、言葉づもりをいう（Ⅱ13詩の注参照）。○聊　自らの動作に付く謙辞。○錯過　落ち度、過失。また、時機を失う、機会を取り逃がすこと。○唐喪徒労、烏有。「唐」は、むなしい意。

76

老者心力衰　老者は心力衰ふれば
唯期守退節　唯だ退節を守るを期するのみ
無私契我心　無私は我が心に契《かな》ひ
大塊容吾拙　大塊は吾が拙なるを容《い》る
不作將來殃　将来の殃《わざは》ひを作《な》さず
漸消舊習業　漸《やうや》く旧習の業を消す
一休一切休　一たび休《や》めば一切休み
永證無消滅　永《とこし》へに無消滅を證せん

老人はものを思う力は衰えてはいるが、ただ退き際の節操を守ることだけは約束したい。私心が無い状態が我が心にはぴったりであるし、大自然が生き方の拙い私を受け入れてくれる。将来に災厄を引き起こすような事はせず、次第にこれまでの罪業を消して行く。生死の大事に関する全てを悟って終えば、（万事休する寒山のように）永遠に変わらないことの証しとなろう。

○老　この詩は、寒山詩278「寒巖深更好、無人行此道。白雲高岫閑、青嶂孤猿嘯。我更何所親、暢志自宜老。形容寒暑遷、心珠甚可保」に擬す。○心力　「心力自在」といえば、心の力が自在であること。○大塊　大自然、大地。○一休　「休」は、情識分別を駆逐し尽くし、徹底して禅法禅旨を領悟し、参学の大事を完成し、生死の大事を了しおえること。「一休一切休」は、生死の大事ひとつだけでなく参禅の大事全てを完成すること。大休大歇、休息万事。○無消滅　「消滅」は、（悪いことが）消え失せる。「寂常」となること（煩悩の無いことを「寂」といい、消滅の無いことを「常」という）。

77

後生須努力　　後生《こうせい》は須く努力すべし
理正自當決　　理の正しきは自ら当に決すべし
直道透長安　　直道なれば透りて長く安らかに
力行無間歇　　力行《りきぎやう》すれば間歇する無からん
到家一坦平　　家に到ること一《もっぱ》ら坦平なれば

萬事倶通徹　万事倶に通徹す
可畏俊英靈　畏るべし俊なる英霊
古今轟烈烈　古今に轟として烈々たり

後進の若者は努力を怠らなければ、その真理としての正しさは自ずと決まって来る。真っ直ぐな道であれば通り易くいつまでもしっかりしているし、努力して進めば滞りなく行ける。自らの仏性に回帰する道は専ら平坦であり、万事が全てすんなり行く。そのように俊敏な優れた力量を持つ後進の若者は、昔から今に至るまでずっと気勢があり畏敬に値する。

○後生　後学、後進、これからの人々。この詩は、寒山詩230「三五癡後生、作事不眞實。未讀十卷書、強把雌黄筆。將他儒行篇、喚作賊盜律。脱體似蟫蟲、齩破他書帙」に擬す（反対模倣）。○力行　努め励むこと。○到家　自らの心を明悟し、自らの心に回帰することの喩え。○坦平　その路は何ら難しくない、脚跟を踏み入れさえすればよい。○英靈　英靈底漢。秀でて霊妙不可思議な者、抜群で並ぶ者の無い大力量の人をいう。○轟烈烈　轟轟烈烈。気勢浩大にして壮烈であること。

78

意欲擬寒山
春渓水正潺
瀾翻崖険句
透徹頂門關
那畔風光美
長年不老顔
聊通一線道
萬古刹那間

意は寒山の
春渓の水の正に潺《せん》たるに擬せんと欲す
瀾《なみ》は翻つて崖は険句
頂門関に透徹す
那ぞ風光の美の
長年不老の顔に畔《そむ》かんや
聊《いささ》か一線の道を
万古刹那の間に通さん

私には寒山の春の渓流の水が、潺々《せせ》らぐのを真似たい思いがある。その渓流は大波が立てば寒山の奇岩を洗い、岩山の神奇な頂にまで到達する。寒山の風情（面目、仏性）がずっと変わらず美しいままであることに、どうして反しよう。登りにくい寒山への一本道を、少しばかりではあるが歴史の一刹那に通したいのである。

○水　この詩は、寒山詩030「白雲高嵯峨、綠水蕩潭波。此處聞漁父、時時皷棹歌。聲聲不可聽、令我愁思多。誰謂雀無角、其如穿屋何」の境地に似る（角が無いのに屋根に穴を開ける雀同様、漁父の歌声が寒山に聴いていられない程の愁いをもたらすことに真似ている。なお寒山には、「水」の詠多し）。○潺　水が（浅瀬を）サラサラと流れる、潺々《せせ》らぐ。○険句　奇特、奇抜であること。○頂門關　「頂門」は、頭頂の前部を指す。Ｉ91詩には「透徹頂門眼」とある。（Ｉ02詩参照。）○風光　風情。また、栄誉、面目、体面、体裁。（Ｉ06詩参照。）○一線道　極めて少ない距離あるいは空間、または狭い道をいう。「一線生機」に同じく、一縷の望みの意もある。

79

阿誰知二五　　阿誰か二五を知らんや
終日論三三　　終日論ずること三々なり
塵刹熾然説　　塵刹は熾然《しねん》して説き
虚空默咲談　　虚空は默笑して談ず
松堂老骨董　　松堂の老骨董をば
前後一肩擔　　前後して一肩に担ふ

到處售無價　到る処售《ひさ》ぐに価無く
逢人直指南　人に逢へば直ちに指南す

誰も二五《にご》は十とまでは分からないし、まる一日中論じても精々三三《さざん》が九までである。それでも私は無数の仏教世界については努め励んで話をし、何も無い空については笑みを交えながら静かに語っている。松隠堂の骨董となった我が仏法を、ここの所ずっと天秤棒で肩に担いで売っているのである。売りさばきに出ても値段は付けず、人に出会えば直ぐさまこの仏法を勧めるのである。

○阿誰知　だれも分からないこと。○知二五　二かける五が十であると分かること。「不知二五」といえば、一日じゅう十を算えていながら、それが五が二つであるとは分からないこと。○論三三　三が三つで九であると分かること（十以上の多数、九九八十一までは論ぜられないこと）。この詩は、寒山詩080「徒勞説三史、浪自看五經。泊老検黄籍、依前住白丁。筮遭連蹇卦、生主虚危星。不及河邊樹、年年一度青」の境地に似る（三、五、老、虚、一が共通する）。○塵刹　無数の国土、無数の世界。「塵」は、微塵の数、「刹」は、土、国土。　○熾然説　「熾然」は、灯が燃えること（然＝燃）。「熾然精進」といえば、務め励むこと。　○骨董　禅家は陳腐常套の文言や話などを指すことが多い。「打骨董」といえば、機を示して機に応じ、文言の詮索に入ることをいう。（骨董は、谷董とも。禅林では食べ残した物を纏めて大釜に入れて煮なおし、谷董羹と呼ぶ。蘇東坡に拠れば、かつて羅浮の頴老が雑多煮を骨董羹と名づけたものという。）　○前後　ものごとが相次いで起こること、相続くこと。また、ある時間の前後、ころ。　○肩擔　仏法を肩に担う。　○無價　心（仏性）や心の鏡には値段が付けられないこと。寒山詩に「不識心中無價寳、猶似盲驢信脚行」、「可貴天然無價寳、埋在五陰溺身躯」等と見える。

80

遼空没量漢　　遼空の没量《もつりやう》漢は
豈昧本天眞　　豈に本天真に昧《くら》からんや
覿體離名謂　　体に覿《あ》ひて名謂を離れ
和光不動塵　　光を和《やは》らぐるも塵に動ぜず
頭頭無塞礙　　頭々塞礙する無く
處處獨全神　　処々独り神を全くす

堪作法中主　作《な》るに堪へんや法中主の

團圞格外賓　團欒《だんらん》たる格外《かくげ》の賓に

遥か雲の上の越格《おっかく》の禅悟者ともなると、どうして衆生本来の仏性が分からないことがあろうか。事物の実体が見えているので名ばかりのものに執われず、衆生に合わせて和光同塵でいられる。あらゆる事に心の障碍が無く、至る所でただ一人完璧である。教えの最たる主体（釈尊）が、寛いで交わることのできる出世間の客人となるのに十分な存在である。

○遼空　広々として遼遠なる天空。また禅機、機鋒、機用が傑出していること。計り知れない事柄、無我無心を喩えることもある。　○沒量漢　人間の分別思考を超越した禅悟者をいう。越格《おっかく》の者。「沒量大漢」「沒量大人」といえば、人間の分別思考を超越した禅悟の心をいう、また自心仏。　○本天眞　衆生は本来仏であること。「天眞」は、本来不生、すなわち我々の一心一念はその本性を尋ねてみれば不生にして無相であること（作為にかりず、本来そのままであること。天性。老荘が説く）。「天眞佛」といえば、衆生は本来是れ仏であること（永嘉玄覚「証道歌」より出る語）。この詩は、寒山詩168「世有多事人、廣學諸知見。不識本眞性、與道轉懸遠。若能明實相、豈用陳虛願。一念了自心、開佛之知見」および239「寄語諸仁者、復以何爲懷。達道見自性、自性即如來。天眞元具足、修證轉差迴。棄本却逐末、只守一場獃」の境地に似る（239の「修證」は、外に向かって修證すること）。◯覿體　本来の真如実相と出会うこと、ものごとが真如を呈すること（Ⅱ40詩参照）。◯和光　仏教語としての「和光同塵」は、仏が衆生を救うために、その本地の智慧の光を隠し、人間界に姿を変えて現れること。悪人と居ても、その悪に染まることは無い。「和光混俗」といっても同じで、禅機の鋒《きっさき》を収め、塵俗と混じわること。悟道者は塵俗を離れず、平常心を持ち、一切の時に在って機用を顕《あらわ》す。◯頭頭　毎件。事々、処々、様々。また頭頭脳脳、道を領悟した人をいう。「頭頭是道」といえば、到る処に道法は存在する、事すべて禅機をあらわす意。後、話したり事を行ったりする時に、どれも惜しみなくすることをいう。◯法中主

諸々の教えの中で最も主体となるもの。「法中王」といえば、釈尊その人。cf.「塵中主」

◯團圞　團欒（団欒）。相集まって円座する。一家が和やかに寛ぐこと。◯格外賓　「格外」は、通常の分別理念と知識見解を超越すること。並外れた働き。越格《おっかく》。（Ⅰ69詩参照。）「賓」は、「賓主」の「賓」で、臨済宗では問答の際の修行者のこと、学僧。「主」は禅師。寒山詩に「時逢杜源客、毎接話禪賓」とある。

81

聖智妙通神　聖智の妙なるは神に通じ
大權現刹塵　大権現は刹塵なり
放收無量義　無量の義を放ちては収め
舒卷一天眞　一天真を舒《の》べては巻く
半偈含空有　半偈は空有を含み
片誠感至仁　片誠は至仁に感ず
承當個大事　個《こ》の大事を承当し
始是大人心　始めて是れ大人の心なり

優れた智慧の巧みさというものは神懸《が》かっていて、仏の化身としての現れ方は無数である。無限の意義を好き放題に示しては纏めあげ、唯一天賦の本性を広々と展開しては収束させる。ちょっとした詩偈も空や因縁を詠み込み、何気ない厚意のものも最高の仁に基づける。そのような禅法を受け入れて悟ってこそ、上等な根器の非凡な禅悟者と言えるのである。

○智　この詩は、寒山詩298「我見利智人、観者便知意。不假尋文字、直入如來地。心不逐諸縁、意根不妄起。心意不生時、内外無餘事」の境地に似る（智、事、人が共通する）。○通神　「通神者」といえば、仏のこと。○刹塵　無数の意。無数の国土を粉々にしたもの（この観念は特に『華厳経』に表明されているという）。無数の国土を微塵にしたほど、数の多いこと。○無量義　無数、無限で、数え切れないほどの意義、教義。○舒巻　展開と収縮。自在に教化すること。また、出処進退。志を展開したり、撤退、退去したりすること。○天眞（Ⅱ55・74詩の注参照。）○承當　機縁を受け取り、禅法を領悟すること。○大事　禅法を領悟し、生死を超脱すること。○大人　非凡の人、上等の根器の者に対する呼称（「根器」は、仏法を接受し、伝承する素質）。

82

囫地出娘胎　囫《くわ》地として娘胎を出で
頂門眼豁開　頂門眼豁《ひろ》く開く
自茲日有據　茲《こ》れより日び拠る有り
観露半邉腮　半辺の腮《あぎと》を観露す
可作塵中主　塵中の主と作《な》り

堪承格外才　　格外の才を承くるに堪ふべし
菩提驀直路　　菩提驀直の路は
深造碧蓮臺　　深く碧蓮の台に造《いた》れり

母胎から産まれ出た瞬間に呵《か》っと頓悟し、智慧の眼光を具《そな》える頂門眼を大きく見開く。以来毎日拠り所が出来、背後からも口もとの見える油断のならない禅悟者となっている。俗塵の中で和光同塵のできる主体となり、越格《おっかく》の才ありと言われるのに十分な存在である。解脱の智慧に一直線に向かうその道筋は、奥深く延びて仏の座まで達している。

○囫地　囫地一声、囫地一下。猛然と開悟すること。仏教者は、参禅して見性を頓悟することをいう。「囫」は「咄」に同じ。　○頂門眼　頂門正眼、頂門眼正、頂門具眼、頂門上眼、頂門有眼。仏教神話中の摩醯首羅《まけいしゅら》天の神（シヴァ神）には三つの眼が有り、その中の額の上の堅実な眼を頂門眼と称し、神奇な視力を具えるが、禅語の頂門正眼はこれを典故とし、禅悟者が事理を観察する特有の智慧の眼光を指す。「頂門」は、頭頂の前部を指す。（Ⅰ02詩参照。）　○覿露　本来を顕し、少しも遮蔽掩蔽《えんぺい》しないこと。　○半邉腮　『五燈會元』巻二十

（信州龜峯晦庵慧光禪師）の「一人腦後露腮、一人當門無齒、更有數人鼻孔沒半邊。不勞再勘、你諸人休向這裏立地瞌睡。殊不知家中飯籮鍋子一時失却了也。你若不信、但歸家檢點看」を踏まえる（「腦後見腮」といえば、後ろから下あごが見える、の意。気の許せない男、油断がならない男のこと。「當門無齒」は、前面に歯が無い。「無歯大虫」といえば、老いて歯の無くなった虎、老熟の禅師を称えていう。「腮《あご》」はものを言う器官、「歯」はものを食う器官。「鼻孔」は誰でも具えている本来の面目、本性、仏性をいう）。○格外　通常の分別理念と知識見解を超越すること。「塵中格外」といえば、世間と出世間と、の意。（Ⅰ69詩参照。）○菩提　世俗の煩悩を断絶し、解脱の智慧を獲得すること。また、仏教の真諦に対する悟りをいう。この詩は、寒山詩163「男兒大丈夫、作事莫莽鹵。勁挺鐵石心、直取菩提路。邪路不用行、行之枉辛苦。不要求佛果、識取心王主」の境地に似る（「心王主」は、心のことであり、当時の禅家の愛用語）。○驀直　もっぱら直《す》ぐ、直ちに捷《すばや》く。多くは暗に直截に領悟し、即時禅法に符合（契合）し、即刻悟る意を含む。「驀直悟解」といえば、直截に心を明らかにし道を悟ること。○蓮臺　仏像の台座。また、阿弥陀仏の坐する蓮華の台座。蓮華台。

83

打徹眞空後　　真空を打徹せし後は
時時照本來　　時々本来を照らす
本來清淨土　　本来は清浄土
終不惹纖埃　　終に纖埃を惹《ひ》かず
一體自三寶　　一体にして三宝よりし
當軒八字開　　軒に当たりて八字のごと開く
達觀無缺剩　　達観に欠剰無し
何必更疑猜　　何ぞ必ずしも更に疑猜せんや

まことの空を悟った後は、本来の仏性はいつでもはっきりと分かる。本来心とは塵埃の無い境地であり、微細な埃さえも寄せ付けない。仏法僧が一体化しており、心の窓は広々と開け放たれている。その達観には足りないも余るも無い、どうして疑いを挟《はさ》む余地が有ろうか。

○打徹　「打不徹」といえば、参学者がまだ道を悟ることが出来ないことをいう。　○本來　この詩は、豊干の詩「本來無一物、亦無塵可拂。若能了達此、不用坐兀兀」に擬す。（「本來」は、Ⅰ51詩の注参照。）○清浄土　寒山詩に「不知清淨心、便是法王印」とある（「法王」は、当時の禅家の愛用語）。隠元の宗風は、明末の禅風を持ち込み、浄土的色彩があると言われる（念仏浄土の宗風）。○一體　同一体。○自三寶　Ⅱ92詩に「佛法僧三寶」とある。○當軒　すぐ軒先、すぐそこ、すぐ目の当たりにあり、明白なさま。○八字開　八字打開（明白であって隠れている所無く、門を開けば山が見えるさま）。師家が玄旨を直示し、それが極めて明白であり、毫も遮蔽が無いことをいう。○達観　「観」は、心静かな清浄な境地で、世界のありのままを正しく眺めること。仏の智慧を持って物事の道理を観知すること。寒山詩に「我自觀心地、蓮花出淤泥」とある。

84

佛恩答未盡　　仏恩は答ふるも未だ尽きず
師徳報無休　　師の徳は報ゆるに休《や》む無し
片念該塵刹　　片念は該《まさ》に塵刹なるべく
分身奚足酬　　分身《ふんじん》は奚《なん》ぞ酬ゆるに足らんや
風光掩歳月　　風光は歳月に掩《おほ》はれ
雪鬢老春秋　　雪鬢は春秋に老ゆ

空負瞿曇子　空しく瞿曇《くどん》子に負《そむ》き
虚名四海流　虚名四海に流るるのみ

仏陀の恩に対する返答はいつまでも終わらず、祖師の徳に対する返礼も切りが無い。こまごまとした気懸《きが》かりは無数の世界ほどある、仏によって化作された多くにどうして十分恩返し出来よう。我が体面（面目、本性）は歳月を追って繕《つくろ》えなくなり、白くなりつつある鬢髪が年ごとに増えて行く。ただただ仏陀への返礼が後回しになって行き、実を伴わない名ばかりが天下に伝わるだけである。

○片念　「念」は、対象を記憶して忘れない働き。仏（についての記憶）を心に思い浮かべること。○塵刹　無数の国土、無数の世界。「塵」は微塵の数、「刹」は、十、国土。○分身　分身仏。化身。衆生を導くために化作《けさ》し、別かれた仏の身、の意。○鬢　この詩は、寒山詩218「我聞天台山、山中有琪樹。永言欲攀之、莫暁石橋路。縁此生悲歎、索居将已暮。今日観鏡中、颯颯鬢垂素」の境地に似る。○瞿曇子　「瞿曇」は、釈迦の姓、ゴータマgautamaの音訳。転じて仏、仏教をいう。○風光　風情。栄誉、面目、体面、体裁。（I

06詩の注参照。）　○歳月　この詩は、寒山詩236「人生在塵蒙、恰似盆中蟲。終日行遶遶、不離其盆中。神仙不可得、煩惱計無窮。歳月如流水、須臾作老翁」の境地にも似る。　○空負「負」は、そむく、後ろにする、背を向ける意。cf.「孤」といえば、そむく、見捨てる、頼みにならない意。

85

無事等閒閒　　無事にして等閑々
清光映老顏　　清光老顔に映ゆ
夜深淨雪月　　夜深くして雪月を浄くし
趣靜徹玄關　　趣き静かにして玄関に徹る
返炤塵沙劫　　返照す塵沙の劫
微吟方寸間　　微吟す方寸の間
倦來聊一息　　倦み来たりて聊か一息すれば
不覺夢寒山　　覚えず寒山を夢みたり

超脱して俗情も無く気儘《きまま》であると、老顔を清々しい月明かりが照らし出す。夜も更けると明月が浄く輝き、心静かであると禅への関門も開く。自らを永劫の時の中で見つめ、ちっぽけな心の中で詩偈を詠む。詠み疲れて少しばかり転《うた》た寝《ね》すると、思わず寒山が夢に出て来ることとなった。

○無事　仏教語としては、無為にして超脱、運に任かせ縁に随って、俗情妄為を除き尽くすこと。この詩は、寒山詩198「世間何事最堪嗟、盡是三途造罪楂。不學白雲巖下客、一條寒衲是生涯。秋到任他林落葉、春來從你樹開花。三界横眠閑無事、明月清風是我家」に擬す。

○雪月　雪と月。また、明月をいう。　○玄關　玄妙なる道に入る関門。奥深い仏道への入り口。　○返炤　返照回光。外に向かって物を見ようとする眼光を止め、内なる自らの身心を見つめること。　○塵沙　灰塵沙粒のようであること、極めて多いこと。無数に喩える。

○方寸　心。

86

人生天地間　　人は生まる天地の間
豈可自偸閒　　豈に自ら閑を偸むべけんや
未入聖賢室　　未だ聖賢の室に入らざれば

終迷佛祖關　終《つひ》に仏祖の関に迷はん
默窺同體性　黙して体と性を同じくするを窺ひ
造證不辭艱　造證は艱《かた》きを辞せず
磕碎虛空臉　虚空の臉《かほ》を磕碎《かふさい》すれば
豁然驀破顏　豁然として驀《たちま》ち破顔せん

人は天地の間に生まれるのである、だからと言ってどうして暇を貪って居られよう。聖賢と同室にならなければ、終いには禅が設ける関門（その入り口）で迷うことになる。仏祖同様に実体と本性とが一体化している様を静かに見極め、悟りに至れるのであれば艱難も辞さない。暇なうつろ顔の自分を打ち破り、まっしぐらに朗らかな悟りの笑顔に向かうのである。

○佛祖　仏教と禅宗。　○同體性　「體性同體」は、仏も衆生も本性同一であって差別がないこと。「體」は実体、本体。「性」は、その体が不変であること、本性。「同體」は、一つのものの中に他のものが存在していても、諸々の事象が相互に背反しないこと。必ずしもアイデンティティーではなく、共通性があること。「體性無二」といえば、実体と本性が同じであること。寒山詩241に「常聞釋迦佛、先受然燈記。然燈與釋迦、只論前後智。前後體非殊、異中無有異。一佛一切佛、心是如來地」とある（燃燈仏と釈迦牟尼仏とは、体は前後していても、同じ一仏であることに変わりない）。○造證　「證」は、道法を領悟すること。○磕碎虚空　何もない処、何もない事を粉砕しようとすること。禅家は、虚空は碍《さまた》げの無い処であり、真如であるが、その虚空に向かって何かをすることは、徒労であるとする。「虚空華」といえば、眼を患う人が何もない虚空の中に幻影を見ること。「磕碎」は、打ち砕く（「磕（かい、かつ）」は、うつ、打ち破る。もと、石と石とがカチッと相打つさま）。○虚空臉　「臉」は、かお。「虚臉赤面」といえば、病気のうつろ顔、赤ら顔。この詩は、拾得詩03「出家要清閑、清閑即爲貴。如何塵外人、却入塵埃裏。一向迷本心、終朝役名利。名利得到身、形容已顦顇。況復不遂者、虚用平生志。可憐無事人、未能笑得尓」の境地に似る（閑、迷、虚、生、人が共通する）。○驀　たちまち、急に、まっしぐらに。○破顔　迦葉尊者の破顔、悟りの微笑。

87　百年刹那夢　　百年は刹那の夢
何苦太忙生　　何ぞ太忙生を苦しまんや

返覺通玄徑　返つて通玄の径を覚れば
無貪安樂城　安楽城を貪る無し
身空業淨盡　身空なれば業は浄尽し
心潔獨圓明　心潔ければ独り円明《ゑんみやう》なり
聊放蓮花舌　聊《いささ》か蓮花の舌を放てば
巻舒一坦平　巻舒すること一《もつぱ》ら坦平なり

人生百年は一瞬の夢、どうして人生大忙しだと苦しむ必要があろう。逆に奥深い禅への道程に気づけば、わざわざ苦しみの無い極楽浄土を求めなくても済む。身心が空であれば罪業は尽く洗われ、心が清ければそれでもう丸く収まる（完璧である）。釈尊の言葉を少しばかり人に語ってみる時、道への導きはひたすら平坦であると分かる。

○苦　寒山拾得は「苦」を多く詠む。この詩は、拾得詩35「常飲三毒酒、昏昏都不知。將錢作夢事、夢事成鐵圍。以苦欲捨苦、捨苦無出期。應須早覺悟、覺悟自歸依」の境地に似る（夢、覺、苦が共通する）。　○太忙生　ひどく忙しそうだ、大変ご苦労様なことだ、の意

（「生」は「太多事生、太深遠生」の「生」に同じく、助字）。○安樂城　「安樂世界」といえば、極楽、西方浄土。○返覺　Ｉ47詩に「圓明是佛見、返覺即佛知」とあるのと同じであれば、「返徑覺徑、返路覺路」すなわち、省察反省と悟り。詩語としては、「返つて覚《おぼ》ゆ…」。「往覺遲、返覺速」とあれば、往きは遅く返りは速く感じること。○通玄徑　「玄路」といえば、玄妙空霊なる禅宗の道法をいう。○圓明　みごとで完全なこと。円満明朗、完全に明朗。○蓮花舌　「蓮華」は、その中に梵天が居て、万物を創造するという。衆生本来の心を表し、仏を象徴する。また、釈尊の居場所、釈尊の教化する世界に喩える。○巻舒　禅僧が修行者を教え導くに際し、「巻」（追いつめ、苦しめる）と「舒」（のびのびさせる）の二つの態度方法をともに自在に用いること（『碧巌録』26則）。○坦平　帰着の路は何ら難しくない、脚跟《あし》を踏み入れさえすればよい。

88

世上有知音　　世上に知音の
好彈太古琴　　太古の琴を弾くを好む有り
一聞便得妙　　一たび聞けば便ち妙を得《え》
徹證本來心　　本来心を徹證す

不負寒巖信　寒岩の信に負《そむ》かず
摠成功徳林　總じて功徳の林を成す
宗門自此振　宗門は此れより振るひ
吾道永長吟　吾が道永く長吟されん

世の中には、古い琴の音色（古来からの理想的な宗風）を好む知音《ちいん》（その理解者）がいる。音色がちょっと耳に入ればすぐに素晴らしいと分かり、衆生具有の仏性をとことん悟っていると分かる。寒岩で説かれた真理（寒山の心）にも背を向けることなく、最後には功徳が積まれることにさえなる。そのような者が居てこそ黄檗宗も栄え、我が説く道もずっと長く吟詠され続けるのである。

○知音　この詩は、寒山詩305「有人笑我詩、我詩合典雅。不煩鄭氏箋、豈用毛公解。不恨會人稀、只爲知音寡。若遣趁宮商、余病莫能罷。忽遇明眼人、即自流天下」に擬す（寒山の「知音」の用例は、この詩一首のみ。「宮商を趁《お》ふ」は、無理やり規定の韻律に合わせること）。　○太古琴　弾くと、文王や孔子が理想とした情け有る政治を象徴する南風が吹くという、昔から伝わる古い琴。昔の高雅な曲調の弾ける琴。○一聞　寒山詩の「上人心猛利、一聞便知妙」の表現に借りている。○徹證　徹底的に領悟する。○本來心　（Ⅰ22・Ⅱ06詩の注参照。）○寒山信　寒山詩に「不肯信受寒山語、轉轉倍加業汨汨」、「你若不信受、相逢不相遇」等と見える。○功徳林　善行の果報の多いことを林に喩える。寒山詩に「瞋是心中火、能燒功徳林」と見える。

89

聖凡原同體　聖と凡は原《もと》より同体なるも
迷悟隔天淵　迷ふと悟るは天淵を隔つ
黒白兩條路　黒と白は両条の路
智愚各一邊　智と愚は各おの一辺なり
善行無轍跡　善行には轍跡無く
亂走起風烟　乱走は風烟を起こす
自昧娘生眼　自ら娘生眼を昧《くら》くし
盲脩最可憐　盲修するは最も憐れむべし

もとより聖人と凡人との区別は無いが、迷うと悟るとでは天地の差がある。出家と在俗はそれぞれ別個の歩みであり、智慧ある者と愚者も所在はそれぞれ異なる。善行はそれを行なっても跡が残らないが、でたらめを行なえば風塵が舞うのである。生来の仏性を具えた眼を自ら曇らせ、やたらと迷妄な修善を行うことは憐れでならない。

○聖凡同體　「體」は、実体、本体。「聖凡窠臼」といえば、聖人と凡人を区分する世俗のものの見方をいう（「窠臼《くぁきう》」は、鳥の巣、決まった型）。禅家はこれを、区別による妄心の表れであるとする。○迷　この詩は、拾得詩08「嗟見世間人、永劫在迷津。不省這箇意、修行徒苦辛」の境地に似る。○黒白　出家者と在俗者とを指す。○娘生眼　「娘生面」といえば、生来の本来の面目をいう。また、自心、本性、仏性。「娘」は、母。○盲脩　寒山詩196に「千生萬死凡幾生、生死來去轉迷盲。不識心中無價寶、猶似盲驢信脚行」とある。拾得詩33には「各有天眞佛、號之爲寶王。珠光日夜照、玄妙卒難量。盲人常兀兀、那肯怕災殃。唯貪淫泆業、此輩實堪傷」という（「天眞佛」は永嘉玄覚「証道歌」より出る語。「眞佛」は寒山当時の禅家の愛用語）。

90

丈夫具正信
豈肯惹纖埃
覷破塵勞夢
掀翻出格才
對機明殺活
自得獨徘徊
一榻風光美
勝登八寶臺

丈夫は正信を具《そな》ふ
豈に肯て纖埃を惹《ひ》かんや
塵労の夢を覷破《そは》し
出格の才を掀翻《きんほん》す
機に対すれば殺活を明らかにし
自得すれば独り徘徊するのみ
一榻の風光の美は
八宝台に登るに勝《た》へん

一っ端《いっぱし》の参禅者であれば仏法への信心を具えているもの、どうして細々《こまごま》とした塵芥に執着したりしよう。真性を汚す妄念は夢だと見破り、世俗の知見を超越した才能を高らかに掲げるのである。禅の機鋒と向き合えば妄念を取り除いて真性を復活させ、自ら納得すれば単独でも動き回る。その面目（本心、仏性）のひときわの美しさたるや、人を照らし人目を奪うほどの宝飾台にも登れよう。

○丈夫　五欲七情に動かされない者。「丈夫漢」といえば、参禅者。（「丈夫」は、寒山の常套語。）この詩は、寒山詩084「貪愛有人求快活、不知禍在百年身。但看陽燄浮漚水、便覺無常敗壞人。丈夫志氣直如鐵、無曲心中道自眞。行密節高霜下竹、方知不枉用心神」等の境地に似る。○正信　正しい信仰。仏法を信ずる心。○覰破　「覰」は、深く見る、窺い見る、窺い見て見抜く（「破」は、動詞の後に付き、極度をあらわす）。（Ⅰ44詩参照。）○塵労　俗世の種々の虚幻の事物や作為、妄念が、真性を染汚し、身心を撹乱すること。○掀翻　ひっくり返す。「掀《きん》」は、高くあおり上げる（たくし上げる）。「掀風播浪」といえば、風浪が高く起こること。○出格　普通の規格を超越していること（Ⅱ66詩参照）。○殺活　分別しようとする妄念を断ち、霊覚の真性を復活させること。「殺人刀、活人刀」といえば、「殺人刀」は、分別する妄念を斬り捨てる禅家の機鋒を喩え、「活人刀」は、真性を復活する機鋒を喩える。両者は緊密な配合を要する。○風光　風情。また、栄誉、面目、体面、体裁。（Ⅰ06詩参照。）○登…臺　霊台や蓮華台に登る。○八寶臺　たとえば陝西省戸県にある八宝玉石塔は、玉台、磚青、墨黒、乳黄、淡紅、浅藍、赭紫、灰色の八種の色の玉石の彫刻象嵌《ぞうがん》で出来ていて、玉の潤いは目を奪い、光は人を照らすと言われる。拾得詩に「可貴靈臺物、七寶莫能比」とある。

91

世間少慧眼　世間は慧眼少なく
難辯智愚賢　智の愚賢を弁じ難し
假道蒙檀信　仮道檀信を蒙《おほ》へば
自迷方寸田　自ら方寸の田に迷ふ
瞞人瞞不識　人を瞞《あざむ》くも瞞きて識らず
欺法復欺天　法を欺き復た天を欺く
業満落湯鑊　業満ちて湯鑊《たうくわく》に落つれば
苦哉莫可延　苦しいかな延《の》ぶべき莫し

世間には慧眼の人が少なく、それが智慧なのか愚昧なのかを見分けられない。偽《にせ》の仏道は信心を覆《おお》い隠してしまうので、自然と心田に種まくことに迷いが生ずる。人を騙しても騙していることに気づかず、仏法を誤魔化し天まで誤魔化してしまう。罪業がたまって地獄で釜茹《かまゆで》になる際、いかに苦しんでもその先はもう無い。

○假道　「假」は、虚仮、仮りそめ。「施設《せせつ》」（禅の方法、手段）をも含む。　○檀信　布施する施主の信仰。隠元は黄檗宗で「三檀戒會」を重視する（「檀」は、布施。すなわち財、法、無畏（無有恐怖。信心））。　○方寸田　心田。「田」は、仏の種を植える心中の田。心の帰省地。「福田」といえば、積善修道を喩える。田に種まけば果実を穫られ、積善修道すれば福報を獲られる。　○欺・瞞　この詩は、寒山詩238「我見多知漢、終日用心神。岐路逞嘍囉、欺謾一切人。唯作地獄滓、不修正直因。忽然無常至、定知亂紛紛」の境地に似る。
○湯鑊　「鑊」は、鼎《かなえ》、釜《かま》。罪人を煮る刑具。「大鑊」といえば、地獄にある大きな釜。
○延　引き延ばす、長く延びる、末永い。すんなりと一筋に長引くこと。延年、延命転寿。

92

佛法僧三寶　　仏法僧は三宝なり
心光明杲杲　　心光明らかにして杲々たり
離塵出世間　　塵を離れて世間を出《い》で
破格超天道　　破格にして天道を超ゆ
五戒不堅持　　五戒堅持せずんば
人身何處討　　人身《にんじん》何《いづ》れの処にか討《たづ》ねん

業盈入黒山　業盈れて黒山《こくせん》に入れば

永劫受鞭考　永劫に鞭考を受けん

仏法僧は心の三つの宝であり、仏の光明が杲々《こうこう》と明るく輝いている。塵世から離れて俗世間を出、世俗の知見を超越して輪廻も超越する。仏法僧の説く五つの戒めを堅持しなければ、どこに人としての存在価値を見出だせよう。罪業で満杯になって暗黒の山中に入ろうものなら、未来永劫ずっと鞭打たれ責め苦を受け続けることになるのである。

○佛法僧　この詩は、寒山詩159「……買肉自家噇、抹觜道我暢。自逞説嘍羅、聰明無益當。牛頭努目瞋、出去始時[illegible]。擇佛燒好香、揀僧歸供養。羅漢門前乞、趁却閑和尚。不悟無爲人、從來無相狀。封疏請名僧、䞋錢兩三樣。雲光好法師、安角在頭上。汝無平等心、聖賢俱不降。凡聖皆混然、勸君休取相。我法妙難思、天龍盡迴向」を要約してその境地に似せている（五戒を具体的に詠み、仏法僧の必要性を説く）。　○天道　地獄、餓鬼、畜生、阿修羅、人間、天上（天人の有情の世界）を輪廻する六道のうちの一つ（天上）。　○五戒　仏法僧の説く、在家の仏教信者が守るべき五つの戒め。殺生しない、盗みをはたらかない、姦淫しない、嘘をつかない、飲酒しない（不殺、不盗、不婬、不妄語、不飲酒）。○人身　人間としての存在。○討　さがす、尋ねる。○黒山　大鉄囲山と小鉄囲山との間の暗黒の処をいう。○鞭考　刑罰の鞭打ちと拷問（考掠、拷掠、拷撃、拷打、敲打）。「考」は、検査する、打つ、弾劾する、訊問する意。

93

醜婦臨圓鏡　　醜婦円鏡に臨めば
恠云鏡不端　　怪しみて鏡は端《ただ》しからずと云ふ
癡猿捉水月　　痴猿水月を捉ふれば
返咎月無團　　返つて月に団《まろ》き無きを咎む
試問空王老　　試みに問ふ空王老よ
幾能不自謾　　幾ばくか能《よ》く自らを謾《あざむ》かざる
燃犀照肺腑　　犀を燃やして肺腑を照らし
可咲太癡頑　　太だ痴頑なるを笑ふべきと

美形と言われたことの無い者は鏡を見る時、変だと思って鏡が良くないと言う。知恵の浅いと言われる猿は水に映った月を掬《すく》い、思い直して月が丸くはなくなったのだと怪しむ。試みに釈尊に聞いてみたいのだが、どれほどの人が自分を愚者にしないで居られるものなのか。水中でも点《とも》るという犀の角《つの》を燃やして自分の胸中を照らし出し、ひどく愚昧だったと笑えるものなのかと。

○癡猿捉水月　「猿猴取月」（『摩訶僧祇律』による）。井戸の中に映った月を、月が井戸の中に落ちたと見て、月を取ろうとし、井戸の中に落ちてしまった猿の話。愚昧無知にして、気力を浪費することを喩える。「水中撈月」とも。○空王　仏の尊称。仏教では世界は一切空であるので、「空王」という。空王仏。○謾　あなどる、あざむく。この詩は、寒山詩096「有人把椿樹、喚作白栴檀。學道多沙數、幾箇得泥丸。棄金却擔草、謾他亦自謾。似聚砂一處、成團也大難」に擬す（幾、謾、團などの共通する字も見られる）。○燃犀　犀の角を燃やせば水中に潜む怪異を照らし出すことができる。微かな物事を洞察する喩え（「犀照牛渚」「犀燃燭照」の故事による）。

94

清白丈夫子　清白なる丈夫子
那堪汨世波　那ぞ世波に汨《しづ》むに堪へんや
打翻黒漆桶　黒漆の桶を打ち翻《ひるが》へし
徹底自風騒　徹底するは風騒自《よ》りす
見道須忘跡　道を見れば須らく跡を忘るるも
恩深不可磨　恩の深きは磨《す》るべからず
寒山知此意　寒山は此の意を知り
拍掌咲呵呵　掌を拍つて笑ふこと呵々たり

五欲七情に動かされない清廉潔白な参禅者が、どうして俗世の波に沈んでしまうことに堪えられようか。悟りを受け容れられない漆黒の暗愚さを跳《は》ね除《の》け、仏法の気高い風雅に依って解脱の道を見極めるのである。行く道が見えれば足跡（詩文）は忘れても好いが、受けた仏恩の深さは忘れてはならない。寒山子はこの仏恩の意味が分かっていたので、手を打って呵々と笑ったのである。

○黒漆桶　暗愚で悟ることの出来ない者を罵《ののし》った言い方。その心中や眼前が一片の漆黒であることをいう。また情識知解、分別妄信を喩える。この詩は、拾得詩05「得此分段身、可笑好形質。面貌似銀盤、心中黒如漆。烹豬又宰羊、誇道甜如蜜。死後受波吒、更莫稱寃屈」に擬す（反対模倣。波、黒漆、此、笑、道が共通する。寒山拾得の「漆黒」は、この一例のみ。心中の漆黒は仏恩によってのみ除かれる。「道」は、言う、唱導する、通達する意。「波吒」は、地獄の責め苦、苦難）。Ⅰ41詩に、「白面好郎君、内含黒漆漆」とある。○徹底　『五燈會元』に言う「透頂徹底」が「透頂透底」に同じだとすれば、一切の事柄を透脱《ちょうとつ》する意。全てのものに執われることのない、絶対の境地を体得すること。○風騒　風流、風情、仏法の気高い風趣。○忘跡　「忘形」に同じ。世俗の事象の外で超然とし、その形迹を忘れること。○恩…磨　「磨」は、磨滅、すり減らす。削り取る、取り除く。外の情勢に支配される意（『論語』に「不曰堅乎、磨而不磷」とある）。「恩」は、親の恩、また仏恩。知恩報徳の現世利益をいう。寒山詩159「我見世間人、堂堂好儀相。不報父母恩、方寸底模樣。……憶昔少年時、求神願成長。今爲不孝子、世間多此樣。……」は、全ての大本である父母の恩に報いる孝心の磨滅を詠む。

95

人生一刹那　人生は一刹那
日用事如何　日用の事は如何せんや
苦海無邊際　苦海は辺際無きも
寒山玅更高　寒山は妙にして更に高し
心安是極樂　心安らかなれば是れ極楽
念濁即娑婆　念ひ濁れば即ち娑婆なり
踏着來時路　来時の路を踏着すれば
頓超古佛陀　頓《とみ》に古仏陀を超えん

人生は一瞬でしかない、日常の禅の運用はどうしたものか。受苦の俗世は際限の無いものであるが、寒山という山に登っても奥深く高いのである。心が安らかであればそこはもう極楽なのであり、心中に濁りがあればそこはもう俗世なのだ。寒山を登って来た時の路を求め続けているのであれば、昔の高僧をすぐにも超えられるであろう。

○日用　禅法の平時の運用、日常の実践をいう。　○念　仏（についての記憶、仏の智慧）

を心に思い浮かべること。◯踏着（踏著）「踏道、踏路」は、路を探ること。「踏著實地」といえば、禅法を悟ること。◯來時路「來時道」は、やって来た路、通ってきた路。この詩は、寒山詩020「欲得安身處、寒山可長保。微風吹幽松、近聽聲逾好。下有斑白人、喃喃讀黄老。十年歸不得、忘却來時道」に擬す（寒山に「來時道」は一例しかない）。◯古佛陀「古」は元々、すでに逝った、の意。「古佛」は、昔の高僧に対する尊称。また、過去の真理体得者。

96

無事打閒眠　　無事閑眠を打てば
自平方寸田　　自ら方寸の田を平らかにす
難留忙歳月　　忙しき歳月を留め難きも
密蔭老蒼天　　密かに老蒼天に蔭《おほ》はる
不覺滿頭雪　　満頭の雪を覚えず
尚餘兩眼圓　　尚ほ両眼の円《まろ》きを餘す
對機無説説　　機に対しては説く無くして説き
轉語掣風顛　　転語もて風顛を掣《ひ》かん

何事もなく惰眠（安眠）を貪ってはいても、自然と心は安らかである。忙しく過ぎ行く年月は留めようもないが、密かに昔からの造物主には庇護されている。気づかぬ内に頭じゅう白髪となっても、それでも両眼だけは丸く見開いている。禅機と向かい合う時は文字言語には頼らずに伝え（以心伝心）、問答する時は機転を利かせて瘋癲和尚と化すのである。

○無事打閒眠　この詩は、寒山詩198「世間何事最堪嗟、盡是三途造罪楂。不學白雲巖下客、一條寒衲是生涯。秋到任他林落葉、春來從你樹開花。三界横眠閑無事、明月清風是我家」の境地に似る。○方寸田　心、心田。○密蔭　Ⅱ99詩の「密覆」に同じ。「覆蔭」また「蔭覆」といえば、庇護する意。○老蒼天　「蒼天」は、天、青空、造物主。○無説説　言う無くして言う。禅法の表達と伝授は、言語ではなく、心心相印の特殊な方式を通してなされること。○轉語　「一轉、一轉語、一轉話」（多くは「一轉語」の省略）。一句あるいは一則の機語（自ら探索し或いは人を啓発する際の禅悟の語句）をいう。問答の時に機鋒を転ずる働きを担う応対の語をいうことが多い。○掣風顛　風狂を装う。「掣風掣顛」は、瘋瘋癲癲として、言語や行動が常態に合わないこと。（Ⅰ28・Ⅱ26詩の注参照。）

97

蓋載老乾坤　蓋載す老乾坤
功勲豈可論　功勲豈に論ずべけんや
一時隠徳備　一時隠徳備はり
萬古雅風存　万古雅風存す
傍啓菩提路　傍らに菩提の路を啓き
私通解脱門　私かに解脱の門に通ず
虚心能摻入　虚心にして能く摻《せま》り入れば
便是我同倫　便ち是れ我は同倫なり

天地はずっと万物を庇護してくれてはいるが、それを手柄だといって評価を求めたりするだろうか。一瞬でも陰徳は具《そな》えているし、古来ずっと高尚な風格を保っている。他方で解脱の智慧を獲得する路を開き、こっそりと解脱の関門まで導いてくれる。虚心坦懐でその門内に入り込むことができれば、それでもう私はその仲間なのである。

○蓋載乾坤　天地。「覆載天地」といえば、荘子に「天無私覆、地無私載。天地豈私貧我哉」

とあるのに拠る。この詩は、寒山詩192「昨見河邊樹、摧殘不可論。二三餘幹在、千萬斧刀痕。霜凋萎疎葉、波衝枯朽根。生處當如此、何用怨乾坤」に擬す（同韻であり、可論、萬、乾坤が共通する。ともに「乾坤」は功勲も怨みも論ぜられないことを詠む。寒山詩の「乾坤」は、これ一例のみ）。◯菩提　世俗の煩悩を断絶し、解脱の智慧を獲得すること、また仏教の真諦に対する悟りをいう。◯掺　修行者が疲労して苦しい中で、猛烈に精神を振るい、疑問を押し退《の》け、省悟を獲得すること。◯同倫　道徳の規準を同じくする。また、その人。寒山詩229に「自見天台頂、孤高出衆羣。風搖松竹韻、目覩海潮頻。下望山青際、談玄有白雲。野情便山水、本志慕道倫」とある。

98

欲度死生海　死生の海を度《わた》らんと欲すれば
須登般若船　須らく般若の船に登るべし
莫教沈苦處　苦処に沈ましむる莫く
到岸即安然　岸に到れば即ち安然たり
正念空諸相　正念は諸相を空にし
平心淨福田　平心は福田を浄らかにす

時時能返炤　　時々能く返照すれば
劫石永齊年　　劫石《こうしゃく》は永く年を斉《ひと》しくせん

人生の荒海を渡り切ろうとするなら、仏の智慧の船に乗らなければならない。難所で沈められること無く、岸までたどり着けて安泰である。船中では分別の対立を超越すれば諸相は空だと分かり、平常心でいられれば福報を得られる。常時我が身心の本性を見定めることが出来れば、大岩石と同等の時間をいつまでも持つことができよう。

○般若　拾得詩に「般若酒泠泠、飲多人易醒」とある。　○船　この詩は、寒山詩041「生前大愚癡、不爲今日悟。今日如許貧、揔是前生作。今日又不修、來生還如故。兩岸各無船、渺渺難濟渡」に擬す（反対模倣）。　○正念　世俗の分別による対立を超越しようとする、或いは事物の実相をすっきりと悟ろうとする心中の念い（「念」は、仏についての記憶、仏の智慧を心に思い浮かべること）。　○返炤　返照回光。外に向かって物を見ようとする眼光を止め、内なる自らの身心を見つめること。　○劫石　四方と高さが四十里ある大岩石で、天人が衣の袖で一払いし、石が磨滅するまでの時間を一劫とする。極めて長久であり、長い時間を計る単位となる。

99

吾道廓無邊　吾が道は廓《ひろ》くして無辺
頓超百福田　頓《とみ》に百の福田を超ゆ
素懐淨雪月　素懐は浄きこと雪月
密覆老蒼天　密かに老蒼天に覆はる
大用周沙界　大用は沙界に周《あまね》く
弘機徹妙玄　弘機は妙玄に徹す
聊開正法眼　聊《いささ》か正法眼を開き
爍破未萌前　未だ萌えざるの前を爍破《しゃくは》せん

私の歩んでいる道は際限なく広がり、福報を得る行いは瞬く間に百を超えた。真っ白な胸の内は雪や月のように浄らかであり、ひそかに昔ながらの造物主に庇護もされている。禅法の実践運用は一切の世界に行き渡り、掲げる禅法は自在無碍である。少しでも智慧の眼を見開き、兆す以前に結実を見抜くことができるようにしたいのである。

○吾道　この詩は、寒山詩084「貪愛有人求快活、不知禍在百年身。但看陽燄浮漚水、便覺無常敗壞人。丈夫志氣直如鐵、無曲心中道自眞。行密節高霜下竹、方知不枉用心神」の境地に似る。○福田　積善修道を喩える。（Ⅰ56詩の注参照。）○覆　「覆蔭」または「蔭覆」といえば、庇護する意。○老蒼天　「蒼天」は、天、青空、造物主。Ⅱ96詩に「難留忙歳月、密蔭老蒼天」とある。○大用・弘機　「大用大機」といえば、微妙なる禅法とその実践、奥深い禅法と形跡にとらわれないその運用、および禅法の授受をいう。因みに「大用現前、不存軌則」といえば、悟道者は、随時随処で禅法を実践、運用し、一定の規則に限定され束縛されること無く、即禅法が授受され、自在無碍であること。○周沙界　「沙界に周《あまね》し」。「沙界」は、無数の世界、一切の世界。（『景徳傳燈録』等に頻出する語。）cf.「三千大千世界」。○妙玄　真の法嗣《はっす》は出家の学に没入しないこと。○正法眼　禅者が事物を観察し、真理を認識する智慧の眼光。（Ⅱ06詩参照。）○爍破　照破する、覰破《そは》する（窺い見抜く）。「爍（鑠）」は、照射する意。○未萌前　Ⅱ71詩に「心花開腦後、果結未萌前」とある。

100

參扣訪名徳
卜居擇近賢
未能承濶論
久仰已多年
面覿道無價
日親妙更玄
不孤正法眼
聊以契風顛

參扣《さんこう》は名徳あるを訪ひ
卜居は賢なるに近きを択《えら》ぶ
未だ能く濶論を承けず
久しく仰ぎて已に多年なり
面は覿《あ》ふも道に価無く
日び親しむも妙にして更に玄なり
正法眼に孤《そむ》かざれば
聊か以て風顛に契《かな》はん

禅宗の道法を問うなら有徳の禅師を訪ねるし、住むなら賢者の近くを善《よ》しとする。とは言えいまだ途轍もない論説は承わることができず、慕い続けてもう何年にもなる。我が本性は値のつけられない禅宗の道法を目の当たりにしていながら、親しもうとすればするほど学びから離れてしまうのである。禅宗の道法である智慧の眼光を頼みとしつつ、いま少し瘋癲和尚（寒山）に合わせてみるとしよう。

○參扣　禅師に謁見し、禅法を問うこと（「扣」は、門をたたく。呉音は「く」）。○擇　善し悪しを選り分ける。この詩は、寒山詩219「養子不經師、不及都亭鼠。何曾見好人、豈聞長者語。爲染在薫蕕、應須擇朋侶。五月販鮮魚、莫教人笑汝」に擬す。○濶論　闊論高談、高談闊論。一般には、実状に合わない空洞の言論や議論をいう。ここは寒山の高論をいう。

○玅更玄　「玅玄（妙玄）」は、真の法嗣《はっす》は出家の学に没入しないこと。○面覿　「覿面」といえば、一切の言語知解を超越し、禅機に臨み、機に応じて本来の面目が現れること。

○無價　心（仏性）や心の鏡には値段が付けられない、また売ることができない意。○正法眼　禅者が事物を観察し、真理を認識する智慧の眼光。（Ⅱ06詩の注参照。）

おわりに「擬寒山詩」自序・跋（原文および訓読・訳注）

擬寒山詩自序（原文）

余家閩之福唐東林、林氏子。幼以耕樵爲業、以供母氏。及母棄世、即脱白黄檗、期了生死大事、用報養育之恩。

初、未知子史爲何物也、又曷敢言詩。迄今年逾七旬、應化此邦已三開法社。尋退休松隱、與二三子優游以樂、不知老之將至。

有時適興説偈、或應善信之請、日久成帙。好善者乞爲流通、余不逆人意、輒付之剞劂。故方來衲子吟之、不無慕腥。

謂余能詩、余實未能也。亦有能、而不能。蓋眞能也、余果不能。其敢言能、但適時情而已矣。如其襃貶是在仁者、我奚辭焉。

季春望日、偶過侍者寮。見几上有寒山詩、展閲数章、其語句痛快直截、固知此老遊戲三昧、非凡小愚蒙所能蠡測也。

侍者啓曰、和尚去夏、有松隱吟五十首、甚暢於懷。今再擬寒山詩百首、以廣益壯之風、不亦善乎。

余曰、詩亦難言、豈易吟乎。而擬之、又難於言與吟也。或一言半句、不合其宜、未免寒山所哂、以澆林泉、非所益也。且余未敢即擬、恐孤所請。聊試自擬其拙、自状其醜、庶幾以慰其誠。

時楮先生與管城子在傍、唯唯點首以助老興。遂掀飜枯腸、疏通源脈、津津然湧出、不二旬而就。雖無妙句可觀、亦一時適趣也。第不無出醜外揚、塗汚寒山不少。

適高泉法孫遠來省侍、見是集即乞刊行。大似傳言送語、重增老者之醜。雖然不妨面皮厚三寸、與夫寒山子把手峰頭、呵呵大咲。且不知余之爲寒山歟、寒山之爲余歟、惟呵呵而已。設有豐干輩陡然突出、饒舌一上、覷破此集、則余與寒山覿面逡巡、思無所遁焉。

時　寛文六年歳次丙午孟夏

佛誕日松隱老人隱元識

自序（訓読）

余が家は閩の福唐の東林にして、林氏の子なり。幼くして耕樵を以つて業と為し、以つて母氏に供す。母の世を棄つるに及び、即ち黄檗に脱白し、生死の大事を了するを期して、用つて養育の恩に報ゆ。初め、未だ子史の何物と為すかを知らざるなり、又た曷《な》んぞ敢へて詩を言はんや。今に迄ぶまで年七旬を逾え、此の邦に応化《おうけ》して已に三たび法社を開く。尋《つ》いで松隠に退休し、二三子と優游として以つて楽しみ、老いの将に至らんとするを知らず。

時の興に適《かな》ひて偈を説き、或いは善信の請ひに応ずる有り、日久しくして帙を成す。善を好む者流通を為すを乞へば、余は人の意に逆《さから》はず、輒ち之れを剞劂《きけつ》に付す。故に方来の衲子《なふし》の之れを吟ずれば、腥きを慕ふ無くんばあらず。

余は詩を能くすと謂ふも、余は実は未だ能くせざるなり。亦た有るいは能くするも、而《しか》も能くせず。蓋し真に能くするならんや、余果たして能くせず。其れ敢へて能くすと言ふは、但だ時の情に適ふのみ。如《も》し其れ褒貶の是れ仁者に在らば、我奚《なん》ぞ辞せんや。

季春の望《もちづき》の日、偶たま侍者の寮に過《よ》ぎる。几上に寒山詩有るを見、展開すること数章、其の語句痛快直截にして、固より此の老の遊戯三昧の、凡小愚蒙の能く蠡測《れいそく》する所に非ざるを知るなり。

侍者啓《まを》して日はく、和尚去る夏、松隠吟五十首有り、甚だ懐ひを暢ぶ。今再び寒山詩に擬すること百首、以て益すます壮んなるの風を広むれば、亦た善からずやと。

余曰く、詩も亦た言ひ難し、豈に吟じ易からんや。而して之れに擬するは、又た言ふと吟ずるとよりも難きなり。或いは一言半句、其の宜しきに合はずんば、未だ寒山の哂ふ所なるを免れず、以て林泉を涜《けが》すは、益す所に非ざるなり。且つ余未だ敢へて即ち擬せざるは、請ふ所に孤《そむ》くを恐るればなり。聊か試みに自ら其の拙きに擬し、自ら其の醜きを状り、庶幾《こひねが》はくは以て其の誠を慰めんことをと。

時に楮先生と管城子と傍らに在り、唯々として点首して以て老興を助く。遂に枯腸を掀飜し、源脈を疏通し、津々然として湧出すれば、二句ならずして就る。妙句の観るべき無しと雖も、亦た一時の適趣ならん。第《た》だ醜きを出だして外に揚ぐる無くんばあらず、寒山を塗汚すること少なからざるのみ。

適たま高泉の法孫遠きより来たりて省侍するに、是の集を見て即ち刊行せんことを乞ふ。大いに伝言送語すれば、重ねて老者の醜きを増すに似たり。然りと雖も面皮厚きこと三寸なるを妨げず、夫《か》の寒山子と手を峰頭に把り、呵々として大笑す。且く余の寒山たるか、寒山の余たるかを知らず、惟だ呵々たるのみ。設《も》し豊干の輩の陡然として突出し、饒舌なること一上、此の集を覷《そ》破《は》する有らば、則ち余は寒山と覿面して逡巡し、遁るる所無きを思はん。

時に　寛文六年、歳次は丙午の孟夏

仏の誕日、松隠老人隠元識す

（注）

○剞劂　版木を彫る。「剞劂氏に付す」は、出版すること。翻刻する。○方來　参禅者。参禅の学人を指す。○出醜外揚　「出醜揚疾」に同じく、醜さを露呈する。○塗汚　侮辱する。○楮先生・管城子　紙と筆（韓愈「毛穎傳」より出る語）。○傳言送語　「伝言」は、発言、伝令、流言、諺。「送語」は、話を伝える。○一上　一たび、一しきり（ある時間、一区切りの時間をいう）。

自序（訳）

我が家は閩州福唐県（福建省福州府福清県。明末清初は福清県・長楽県と隣接する福唐県）の東林鎮であって、私は林家の子である。幼いときから農耕や柴刈りを家業とし、母とふたりで生活していた。母が亡くなってしまったので、黄檗山（福清県の西南十七キロ）に出家し、生死の大事を了悟超脱することを願い、母が私を育ててくれた恩に報いようとした。

当初は、諸子百家や歴史書がどのようなものであるのかさえ分からなかったし、さらに詩を詠む気など全く無かった。それが今や齢七十を超え、この国（日本）に遣《や》って来てもはや三ヶ所に寺を開くまでとなった（長崎興福寺、摂津普門寺、宇治万福寺）。その後この万福寺松隠堂に隠退し、二三の弟子達と悠々自適を楽しみ、老いがやって来ていることも忘れるに至っている。

　時に興が起こって詩偈を詠み、あるいは信者の求めに応ずることも有り、長い間に書物になるほどになった。篤志家の方が世に広めるようにと求めて来られたので、私もその気持ちに逆らうことなく、出版をお願いすることとした。そのような訳で、参禅の和尚さん達がこれを吟ずれば、生臭を慕ってしまうことが無くも無いのである。

　私は詩ができると言われるが、私としては実際はできた試しが無い。できることは有っても、できていない。恐らく本当はできるのだと思われても、私は見た通りできないのである。それを敢えてできると言われるのは、時流に適《かな》っているというだけの話である。もしもこの事に関するご批評が心ある方によってなされるのであれば、私は達ってお受けしたく思う。

　晩春の満月の日、たまたま侍者の寮に立ち寄ったところ、机上に寒山詩があるのが目に入った。開いて何篇かを読んでみると、その語句たるや痛快でずばりと要所を捉《とら》えている。この寒山老の遊び心たるや、凡俗愚昧な者の推し量ることのできないものであることを思い知らされた。

侍者（月潭）が私に申し出て言った、「去年の夏、和尚様は松隠吟五十首を物し、心の内をのびやかに詠まれました。今また寒山詩に似せて百首を詠まれ、ますます壮《さか》んなるの風を広められれば、これ以上素晴らしいことはございません」と。

私は言った、「（『論語』にもあるように）詩は論ずることさえ難しいし、まして詠むことなど簡単ではありません。しかも寒山詩に似せるとなると、論じたり詠んだりするよりもまだ難しい。ひょっとして似せたはずの一言半句が寒山老の好しとする所に合わなければ、彼に笑われることは免れられませんし、それによって山居生活を汚してしまったりすれば、ますます壮んどころではありません。且つ私がいまだすぐには寒山老の真似をしようとしないのは、請われた方をがっかりさせはしないかと心配するからです。試しにほんの少しだけ自分の拙さを擬え、自分の醜さを形にしてみて、できることなら自分の誠意を慰めたい程度のことなのですから」と。

　と言いつつ傍らに紙と筆があり、それが我が意に逆らうことなく率直に老いの楽しみを手助けしてくれるので、そのままこれまでの泥んだ考えを翻し、寒山老と通じようとやってみた所、考えがこんこんと湧きだし、二十日も経たないうちに出来上がってしまった。優れた句と言えるような見られたものは無いけれども、その時の趣きには叶っている。ただ外に恥をさらすことが無いでもなく、寒山老をけがすこと少なからずではある。

たまたま孫弟子の高泉（唐僧、林性潡《しゃうとん》、一六三三‐一六九五）が遠方より来て側に仕え、この詩集を見てすぐに刊行するよう勧めてくれた。大いに宣伝もしてくれたので、老人の醜さを重ねて増すかのようではある。とは言え私の厚かましさと言ったらこの上無く、かの寒山老と山頂で手を取り合い、呵々と大笑してしまったのである。まあ私が寒山なのか、寒山が私なのかも分からず、ただ呵々と大笑しただけなのではあるが。もしも（寒山老のことをよくご存知の）豊干《ぶかん》禅師が突然飛び出し、一頻《ひとしき》り饒舌を振るい、この詩集の中味を看破してしまうようなことが有れば、私は寒山子の面と向かってうろたえ、逃げ場を失ってしまうことだろう。

時に　寛文六年（一六六六）歳は丙午の孟夏

釈尊の誕生日（四月八日）に松隠老人こと隠元記す（七十五才）

跋（原文）

詳夫寒山詩者、蓋寒山大士之所作也。大士爲憫念衆生、故示現人間、常出入天台寒巖中、與豊干拾得爲友。状若風狂、好大咲、喜歌詠。然不事楮筆、毎有所作、輙書諸石壁竹木間、幾無知者。一日爲閭太守所識、傳布天下。其風韻超卓、非世所及。故世之淵才逸思者、輙擬而詠之、蓋高其風也。

甲午歳、吾　祖隱老人應聘東國、説法十餘霜、昉開山黃檗、遂逸老松堂。坐臥之餘、亦喜歌詠、尋有松隱吟五十首、響震山川、雅有寒山子之風。

今年春季、爲侍者澄月潭所啓、復擬寒山詩一百首。惟信口而出、聽筆而書、方旬餘而告成。初未嘗凝滯其中、或美或刺、或抑或揚、或敷演人倫、或發揮宗乘、重重錯出、種種交翻、冷冷焉如逝川之珠髓、隱隱焉若際天之松濤。妙矣哉、不可思議之極致也。澂小子輩、其知之乎、雖曰不知、亦知其有益於天下也。廼踴躍歡喜、拜乞繍梓、以壽其傳、使天下知吾祖之婆心、亦不亞於寒山者矣。用是僭述數語於末。大似執管窺天、持蠡測海。觀者得無捧腹一笑耶。

奥州法苑山法孫性澂百拜

敬跋

跋（訓読）

夫《か》の寒山詩なる者を詳らかにするに、蓋し寒山大士の作る所ならん。大士は衆生を憫念するが為の故に、人間に示現し、常に天台の寒巌中に出入し、豊干拾得と友たり。状は風狂のごとく、好く大笑し、歌詠を喜ぶ。然れども楮筆を事とせず、作る所有るごとに、輙《すなは》ち諸《これ》を石壁竹木の間に書けば、幾ど知る者無し。一日閭太守の識る所と為り、天下に伝布す。其の風韻は超卓、世の及ぶ所に非ず。故に世の淵才逸思ある者にして、輙ち擬して之を詠む、蓋し其の風を高しとするなり。

甲午の歳（順治十一年、一六五四）、吾が祖隠老人聘に東国に応じ、説法すること十餘霜、昉《まさ》に山を黄檗に開き、遂に老いを松堂に逸《たの》しむ。坐臥するの餘、亦た歌詠を喜び、尋《つ》いで松隠吟五十首有り、山川に響震し、雅《つね》に寒山子の風有り。

今年の春季、侍者澄月潭の啓《まを》す所と為り、復た寒山詩一百首に擬す。惟だ口に信《まか》せて出で、筆を聴《ゆる》して書くのみにして、方《まさ》に旬餘にして成るを告ぐ。初めより未だ嘗て其の中に凝滞せず、或は美《ほ》め或は刺《そし》り、或は抑へ或は揚げ、或は人倫を敷演し、或は宗乗を発揮し、重々として錯出し、種々交翻し、冷々焉として逝く川の珠髄のごとく、隠々焉として際天の松涛のごとし。妙なるかな、不可思議の極致なり。

激が小子の輩、其れ之れを知るか、知らずと曰ふと雖も、亦た其の天下に益有るを知るなり。廼《すなは》ち踴躍として歓喜し、拝して繍梓を乞ひ、以て其の伝はるを寿ぎ、天下をして吾が祖の婆心も、亦た寒山に亜《おと》らざる者なるを知らしむるなり。是を用つて僭《おご》りて数語を末に述ぶ。大いに管を執つて天を窺ひ、蠡《ひさご》を持ちて海を測るに似たり。観る者腹を捧《かか》へて一笑する無きを得んや。

　　奥州法苑山の法孫性激《しゃうとん》百拝し

　　敬んで跋《おくが》きす

（注）

○詳夫寒山詩者　閭丘胤の序の冒頭「詳夫寒山子者、不知何許人也」（詳らかに夫《おも》んみるに……）を踏まえる。ここは『文心雕龍』雑文篇の「詳夫漢來雜文、名號多品」（夫の漢来の雑文を詳らかにするに……（興膳先生訓））の読みにしたがう。　○昉　まねる、ならう。ここは、次の句と対であると見、「昉」に同じと解しておきたい。

跋（訳）

　例の「寒山詩」というものを詳しく見てみると、寒山大士の作であると思われる。大士は衆生を憫《あわ》れみ、権《か》りの姿で世に現れ、いつも天台山の寒岩中に住まわれ、豊干・拾得と交友を持った。態《なり》は瘋癲和尚のようであり、好く大笑し、詩を詠むことを喜ばれた。しかし者述は仕事とせず、詩を作るたびに、気軽にそれを竹や木や石や壁に書き付けたので、ほとんど人に知られることは無かった。ある日、天台太守の閭丘胤と知り合ってしまい、世に詩名を知られることとなった。大士の詩風は卓越していて、世の者の及ぶ所ではない。なので世の中の才能や思いのある者であって始めて、ひとり真似をして「擬寒山詩」を作ることとなる。大士の詩風を高尚なものと分かっているのである。

清の順治十一年（一六五四、甲午）、吾が祖師である松隠老人こと隠元和尚は、東の日本国の招聘に応じ、日本で説法すること十数年、はじめて山を日本の黄檗に開き、そのまま老後を松隠堂で逸《たの》しまれることとなった。生活の余暇に、詩を詠むことを喜ばれ、「松隠吟」五十首を次々と詠まれ、山川に響き渡ることとなった。作ればいずれも寒山了の詩風を具《そな》えておられる。

今年の春、侍者の澄月潭の申し出により、再び「擬寒山詩」一百首を作られた。口をついて出、ただ筆のままに書いたものであって、すぐに十日余りで出来上がったとのこと。もとより中味は拘泥が無く、称讃したり批判したり、抑制をかけたり宣揚したり、時には人倫を説いたり、あるいは教義を説明したり、それは幾重にも重なり、種々交々であって、流れる川の飛沫《しぶき》のようにひんやりと感じたかと思えば、空の下の松並木を吹く風音のように奥深い趣きがあったりする。素晴らしいものであり、不可思議の極《きわ》みである。

私のようなつまらぬ者が、それが分かるのかと言えば、分からないまでも、それが天下に有益だということは分かる。であれば躍り上がって歓んでも好く、頼んで上梓されるよう願い、それが何時までも伝わるよう祈り、吾が祖師の老婆心も、また寒山に劣らないものであることを世の中に分かってもらいたく思うのである。そこで僭越ながら末尾にこの数語を述べさせて頂くこととした。甚だ管見であり、ちっぽけな升《ます》で海水の量を測るような無理を承知の上ではあるが、この跋文を見て下さる方が腹を抱えて一笑されることが無ければ幸いである。

奥州法苑山の法孫性激《しゃうとん》 百たび拝し

敬んで跋《おくが》きとする

おわりに、以上の訳注者として本稿の筆を置くに当たり、原詩と擬作とを照合することで擬作を味わうことができると記しつつ、原詩の特定が全篇に亘ってはなされていないことに加え、詩語を禅語としては的確に訳出できていない恨みの遺ることをも、お断りしておかなければならなく思う（拙著は、「擬作詩」としての読みに重きを置いており、隠元隠棲の境地、悟後の悟境の捕捉に関しては不十分であることを否めない）。今後の課題とすることをお許し頂き、ご批正およびご寛恕を請う次第である。末筆になってしまいましたが、出版に当たっては、白帝社の小原恵子氏はじめ編集部の皆様にたいへんお世話になりましたこと、この場を借り、感謝申し上げたく思います。

鈴木敏雄（すずき としお）

1953 年生まれ
1982 年　広島大学大学院文学研究科博士課程後期（中国文学）中退
2019 年　兵庫教育大学大学院教授定年退職（同大学名誉教授）
著　書　「劉基『郁離子』全訳」（2007 年　白帝社）

隠元「擬寒山詩」訳注

2023 年 3 月 30 日　初版発行

訳　者　鈴木敏雄
発行者　佐藤和幸
発行所　株式会社 白帝社
〒171-0014 東京都豊島区池袋 2-65-1
TEL 03-3986-3271
FAX 03-3986-3272（営）／03-3986-8892（編）
E-mail : info@hakuteisha.co.jp
https://www.hakuteisha.co.jp/

カバー・表紙・扉デザイン／唐　涛
組版／株式会社三光デジプロ　印刷・製本／大倉印刷株式会社

Printed in Japan　6914　ISBN978-4-86398-467-7

定価はカバーに表示してあります。
製本には十分注意しておりますが、乱丁落丁の際はお取替えいたします。